이불아이

EVIL EYE : FOUR NOVELLAS OF LOVE GONE WRONG
by Joyce Carol Oates

Copyright ⓒ 2013 by The Ontario Review, Inc.
All rights reserved

This Korean edition was published by Foret,
an imprint of Munhakdongne Publishing Corp.
in 2015 by arrangement with Grove/Atlantic, Inc.
through KCC(Korea Copyright Center Inc.), Seoul.

이 도서의 국립중앙도서관 출판시도서목록(CIP)은
e-CIP홈페이지(http://www.nl.go.kr/cip.php)에서 이용하실 수 있습니다.
(CIP제어번호: CIP2015002205)

evil eye

이블아이

×

조이스 캐럴 오츠 소설 | **공경희** 옮김

포레
forêt

evil eye
차례

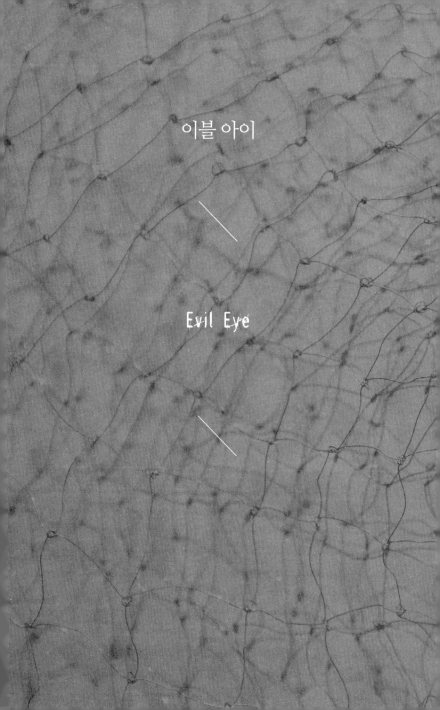

이블 아이

Evil Eye

1

그는 그것이 첫번째 아내의 물건이라고 했다.

첫번째 아내라는 말을 정말 아무렇지도 않게 입에 올렸다. 그녀는 네번째 아내이기에 오해하고 말고 할 게 없었다.

즉 상처받을 여지가 없었다. 시샘, 질투의 여지가 없었다. 우리가 서로에게 타인이던 오래전에 그와 결혼했던 첫번째 아내에 대해 말하는 무덤덤한 말투를 들어보니 그도 그녀가 궁금한가보았다.

그래서 그녀는 그 아내에 대해 묻지 말아야 한다고 생각했다.

"그건 나자르(악마를 쫓아준다는 터키의 부적—옮긴이)야. '이블 아이(악마의 눈―옮긴이)'를 쫓아주는 부적. 터키, 그리스, 이란, 어디에서나 볼 수 있어. 이네스가 태어난 스페인 남부에서도 흔한 물건이야."

그녀가 그의 집에 처음 들어선 순간, 기묘한 유리 조각품 하나가 눈에 들어왔다. 그는 만난 지 일 년도 되기 전에 그녀를 네번째 아내로 삼았다. 돌과 스투코로 지어지고 향기로운 유칼립투스나무들에 둘러싸인 집에는 눈에 띄는 기이한 물건이 아주 많았고 원시적인 가면, 조각상, 이국적인 벽걸이, 실크스크린, '그림자 인형' 같은 것이 넘쳐났다. 그녀는 아무런 준비 없이 박물관에 들어간 사람처럼 잔뜩 주눅들어 뭘 묻지도 못하고 입을 다문 채 보기만 했다.

그녀는 남자보다 훨씬 어렸다. 그러니 그를 대하는 적절한 태도란 공손하고 순종하는 것이었다.

그리고 그녀는 가르쳐줄 게 많은 남편에게서 배우게 될 것이었다.

나자르는 사람의 눈은 아니지만 그와 비슷했다. 눈의 가장자리는 흰색이 아니라 짙은 파란색이었고 공 모양이 아니라 납작했다. 크고 눈꺼풀이 없고 퀭했다. 빤히 쳐다보는 지름 20센티미터쯤 되는 눈이 집 뒤편 주방으로 이어지는 식당의 아치형 출입구 옆에 눈에 띄게 걸려 있었다.

더 가까이에서 들여다보니 나자르는 동심원들로 이루어

져 있었다. 바깥쪽에 넓고 짙은 파란색 원, 그 안쪽에 좁은 흰 원, 담청색 원, 중앙에 작고 검은 '동공'이 있었다. 아침에 햇살이 비치면 짙은 파란색 유리가 유난히 아름답게 반짝거렸다.

"그 나라들의 지식층은 딱히 나자르나 '이블 아이'를 믿지 않아. 하지만 그걸 부정해서 공연히 신의 섭리를 시험하는 짓은 하지 않지. 터키의 어느 항공사 비행기에는 행운을 기원하는 나자르가 그려져 있기도 하고."

그녀는 속으로 중얼거렸다. 행운이라면 우리가 죄다 끌어모으면 좋겠어요.

그녀는 유럽의 공항들에서 그 터키 항공기를 봤을지도 모른다고 생각했다. 하지만 그때는 나자르가 뭘 상징하는지 몰랐다. 그녀가 말했다.

"정말 아름답네요. 기묘하기도 하고요. 눈꺼풀이 없는 눈이라니."

"아무튼 저건 오래전부터 여기 있었어. 이네스가 이사 나간 1985년부터 쭉. 물론 이제는 익숙해서 눈에 잘 들어오지도 않아. 하지만 누가 저걸 치운다면 난 금방 알아차릴 거야."

남편의 집에 있는 것들은 가장 흉한 물건들까지도 불안감을 자아내는 아름다움을 풍겼다. 마리아나는 익숙해질 거라 믿고 싶었다.

　이런 대화가 있고 얼마 후, 그 일과 직접적인 관련이 있을 리 없었지만 오스틴은 마리아나에게 이네스가 방문한다고 알렸다.

　이네스? 마리아나는 잠시 혼란스러웠다. 남편이 누구를 말하는지 감이 잡히지 않았다.

　오스틴 모어는 아는 사람이 정말 많았다. 또 정말 많은 사람이 그를 알았다.

　그들이 만나서 몇 주, 몇 달, 이제 일 년 가까이 지나는 동안 그는 자기 삶에서 중요한 많은 인물에 대해 말했다. 혹은 예전에 중요했던 사람들에 대해 많은 말을 했기 때문에 그녀는 누가 누군지 바로바로 파악할 수 없었다. 수재나, 해리, 대런, 펠릭스, 마이클, 신시아, 이니드, 재러드, 헨리, 플로렌스, 이네스…… 업무상 지인들, 성인이 된 자녀들과 친척들, 가까운 친구들, 과거에 가까웠던 친구들, 전처들이었다. 남편이 그들에 대해 아주 강하게 또 집중해서 말할 때마다 마리아나는 길 잃은 아이가 집으로 가는 길을 찾기 위해 알아야 할 내용을 암호 같은 것으로 알려주는 어른의 말을 듣듯 필사적으로 귀기울였다.

　주의를 기울여도 마리아나는 종종 실수했다.

"미안하지만 '헨리'는 시애틀에 사는 내 결혼한 아들이 아냐. 그 아이는 '해리'지."

혹은 얼굴을 찌푸리며 말했다. "상하이에 사는 내 딸은 '수전'이 아니라 '수재나'야. 당신은 아직 만나보지 못했지."

처음에는 흠칫했지만 마리아나는 곧 이네스를 기억해냈다. 당연히 알았다. 첫번째 아내였다.

"이네스는 미국에 거의 오지 않는데 딱 하룻밤만 우리와 있을 거야. 우리집에서 잔다고. 지금까지 늘 그랬어. 이네스의 여동생의 딸인 오르텐사도 올 거야. 착한 아가씨지, 그리 매력적이지는 않지만 재능 있는 첼리스트야. 그렇게 낙담한 표정 짓지 마, 마리아나. 이네스는 까다로운 사람이 아니야. 프리마돈나 같은 인상을 풍길지 모르지만 실제로는 그렇지 않아. 당신이 당당하게 대하면 이네스도 위협적으로 나오지 않을 거야."

마리아나는 미소지어보려고 했다. 어쩐지 공포에 사로잡힌 기분이었다.

첫번째 아내가 온다니. 그들과 같이 지낸다니!

마리아나가 속속들이 아는 가정은 친정밖에 없었다. 친정에서 아버지나 어머니가 서로 의논도 없이 자고 가라고 손님을 초대하는 건 있을 수 없는 일이었다.

조카까지 손님이 둘이라고?

물론 그들이 사는 집은 오스틴의 것이었다. 그는 이 집에서 삼십 년 넘게 살았다.

그리고 마리아나는 이 집에 사는 것을 감사하게 생각했다. 가벼운 전기 충격처럼 종종 이런 생각이 머리를 스쳤다. 살 수 있는 게 고맙지. 여기서.

그녀의 삶이 깨진 그릇처럼 산산조각났기 때문이다.

"난 당신이 웃으면 좋겠어, 마리아나. 이네스는 당신을 위협하는 존재가 아니야. 내게도 그래, 내 인생의 이 시점에는. 우리는 원만하게 갈라섰지. 난 몇 년 동안 이네스에게 돈을 보내줬어. 보내야 했던 게 아니라 그녀가 계획 없고 경솔하게 살기 때문에 그랬어. 이네스가 미국에 오면 그녀의 경제적 형편을 묻는 게 내―우리의―습관이 됐지. 그리고 이네스가 돈이 필요하다고 솔직하게 말하면, 난 돈을 줘. 하지만 그녀가 요구할 때만 그래."

오스틴은 담담하게 말했다. 후회하는 말투인지 평온한 말투인지 가늠할 수 없었다. 마리아나는 가늠할 수가 없었다.

마리아나가 망설이며 물었다. "이네스는 재혼하지 않았나요?"

남편은 마리아나가 냉소적이거나 재치 있는 말이라도 던졌다는 듯이 웃음을 터뜨렸다.

"아니! 물론 안 했지. 나와 헤어진 후로 이네스는 재혼하지 않았어."

　첫번째 아내는 새 아내인 네번째 아내보다 서른두 살 많았
고 오스틴보다는 두 살 많았다.
　나이 차는 땅바닥에 생긴 틈 같아서 누군가 뛰어넘으려
고 할 때만 위태로웠다.
　네번째 아내인 마리아나는 훨씬 젊었지만 그렇다고 승리
감을 느끼지는 않았고, 오히려 다른 여자의 자리를 차고앉
았다는 죄책감이 들었다.
　마리아나는 전처들에 대해 무덤덤하게 말하는 남편의 태
도에 무척 놀랐다. "우리가 아마존 열대우림을 여행할 때."
"우리가 베이징에서 중국 경극에 관한 다큐멘터리를 제작
할 때." "우리가 에든버러에서 풀 캐스팅으로 〈마하고니〉
(극작가 브레히트와 작곡가 바일이 만든 오페라―옮긴이)를 무대
에 올렸을 때." 우리는 명확하지 않고 모호했고, 오스틴의
성인이 된 자녀들이 몇 살이고 정확히 어디에 살고 무슨 일
을 하는지도 그랬다.
　마리아나는 안도했다. 그녀의 의붓자식들이 아무도 아버
지의 결혼식에 참석하지 않았기 때문이다. 결혼식은 소박
하고 사적으로―공공기관에서 짧게―치렀다.
　그때 그녀는 정말 행복했고, 가슴에는 경이로움이 가득

했다. 그래서 작은 지역 법원에서 올린 예식에 대한 기억은 어렴풋했다.

마리아나가 알기로 오스틴의 자녀들 중 하나는 세상을 떠났다. 아들이었는데 일 년도 살지 못했다.

이네스가 낳은 아기였다. 오래전인 1983년, 마리아나가 태어나기 이 년 전 일이다.

한 남자와 한 여자가 부부로서 다른 친밀한 경험들뿐만 아니라 그런 슬픈 일을 함께했는데도 평생 샴쌍둥이처럼 한데 살지 않는 것이 너무 이상했다. 아주 부자연스러워 보였다. 결별이라는 단어 자체가 몹시 상스럽고 잔인해 보였다.

마리아나의 부모님은 삼십 년 넘게 해로했다. 그들은 '늦깎이' 부모였다. 어머니가 그녀를 낳았을 때 나이가 마흔한 살이었다.

마리아나는 부모님이 그녀와 오스틴 모어의 결혼을 어떻게 생각할지 궁금했다. 부모님이 흐뭇해하기를 바랐다. 그들이 두고 떠난 딸이 이제는 보호받게 된 것을 좋아해주기를 바랐다.

그녀는 너무 원초적이고 유치하게 부모님을 탓하지 않으려고 애썼다. 그들 잘못이 아니니까.

그래서 남편이 절대 돌이킬 수 없는 지난 일이라도 되는 것처럼 과거에 대해 무덤덤하게 말하자 숨막히는 기분이

들었다.

　처음 만났을 때 오스틴은 몇 번의 결혼과 전처들에 대해 그녀에게 들려주었다. "제각각 정말 다르고, 아주 멋진 여자들이었지. 한동안은." 그는 이혼할 때마다 매번 '원만했다'고 주장했지만, 마리아나는 과연 그럴 수 있는지 의아했다.

　유리벽, 채광창, 밤이면 반짝이는 도시와 멀리 베이 지역이 내다보이는 아름답고 통풍이 잘되는 방들. 누가 이런 집에서 미련 없이 떠날 수 있을까? 또 마리아나에게는 조금도 중요하지 않았지만 오스틴 모어의 아내라는 사회적 지위도 있었다. 그러니 여기서 나간다는 건 대부분의 여자들에게 끔찍한 손실이 아니었을까?

　그녀는 종종 오스틴의 말을 끊고 미안한 듯 웃음을 터뜨리며 물어야 했다. "그런데 잠깐만요, 지금 누구를 말하는 거예요? 언제 있었던 일이에요?" 그러면 오스틴은 이렇게 대답했다. "이야기의 핵심은 그때 내가 누구와 있었느냐가 아니야. 중요한 건 누구였는지나 언제였는지가 아니라고, 여보."

　마리아나는 핵심을 모른다고 한소리 들었다! 오스틴은 그녀가 스스로 몹시 어리다고 느끼게 만들었다.

　그녀는 내적인 고통을 드러내려 하면 비난받았다. 당신을 그렇게 사랑하는데 당신에게 난 중요하지 않은 건가요?

사적인 것은 그저 순식간에 지나갈 뿐만 아니라 무의미하다고 생각하니, 그렇다고 배우니 혼란스러웠다. 오스틴 모어의 인생이라는 다채로운 태피스트리 안에서는 어떤 개인도 그다지 중요할 수가 없었다. 오스틴 모어를 제외하면!

하지만 그녀는 단순히 사적인 부분에 매료됐다. 헤어나기 힘든 상태에 빠진 사람처럼. 살면서 덜 나약했던 시기에 마리아는 지금처럼 친밀함, 가정, 우리라는 것을 그리 중요하게 생각하지 않았다. 하지만 지금은 단순히 사적인 것 말고는 진짜 중요한 게 없는 것 같았다.

사람이 어디서 살고, 누구와 있고, 버려지지 않고 외롭지 않다는 사실. 그것만 중요했다.

물론 마리아나는 알았다. 문화적인 면, 정치적인 면, 미학적인 면, 도덕적인 면에 비교하면 단순히 사적인 것은 사소하고 저속했다. 오스틴이 옳았다. 예를 들면 오스트레일리아 오지에서 우리가 뭐가 중요할까? 혹은 중국 경극에 집중할 때 우리가 뭐가 중요할까? 1990년대에 어린 자녀들과 우리가 인도로 여행을 떠났을 때, 아이들의 고유한 정체성이 뭐가 중요할까?

마리아나의 부모님의 삶에서는 딸이 대단히 중요했다.

마리아나는 부모님이 세상을 떠난 것이 ─ 너무 일찌감치 그런 것이 — 그녀를 버린 거라고 생각하지 않을 수 없었다. 물론 그렇게 생각하는 건 어처구니없었지만.

오스틴은 마리아나에게 분명히 말했다. 부모가 그녀를 사랑했던 것처럼 사랑해주겠다고. 사랑이 더하면 더했지 덜하진 않을 거라고. "남편으로서. 우리의 유대감은 더 깊지."

마리아나는 유명한 남자와 결혼했다. 공인이나 마찬가지인 남자였다. 오스틴은 사반세기 넘게 샌프란시스코에 있는 공연예술독립연구센터의 소장으로 일했다. 일부 지역에서 그의 이름은 전설이었다. '오스틴 모어'. 그리고 이제 마리아나는 오스틴 모어 부인이었다, 그녀가 성을 바꿀 마음만 있다면.

오스틴은 여자가 '남편의' 성을 따르는 것을 어이없어했다. 그의 전처들은 결혼 전 성을 그대로 썼다. 모어 부인이었던 사람은 아무도 없었다. 오스틴은 전처들이 독립적인 삶을 사는 여자들이었다고 말했다. 각자 자기 일, 커리어가 있었다고.

남편이 전처들의 커리어를 대견해하자 마리아나는 질투가 났다.

그녀의 커리어는 변변치 않았고 그나마 결혼 이후 궤도를 벗어난 것 같았다. 결혼 전에도 몇 달째 진전 없이 멈춘

상태였다.

"지금은 전처들 누구에게도 이혼수당을 보내지 않나요?"

"이제는 안 보내."

"양육비는요?"

"당연히 안 보내지. 내 아이들은 모두 성인이니까."

"아이들이 어렸을 때는 어땠느냐는 말이에요."

"아이들이 어렸을 때는 종종 나와 살았어. 같이 여행도 다녔고. 가끔은 애들 엄마도 같이 갔지. 부부가 갈라섰다고 친구가 되지 말란 법은 없거든. 이네스 삼브란코와 나처럼 서로 아주 드물게 만나더라도 말이지."

이네스 삼브란코와 나. 이 표현에 마리아나는 오싹했다.

오스틴은 그녀의 고통스러운 표정을 오해했다. 그는 마리아나의 손을 잡고 장난스러우면서도 염려하는 듯이 손에 입을 맞췄다.

"그렇게 충격받은 표정 짓지 마, 마리아나. 부탁이야! 이네스와 나는 서로에게 눈곱만치의 감정도 남아 있지 않으니까. 우리가 '친구'라고 말하는 것도 사실은 과장일지 몰라. 가끔 찾아올 때 빼고는 연락도 일절 하지 않으니까. 그 사람이 미국에 오는 이유는 다른 사람들을 만나기 위해서야, 내가 아니라."

이네스는 오스틴의 성인이 된 자녀들의 어머니가 아니었

다. 마리아나는 그렇게 알고 있었다. 두번째와 세번째 아내는―그녀들의 이름이 늘 헷갈렸다―아이를 몇 명 낳았다. 마리아나는 아직 전처가 낳은 아이들을 만나보지 못했다.

"난 이제 어떤 아이에게도 돈을 보내야 할 의무가 없지. 그러니까 그런 생각 할 것 없어, 마리아나!"

그녀는 이런 말을 하게 만든 게 부끄러웠다. 그들이 주고받은 대화는 그녀를 돈 밝히고 속 좁은 인간으로 느끼게 만들었다. 솔직히 그녀는 남편의 재정 상황에 대해 조금도 신경쓰지 않았다.

마리아나는 그저 남편이 자신을 사랑하는가만 신경썼다. 오스틴을 향한 그녀의 사랑이, 버스를 타고 음악 레슨을 받으러 오가며 들고 다닌 더블베이스만큼이나 그녀의 삶에 크게 자리한 그 사랑이 그녀의 일방적인 감정인가 아닌가만 신경썼다.

오스틴이 말했다. "우리가 만났을 때 이네스는 배우였어. 하지만 그녀에게는 그쪽 세계에서 성공하기 위해 꼭 필요한 야심이 없었어. 젊은 이네스는 정말 아름다웠지, 카트린 드뇌브 같았어. 사실 그녀는 그 여배우와 아는 사이지. 이네스는 아직도 연기를 하고 있어. 주로 스페인 텔레비전 방송에 조연으로 출연해. 마지막으로 출연한 영화는 머천트 아이보리 필름이 제작했는데 제목은 기억이 나지 않는군.

잔 모로가 주연이었는데 흥행에는 실패했어. 잔 모로도 이네스의 친구야." 오스틴은 말을 멈추고 마리아나의 손을 쓰다듬었다. 그녀는 남편이 때때로 자신을 회복기의 환자처럼 대해도 불편하지 않았다. 마리아나는 오스틴의 염려해주는 태도에서 위안을 얻었다. 진심이라는 것을 알았기 때문이다.

센터에서 오스틴 모어는 공적인 태도로 많은 사람을 따뜻하고 살뜰하게 챙겨야 했다. 그가 미소짓지 않으면 상대방은 마음에 상처를 입을 것이었다. 그가 이름이나 얼굴을 기억하지 못하면 상대방은 분명 상심할 것이었다. 하지만 사적인 공간인 집에서 그는 거리낌 없이 마리아나를 대했다.

"이네스는 독특한 부류의 라틴계 여자야. 감정이 풍부하지만 아주 차분해. 그 감정 역시 의도적일 수 있지. 미리 연습하는 거야. 이네스는 다른 사람들의 감정을 휘젓는 걸 좋아하거든. 성냥불을 던져서 어디 떨어지나 지켜보는 것과 비슷해. 무모하고 고집불통인데다 살면서 불운한 실수를 몇 번 저질렀지만, 나는 그녀가 전반적으로는 아주 행복하다고 생각해. 그녀의 세상에서 이네스 삼브란코는 작은 명성을 누리지. 우리 아들에 대해서는 당신도 알 것 같은데?"

오스틴의 패기만만하던 말투에 점점 기운이 빠졌다. 그로서는 이 새로운 화제를 언급하면서 침울하지 않을 수 없었다.

"당신 아들이요? 그래요, 당신이 말한 적 있죠……"

어쩌면 마리아나는 소문으로 들었을 것이다. 오스틴 모어를 모르는 사람들이 되풀이해서 말하는 그의 인생사 중 하나였다. 그들은 상처 입은 위인에 대해 말하듯이 소리 죽여 말하곤 했다.

"아들은 생후 4개월이었지. 이름은 라울이었어. 애 엄마가 아이를 눕혔지. 이 집에 있는 아기 요람에. 우리가 이 집에 이사왔을 때는 집수리가 되어 있지 않은 상태였어. 한쪽을 개축하기 전이었거든. 방은—아기방은—침실 바로 옆이었고 그 사이에 문이 있었지. 이제 그 방은 없어졌어. 당신은 그 방을 볼 수 없어. 이네스가 낮잠을 재우려고 아기를 요람에 눕혔는데—평소와 다름없는 낮잠이었지—아기는 깨어나지 못했어."

마리아나가 어색하게 말했다. "정말 안됐네요……"

"이네스가 죽은 아기를 발견했어. 겨우 몇 분 방을 비웠을 뿐이라고, 늘 그렇게 주장했어. 하지만 틀림없이 그보다 오래였을 거야, 최소 삼십 분은 됐을걸. 집에는 네덜란드에서 온 오페어(외국의 가정에 입주해 아이 돌보기 등의 집안일을 하고 보수를 받으며 언어를 배우는 여성—옮긴이)가 있었는데 그날 오후에는 휴가였어. 나는…… 외출했었고. 사실 이네스는 아기를 갖고 싶어하지 않았고, 임신중에도 힘들어했어. 괜찮은 배역들이 들어오던 참이었는데 임신과 갓난아기는 그녀의 커리어를 망쳤지. 그녀가 사양해야 했던 영화는 폴란스키 감독의 작품이었을 거야, 조연이기는 해도. 하지만 임신을 했고 그녀는 낙태는 '꿈도 꾸지' 않았고 나 역시 마찬가지였어. 그때는 그랬어. 라울이 태어나자 이네스는 아기에게 헌신했지. 비록 미신에 매달려서 '이블 아이'를 쫓으려고 은발찌를 부적처럼 차고 다니긴 했지만. 또 이네스는 13이란 숫자에 신경증적인 공포를 느꼈지. 이런 공포증에 관한 용어가 있다는 걸 아나? 그런 걸 보면 특별한 것도 아닌 거지. 13 공포증이라는 거야. 무슨 일이든 다 그걸로 설명된다는 것처럼 굴더라고! 하지만 그렇게 갑자기 영아가 죽는 데는─'유아 돌연사'라는 거─그때나 지금이나 설명될 수 없어⋯⋯" 오스틴은 빠르게 말했다. 마리아나는 그가 그렇게 빠르게 말하는 것을 들어본 적이 없었다. 그의 불그레한 얼굴은 땀으로 번들거렸고, 두툼한 가슴팍에서는 열이 솟는 것 같았다. 그는 줄곧 방안을 오락가락했고 복도로 나가려던 순간, 서재에서 전화벨이 울렸다. 마리아나는 남편을 따라 서재로 가야 하나 말아야 하나 망설였다. 그녀는 생각했다. 이십오 년 전 일이잖아. 하지만 이런 생각이 들었다. 난 그의 아내야. 내가 그를 위로해줘야지.

그러나 그녀가 뒤따라 서재로 들어가 보니, 오스틴은 평소처럼 가죽 회전의자에 푹 파묻히듯 앉아 웃으며 통화하고 있었다. 그는 아내가 손으로 만지려 하자 쳐다보지도 않고 밀어냈다.

"헨리! 해가 서쪽에서 떴나보군! 여전히 거기, 두브로브니크에 있나?"

마리아나는 얼른 물러났다. 오스틴이 옛 친구와 통화할 때는 통화가 꽤 길어질 수도 있었다.

그리고 그녀는 준비할 일이 있었다. 이틀 뒤에 이네스와 '첼리스트' 조카가 올 예정이었다. 마리아나가 결혼한 이래 이 집에서 묵는 첫 손님들.

"마리아나. 지금은 혼자 있으면 안 돼, 이 친구야."

오스틴 모어는 마리아나에게 그렇게 말했다, 간단하게. 맞는 말이었다.

그녀가 센터에서 선임연구원 일 년차 과정을 할 때 인생이 무너져내렸다.

12월에 아버지가 세상을 떠났다. 그러고서 3월 초에 어머니가 죽었다.

아버지의 죽음은 전혀 예상 못한 일이 아니었지만 누군가가 짐작했던 것보다 훨씬 빨리 닥쳤다. 아버지는 전립선에 생긴 악성종양을 제거하는 수술을 받았으나 병원내감염에서 끝내 회복하지 못했다.

마리아나는 슬픔에 젖은 어머니와 함께 있기 위해 센터를 떠나야 했다. 연구 자료들을 코네티컷으로 가져갔고, 어머니의 말동무를 하지 않을 때면 마음을 다른 데로 돌리기 위해 작업에 몰두했다. 어머니는 점차 원기를 되찾는 듯했고, 마리아나에게 샌프란시스코로 돌아가라고 채근했다. 하지만 3월 초에 마리아나가 센터로 돌아가자 어머니는 곧바로 가벼운 발작을 일으키며 쓰러졌고, 일주일 후 심각한 뇌졸중으로 사망했다.

슬픔으로 인한 스트레스 때문이라고 했다.

어머님은 상심해서 돌아가셨습니다.

마리아나는 어머니의 사인이 처방받은 약물 복용 때문인지 궁금했다. 수면을 돕는 신경안정제, 하루를 견디게 해주는 진정제. 어머니는 작은 캐비닛에 남은 남편의 스카치위스키와 버번으로 이 약들을 삼키곤 했다.

마리아나의 부모님은 술을 즐기지 않았다. 모두 오래된 것들이었다. 몇 년 된 것도 있었다. 하지만 몇 병이 바닥난 게 분명했다. 마리아나는 아무에게도 말하지 않았고, 어머니의 주치의나 친척들도 이 얘기를 꺼내지 않았다.

이제 마리아나 역시 고통스러웠다. 믿기지 않는 마음이 슬품을 더욱 증폭시켰다. 말도 안 돼! 부모님이 두 분 다…… 가 버리시다니.

부모님을 찾으려는 듯이 집안을 돌아다녔다. 하지만 방을 들여다봤을 때 그들을 보게 될까봐 겁이 났다.

아버지가 세상을 떠난 후 마리아나는 어머니가 침실 안쪽에 주저하듯 쓸쓸하게 서 있는 모습을 본 적이 있었다. 어머니는 손바닥에 놓인 뭔가를 물끄러미 내려다보다가 마리아나가 다가가자 얼른 주먹을 쥐더니 쭈글쭈글한 목욕 가운 주머니에 손을 넣었다.

마리아나는 알약이라고 짐작했다. 그녀는 못 본 척했다.

그리고 이제 마리아나는 너무 약해진 자신을 발견하고 충격받았다.

하지만 친척들에게는 괜찮다고 말하기로 작정했다. 도움은 필요 없으며, 자신은 괜찮다고.

마리아나는 남들과 있을 때만 간신히 정상적인 척했을 뿐 센터에 결근신고를 하고 부모님의 집에서 몇 주 동안 좀비처럼 살았다. 너무도 갑작스럽게 할 일이 무척 많아졌다. '유산 상속세' 리스트가 끝이 없었고, 그녀는 일을 처리할 기운이 없었다. 마침내 센터에 복귀했을 때는 몸에서 영혼이 다 빠져나간 것 같았다. 억지로 센터에 나가서 예전처럼 개인 열람실 컴퓨터 앞에 앉았다. 전에는 열정이 넘쳤지만 지금은 연구를 할 수가 없었다. 집중이 되지 않았다. 마리아나는 동료들과 새로운 친구들을 피했고, 센터의 세미나에도 참석하지 않았다. 다른 사람들과 대화하려면 무척 애를 써야 했기 때문이다. 논문 지도교수가 센터 소장에게 마리아나의 상황을 알렸고, 소장은 즉시 마리아나를 호출했다.

그녀는 생각했다. 그는 내게 그만두라고 할 거야. 내게 가망이 없다는 걸 알겠지.

그렇게 된다면 얼마나 마음이 가벼워질까! 그때 마리아나는 어머니가 아버지를 뒤따랐던 것처럼 어머니를 뒤따르고 싶은 마음이 간절했다. 이 모든 일이 예정된 것처럼 아주 자연스러워 보였다.

5월 15일까지 첫해의 프로젝트를 끝마치지 못할 것이 분명했고, 소장에게도 그렇게 말할 작정이었다. 마감을 연기해달라고 해봐야 쓸데없는 일이 될 거라고 생각했다. 현시점에서는 프로젝트를 완료하는 일에 의미를 느끼지 못했으니까.

지금 마리아나에게는 연구가 너무도 쓸데없는 일 같았다. 아버지가 죽기 전에는 그렇게도 흥분되던 주제였는데! 할리우드 배우이자 미국 최초의 여성 영화감독들 중 하나인 이다 루피노의 1940년대와 1950년대 영화 관련 기록물을 조사하려고 이 센터에 왔다. 센터의 기록물 보관소에는 대본의 초고, 개인 노트, 잡지, 편지, 엄청난 양의 사진과 스냅사진이 있었다. 하지만 마리아나에게는 더이상 연구를 이어갈 기운이 없었다. 공들인 조사의 결과물인 빛바랜 인쇄물들과 친서들, 사진들은 희귀하다 할 만한 수십 년간의 개인적 자료였다. 하지만 너덜너덜해진 고무줄에 묶인 자료들은 너무 우울해 보였다. 이 최초의 비범한 여감독은 개척자 페미니스트였고, 영화에서 남자를 악마 같은 누아르적 인물로 묘사했다는 것이 마리아나가 발견한 사실이었다. 여자 캐릭터는 보통 그렇게 그리지 않았다. 하지만 끔찍한 상실감 앞에서는 이런 발견조차 하찮아 보였다.

오스틴 모어는 소장실 문가에서 머뭇대는 마리아나를 보고 벌떡 일어나서 다가왔다. 그녀는 쓰러지기 직전처럼 보였다. "마리아나? 어서 들어와요."

그는 부모님 이야기를 들었다고 마리아나에게 말했다. 그리고 애도의 말을 건넸다.

그러고는 프로젝트 마감일은 당연히 연장할 수 있고, 적어도 여름 동안 할 수 있을 것이며, 이해한다고, 그녀가 정식으로 마감 연장을 신청하지 않아도 된다고 곧바로 말했다.

마리아나는 깜짝 놀랐다. 이런 동정적인 반응은 예상하지 못했다.

그녀는 예쁘지 않았다—성적 매력이 없었다. 그녀는 그렇다고 생각해본 적이 없었다.

그리고 부모님이 세상을 떠난 탓에 이제 그녀의 피부는 죽은 사람처럼 창백하고 뺨은 움푹 꺼지고 쓸쓸해 보이는 눈에는 핏발이 서 있었다.

어깨까지 내려오는 굽슬굽슬하고 윤기 있던 진갈색 머리칼은 감아야 할 것처럼 힘없이 축 처졌다. 손톱은 부러지고 울퉁불퉁하고 때가 끼어 있었다. 깡마른 몸에 너무 헐렁해져서 어울리지도 않는 옷을 걸치고 있었다.

마리아나는 오륙 킬로그램쯤 체중이 줄었다. 키는 170센티미터인데 체중은 45킬로그램도 안 됐다.

유창하고 장난스럽고 '위트 있는' 공적 모습과는 완전히 다른 친절한 목소리로 오스틴 모어는 마리아나에게 부모님에 대해 물었다. 그녀의 아버지와 어머니에 대해.

그는 마리아나의 말에 진지하게 귀기울였다. 마리아나는 조심스럽게, 그러다가 좀더 감정을 실어서 말했다. 어머니가 세상을 떠난 후로 그렇게 말해보기는 처음이었다.

더듬거렸고, 주저했다. 울지 않으려고 애썼다. 그래도 오스틴 모어에게 그동안의 일을 이야기했다. 여전히 믿을 수 없고 이해되지 않는 일에 대해 털어놓았다.

그는 마리아나에게 어떻게 자신을 돌보고 있느냐고 물

었다.

그녀는 뭐라고 대답해야 할지 난감했다. 지금 그녀에게 자신은 안중에도 없었다. 부실한 자투리 시간이 상관없이, 쓸모없이 흘러갔다.

"자네에게 지금은 위험한 시기야, 마리아나. '저쪽'에서 끌어당기는 힘이 너무 세."

마리아나는 오스틴 모어가 저세상을 말한다는 것을 알았다.

"자네는 지금 혼자 있으면 안 돼. 본인이 그걸 알아야 하는데."

마리아나는 흐느꼈고 휴지를 뭉쳐 눈두덩을 눌렀다. 오스틴 모어는 부드럽지만 확고하게 말했다.

"누구나 도저히 견딜 수 없을 것 같은 상실을 경험하곤 해. 그리고 때로는 거기서 딛고 일어나지 못하는 경우도 있어. 그래서 도움이 필요한 거야. 우리에게는 긴급 도움이 필요해. 내가 '긴급' 도움이라 할 만한 것을 자네에게 해주지. 우선 난 오후의 약속을 전부 취소하겠어."

"하지만……"

"아니. 그럴 거야. 그래야 해."

"내게 말해봐. 자네 이야기를 좀더 해보라고. 연구 과제

에 대해. 지난가을에 어떻게 우리 센터로 왔는지. 알다시
피 우리 센터는 지원자가 많지. 우리는 지원자 열 명 중 한
명만 받을 수 있고. 그러니까 자네는 우리에게 아주 특별한
사람이야, 마리아나. 내게는 그래."

마리아나는 자신이 그렇게 할말이 많았는지, 혹은 그런
말을 할 기운이 있었는지 몰랐다.

마리아나는 센터 소장이 미국과 유럽의 20세기 영화를
주제로 학술 에세이를 여러 권 썼을 뿐만 아니라 고전 영화
들을 기억하고 긴 대사들을 외운다는 이야기를 들은 적이
있었다. 오스틴은 이다 루피노의 누아르 영화들에 대해 마
리아나만큼, 아니 마리아나보다 더 많이 아는 것 같았다.
그는 루피노의 주요 영화들의 연출 전략에 대한 이야기로
마리아나의 슬픈 마음을 다른 데로 돌릴 수 있었다. 또 그
는 1950년대에 루피노가 연출한 잘 알려지지 않은 환상특
급 시리즈 중 '가면들'이라는 에피소드에 대해서도 말했다.
마리아나와 오스틴은 함께 이 텔레비전 드라마의 우화적인
구성을 분석했다. 뉴올리언스에서 열린 마르디 그라(사순절
이 시작되기 전날 열리는 축제—옮긴이)에 참가한 용기 없는 사
람들은 가면을 써야 한다. 흉한 가면은 그들의 내적 자아를
드러내고, 자정이 되어 가면을 벗은 얼굴에는 흉한 가면이
각인되어 있다.

"아주 뛰어난 도덕적 우화야. 포poe와 견줄 만해. 가면이 얼굴을 일그러뜨리지. 영혼을 드러내기도 하고. 루피노가 이 환상적인 소재를 무척 설득력 있게 그려서 초현실 같지 않을 정도였어. 1950년대의 전형적인 드라마가 아니었어. 아니 심지어 지금 봐도 그렇고."

마리아나는 오스틴이 그녀의 연구 주제에 대해 그렇게나 많이 안다는 데 감탄했다. 다른 사람들은 이 주제에 대해 타당성까지 의심하지는 않아도 모호하다고 생각했다. 또 그가 그녀를 아주 분명하게, 아주 진지하게 신경쓴다는 점도 놀라웠다.

예순에 가까운 오스틴은 영화에 푹 빠진 젊은이처럼 활기차게 말했다. 그 열정에는 천진한 면이 있었고, 마리아나는 그의 그런 면이 불과 몇 달 전까지의 자신과 아주 비슷하다고 생각했다.

오스틴 모어는 대단히 사교적이고, 적갈색이 도는 은색의 여전히 숱 많은 뻣뻣한 머리칼을 가진 남자였다. 가끔은—오늘은 아니지만—약간 긴 머리를 포니테일 스타일로 하거나 말아서 묶곤 했다. 오스틴은 히스패닉의 특징이 없는데도 라틴계 남자처럼 으스대는 분위기를 풍겼다. 그는 뻣뻣하게 다림질한 새하얀 면 셔츠의 단추를 풀어 적갈색이 감도는 은색 가슴털을 드러냈다. 눈빛은 날카롭고 강렬했고, 그 강렬함으로 상대방을 압도했다. 왼쪽 손목에는 멋진 디자인의 큰 시계를, 오른쪽 손목에는 작은 체인의 금 팔찌를 찼다.

마리아나의 손은 차갑고 축 늘어져 있었다. 오스틴이 그 녀의 두 손을 포근하게 감쌌다. 그는 야단 떠는 아버지처럼 중얼대며 책망했다. "내가 분명히 말하는데 지금 자네는 절 대 혼자 있으면 안 돼. 자신을 더 잘 챙겨야 한다고. 내가 꼭 그럴 수 있게 도와주지."

마리아나는 어린 시절 이후 그런 위로를 받아본 적이 없 었다. 단단했던 것이 녹는 기분이었고, 실제로도 녹아내렸 다. 그 순간 그녀는 이 남자를 사랑하기 시작했고, 그녀 안 에서 오스틴 모어를 향한 사랑이 샘솟았다. 크리스마스 직 전 아버지가 중병으로 혼수상태에 빠져 다시 의식을 회복 하지 못할 수도 있다는 소식을 들은 후로 처음 느끼는 감정이 었다.

이른 저녁 오스틴은 마리아나를 차에 태워 버클리 힐스 의 자기 집으로 데려갔다. 그리고 그녀를 위해 마른 과일과 아몬드, 쿠스쿠스를 넣은 전형적인 닭고기 타진을 직접 만 들어 내왔다. 제대로 된 식사는 몇 주—몇 달—만이었는 데 마리아나는 자기도 모르게 허겁지겁 먹고 있었다.

마리아나의 집안 남자들은 부엌일을 거의 하지 않았다.

부엌에 있는 그의 모습을 보고 함께 시간을 보내고 그에게 **보살핌**을 받자 마리아나는 감동했다.

그들은 베란다로 나가 철제 테이블 앞에 앉았다. 반짝이는 샌프란시스코 시내와 베이 지역과 다리들이 보였다. 마리아나는 그렇게 감칠맛 나는 와인을 먹어본 적이 없었다. 오스틴은 스페인산 샤르도네라고 말했다.

와인, 공들인 요리, 유칼립투스 나뭇가지 사이로 반짝이는 도시의 정경. 마리아나는 눈을 감아야 했다. 환희의 감정이 강렬하게 밀려왔다.

어쩌면, 난 살아낼 것 같아.

오스틴은 몇 킬로미터 떨어진 그녀의 임대아파트까지 차로 데려다주었다. 그는 마리아나를 부축해 현관문으로 데려갔다. 그러나 집에는 들어가지 않고 그녀의 어깨를 가만히 잡았다. 마리아나는 그가 아릿한 입술에 키스할 거라 생각하고 고개를 들었다. 하지만 오스틴은 아이에게 하듯 이마에 입술을 살짝 갖다댔다. "잘 자, 나의 마리아나! 이게 시작이야."

그날 밤새 그녀는 악성 전염병이 자신의 피를 공격하는 느낌이 들었다.

가볍게 열이 오르기 시작했다. 물론 이것은 악성 박테리아가 아닌 사랑의 공격이었다.

일주일 내내 마리아나는 오스틴 모어와 저녁식사를 했다. 보통은 단둘이서 했다.

육 주 동안 마리아나는 대부분의 밤을 오스틴 모어의 집에서 보냈다.

그리고 육 개월이 되기 전에 그들은 결혼했다.

2

"마리아나, 무슨 빌어먹을 짓을 한 거야."

그녀는 깜짝 놀랐다. 결혼한 지 몇 주밖에 되지 않은지라 남편의 갑작스러운 분노를 감당할 준비가 되어 있지 않았다. 처음에는 분명히 오스틴이 장난을 치는 거라고 생각했다.

마리아나는 센터에서 영화 상영이 끝난 후 저녁때 집에서 열릴 파티를 준비하고 있었다. 가구를 옮기고 의자들을 다시 배치했다. 실외 베란다로 이어지는 통로의 공간도 넓혔다. 옻칠한 일본산 가리개를 거실의 다른 데로 옮기고, 카탈로니아 단지 세트는 깨지지 않게 선반에 올려놓았다. 그리고 가장 야만적으로 보이는 아프리카 가면 하나는 방에서 눈에 덜 띄는 자리로 옮겼다. 멋진 난초가 심어진 도기 화분 몇 개도 안전한 곳으로 옮겼다. 하지만 아내가 해놓은 일을 알아챈 오스틴은 그녀가 기대했던 것처럼 기뻐하기는커녕 못마땅한 눈초리로 노려보았다.

"난 당신에게 출장연회업체 사람들이 오기 전에 파티 준비를 거들어달라고 했어. 내 집을 뒤집어놓으라고 한 게 아니라."

내 집. 마리아나는 충격 때문에 이 말을 제대로 알아듣지 못했다.

"미안해요. 그러려던 건 아니었어요. 나는……"

마리아나는 더듬거리며 사과했지만 오스틴은 듣는 것 같지 않았다.

"여기 들어와 살아보니까 이 집이 공들여 꾸민 집 같지 않다는 생각이 들었나? 당신 눈에는 내가 이 물건들을 대충 내던져둔 것 같아? 미학적인 원칙 없이? 내 취향이 열등한 것 같나? 당신보다 못한 것 같은가?"

오스틴은 잔뜩 비아냥대는 어조로 쏘아붙였다. 마리아나는 두렵고 정신이 없었다. 너무 놀랐다. 평소에 그는 아주 정중하고 자상한 남자였다. 유머 감각이 넘쳤다. 그런 남편이 아내가 거실의 물건 몇 개를 옮겼다고 불같이 화를 내고 있었다. 그런 사소한 일을 가지고!

마리아나는 미안해요, 미안해요라고 중얼대면서 일본산 가리개를 낑낑거리며 원래 자리로 옮겼다. 전에 이 옻칠한 가리개를 봤을 때는 아름다운 예술품이라고 생각했다. 칠흑같이 검은 바탕에 작은 크림색 나비와 새가 군데군데 있었다. 길이가 2미터 가까이 되어서 방의 그 자리에 두기에는 너무 컸다. 하지만 이제 그녀는 차마 가리개를 쳐다볼 수 없었다. 그녀가 카탈로니아 단지 세트와 아프리카 가면, 멋진 난초 화분들을 제자리로 돌려놓는 동안에도 오스틴은 계속 화를 냈다.(마리아나는 난초의 꽃잎이 흔들리다 떨어질까봐 잔뜩 겁을 먹었다. 꽃송이 몇 개는 핀 지 한참 됐기 때문이다.) 그는 어린 아내가 실수를 바로잡으려고 주눅든 채 재빠르게 움직이는 건 못 본 체했다.

이때까지도 마리아나는 머리 한구석으로 자위했다. 그의 진심이 아니야. 진심일 리 없어. 이런 사소한 일을 가지고 저 사람이······

"미안해요, 오스틴! 정말 미안해요. 내가 생각 없이······"

"맞아. 당신은 생각이 없었어."

아직도 화가 나 있다는 게 말이 되나? 마리아나가 충분히 사과했고, 모든 물건을 제자리로 돌려놓았는데도? 그런데도 그의 눈빛은 고집스럽고 강렬했고, 퉁퉁한 얼굴은 잔뜩 상기되어 있었다. 마리아나가 소중한 물건들을 훼손하고 망가뜨렸대도 그보다 더 화내고 그보다 더 넌더리낼 수 없었을 것이다. 하지만 물건들에는 눈곱만큼의 흠집도 나지 않았다. 그는 왜 계속 화를 낼까? 마리아나는 남편 앞에서 잔뜩 주눅이 들었다. 그가 손찌검이라도 할까봐 두려웠다. 그녀의 머릿속에 경고가 번뜩 스쳤다. 그의 물건을 건드리면 또 그럴 거야. 그러면 끝장이야.

뒤돌아 방을 나가 이 집에서 뛰쳐나가고 싶었다. 그녀에게 차가 있으니까 타고 떠나버릴 수도 있었다…… 이 결혼은 실수였다. 그녀는 달아나야 했다. 하지만 마리아나는 이 화난 남자에게서 등을 돌리면 안 된다는 것을 알았다. 그를 더 자극하면 안 된다는 것을 알았다. 살면서 이와 비슷한 경험을 한 적은 없었지만 오스틴의 분노가 들불처럼 타오르게 내버려둬야 한다는 것을 알았다. 화를 돋우는 행동을 더이상 하지 않고 그에게 미안해하고 반성하는 모습을 보이면 결국 가라앉을 것이었다.

마리아나는 남자와 싸웠던 일을 떠올려보려고 했다. 젊은 남자들, 애인들.

하지만 이런 일은 한 번도 없었다. 이렇게 악의 없고 사소한 일로 싸운 적은 없었다. 이렇게 일방적으로 싸움이 벌어진 적도 없었다.

그녀에게 이런 공포와 무력감을 안겼던 싸움은 없었다.

이런 외로움을 느낀 적도 없었다.

오스틴은 난초들을 살펴보러 갔다. 길이가 60센티미터쯤 되는 난초 도기 화분이 여섯 개 있었다. 거실에 있는 작은 아트리움에는 다른 멋진 화초들이 있었다. 나무 분재들, 잎이 반들반들한 염좌, 90센티미터쯤 되는 레몬나무. 처음에 마리아나는 이 아름다운 화초들이 바로 전의 아내가 두고 간 것들인지, 아니면 오스틴이 키우는 것들인지 궁금했다. 그녀가 이 집으로 들어온 이후 화초를 돌보는 일은 마리아나에게 맡겨진 것 같았다.

마침내 오스틴은 쿵쾅거리며 서재로 갔다. 마리아나는 남겨진 채 벌벌 떨었다.

그는 날 미워해! 그런 눈빛이었어.

그는 날 사랑하지 않아. 모든 게 가식이었어.

"멍청하기는! 하지만 난 배우게 될 거야."

마리아나는 네번째 아내였다. 어느 날엔가 다섯번째 아내가 들어올 거라는 생각을 하면 참을 수가 없었다.

x가 상수인 방정식에서 변수 y.

그녀가 무모하고 생각이 없고 어리석었던 것이다. 평소에는 온화한 남편을 그토록 분노하게 자극했으니까. 그녀의 잘못이었다, 완전히.

사람을 주눅들게 하는 눈빛, 더없는 혐오감을 드러내는 그의 눈빛에는 그가 사랑한다고 장담하던 어린 아내를 봐주려는 기미가 없었다.

살기등등하게 격분한 눈빛. 깜짝 놀랄 일이었다.

하지만 부모님의 죽음이라는 끔찍한 충격에 비하면 대단한 일도 아니었다. 난 견뎌낼 수 있어. 그럴 거야!

마리아나는 오스틴의 전처들이 그의 이런 성질에 적응하지 못했을 거라 짐작했다. 하지만 전처들이 결혼에 대해 품었던 기대는 그녀의 기대와는 전혀 달랐을 게 분명했다.

물론 마리아나는 이 상황을 좀더 차분하게 생각해봤고, 그러자 오스틴 모어에게도 이면이 있을 수 있다고 이해하게 됐다. 오스틴은 센터에서 찬사를 받는 것 같지만 누구도 언제나 어디에서나 그럴 수는 없다. 누구도 지속적으로 훌륭하고 합리적이고 분별 있을 수는 없다.

마리아나는 처음 센터에 들어갔을 때, 모두가 오스틴 모어를 칭찬하는 것을 알고 깊은 인상을 받았다. 그는 일종의 신화적인 존재였다. 너그럽고 친절하고 걸출한 인물.

그녀는 오스틴이 센터의 젊은 여자들에게 '치근댄다'는—혹은 그보다 나쁜—말을 들을 거라 어느 정도 예상했다. 그는 성인이 된 이래 평생 연극과 영화 제작에 관여했고 주변에는 매력적이고 당당한 젊은 여자들이 가득했다. 그러니 틀림없이 그런 뒷말이 돌 것 같았다. 하지만 마리아나는 그에 대한 나쁜 말은 듣지 못했다. 그가 여자를 이용한다는 소문은 없었다. 욱한다는 소문도 없었다. 물론 '인내심을 잃을' 수 있고, '멍청이들은 봐주지 않는다'는 이야기는 있었다. 그런 건 아주 사소한 단면들이었다.

아마도 마리아나 이전의 아내들은 그의 무섭게 쏘아대는 성질을 알았을 것이다. 그의 자식들도 틀림없이 알았을 것이다.

그래서 그에게서 도망친 거야. 그들 모두.

마리아나를 당황시킨 것은 오스틴의 예측 불가능한 기분이었다. 그녀는 남편을 자극하지 않겠다고 다짐했다. 다시는 그런 실수를 하지 않겠다고, 그의 집에서 그의 물건들에 대해 간섭하지 않겠다고. 하지만 그녀가 자기도 모르게 저지르게 되는 똑같이 사소한 실수들이 있었다. 다른 사람도 있는데 그가 생각하기에 지나치게 친근하게 말을 걸었다. 부엌에서 함께 식사 준비를 하면서 오스틴이 이미 조리법을 염두에 두고 있는데 그녀가 뭔가 제안을 하기도 했다. 그녀는 아무것도 모르고 순진하게, 마치 그녀가 오스틴 모어와 동등한 것처럼, 그가 그녀보다 요리 경험이 부족하다는 듯이 구는 실수를 저질렀다.

어느 저녁 그녀는 엄청난 실수를 저질렀다. 오스틴에게

의논도 하지 않고 아무 생각 없이 곁들이 음식으로 시금치를 준비한 게 문제였다. 마리아나는 오스틴이 만드는 해산물 마리나라에 시금치가 어울릴 거라고 생각했다. 오스틴은 그녀가 그의 판단에 대해 모욕이라도 한 듯이 벌컥 화를 냈다. "내가 만드는 음식은 정교하고 완벽해서 '곁들이 음식' 따윈 필요 없어. 당신이 무슨 생각을 하는지 짐작도 못 하겠군. 왜 간섭하고 싶어 난리인지 모르겠어."

그것은 불에 잘 타는 물체에 불붙은 성냥을 던진 거나 마찬가지였다. 갑자기 폭발하면서 통제 못할 정도로 불길이 치솟았다.

마리아나가 시금치를 버리겠다고 하자 오스틴은 더 화를 냈다.

오스틴이 부엌의 밀폐된 공간에서 화를 내자 마리아나는 속이 울렁거렸다. 평소 그녀에게 부엌은 아늑하고 매력적인 공간이었다. 나무 상판을 씌운 테이블, 검붉은색 타일 바닥, 벽에 걸린 피카소의 포스터 액자들과 마티스의 석판화들…… 오스틴의 땀 맺힌 이마에는 몸부림치는 벌레들처럼 혈관들이 툭툭 불거졌다. 마리아나는 절절매며 연신 사과했지만, 오스틴은 계속 화를 냈다. 그녀는 남편이 별일도 아닌데 왜 그렇게까지 화를 내는지 의아했다. 그가 장난을 치는 게 아닌가 하는 생각이 들었지만, 그는 당연히 장난으로 그러는 게 아니었다. 그는 극도로 심각했고, 분노로 이를 갈며 냄비들을 쾅쾅 내려놓았다. 바로 그날 센터에서 논란이 많은 프로젝트와 관련된 공개 토론회가 있었다. 오스틴은 침착하고 명료하고 강력하게 발언했다. 안달하거나 초조한 기미는 전혀 없었다. 아이처럼 화내지도 않았다. 친밀한 사생활, 결혼이라는 물리적으로 밀착된 친밀감 안에서 또다른 오스틴이 자라나는 것 같았다. 그는 아이처럼 감정을 억누르지 못하고 과도하게 드러냈다.

그는 여자를 두려워하고 싫어하는 게 분명해. 그리고 나는 현재 그의 옆에 있는 여자일 뿐이야.

가끔 갖는 잠자리에서는 언제나 예외 없이 오스틴이 주도했다. 늘 그가 시작하고 이끌고 끝냈다. 남편은 고집스럽고 난폭할 만큼 충동적이었다. 그러면 마리아나는 상처받기보다 당황스럽고 분한 마음이 들었다.(성관계가 다른 상황에서의 관계보다 훨씬 덜 사적이었기 때문이다. 마리아나는 경험이 많은 남편이, 자신이 힘들게 안고 있는 여자가 몇 번째 아내인지 애인인지 의식하지 못한다고 확신했다.) 하지만 그들의 성관계는 거의 침묵 속에서 이루어졌고, 그래서 특정한 상처는 더 금세 잊히는 것 같았다.

마리아나가 사랑해요! 라고 속삭이면, 오스틴은 이미 잠들어서 대답이 없기 일쑤였다. 그는 깊은 잠에 빠져 땀을 뻘

삘 흘리고 끙끙댔다. 호흡은 거칠고 불규칙했다. 마리아나는 그가 수면 바로 밑에서 떠다닌다고 생각했다. 물을 잔뜩 머금은 몸뚱이처럼……

그녀는 오스틴이 죽는다고 생각하자 너무 무서웠다. 목구멍이 조여들었고, 그 생각은 끔찍했다.

아, 하지만 난 당신을 사랑해! 사랑해요……

하지만 마리아나는 오스틴이 그녀의 사과를 못 들은 척하는 것이 너무 이상했다. 이다지도 단호하게 듣지 않겠다는 내색을 하는 사람은 만나본 적이 없었다. 마리아나가 즉시 두 손 들고 실수를 인정하고 사과하는 것은 전혀 중요하지 않았다. 오스틴은 화를 내면서 마치 그를 버리고 모욕하고 배신한 여자들과 있었던 일을 떠올리기라도 하는 것 같았다.

마리아나는 그가 아들의 죽음을 첫번째 아내인 이네스의 잘못으로 여기는지 궁금했다. 어쩌면 그게 문제일지도 몰랐다. 그 여자를 용서할 수 없는 오스틴이 그녀에게 향하는 분노를 스스로 의식하지 못한 채 마리아나에게 쏟아내는 것인지도.

때로 마리아나는 사무치게 외로웠다! 터무니없는 생각이 밀려들었다. 남편이 피임을 하지만 그녀가 임신할지도 모른다는 생각. 아기를 가질 거고 외로움이 줄어들 거라는 생각.

하지만 부드럽게 말하고, 자기주장 하는 법을 배운 적 없고 더욱이 자기방어조차 할 줄 모르는 어린 마리아나를 혐오하듯 노려보는 남편의 눈빛은 상처를 줬다! 연애 초기 몇 주 동안은 그토록 사랑 가득한 부드러운 눈길을 보내던 사람이었건만.

그 사랑이 진심이라고 믿었다. 그녀는 그렇게 알았었다.

이제 마리아나는 뭘 믿어야 할지 알 수 없었다. 남편은 다시 그녀를 '사랑'할 테지만, 그녀가 그를 믿을 수 있을까?

오스틴은 마치 마리아나에게서 변덕 심한 여자의 형체를 보는 것 같았다. 안개 낀 것 같고 예측할 수 없는, 신뢰할 수 없는 여자. 차례대로 그를 매혹했다가 화나게 만들었던 여자라는 형체. 그는 그녀를 보는 게 아니었다.

결혼하던 해에 이미 마리아나는 이 결혼생활이 종지부를 찍을 거라고 몇 번이나 생각했다. 남편은 그녀에게 질렸고 정떨어졌다. 그는 넌더리난다는 눈빛으로, 한심스럽고 못 미더운 듯 화난 눈빛으로 마리아나를 보았다. 당장이라도 그녀를 때리고 싶은 듯이 주먹을 움켜쥔 적도 있었다.

그녀는 집에서 도망치고 싶었다. 아름다운 풍경을 가진 멋진 집이었지만 마리아나는 점점 이 집을 싫어하게 됐다.

정말 아름답지만 정말 위태로운 버클리 힐스에서 벗어나는 것. 급격하게 구부러진 좁은 길들은 차 한 대 다니기도 힘들었다. 그런 길들이 구불구불한 언덕들로 가파르게 이어졌고, 땅이 푹 꺼지는 듯한 느낌이 드는 곳도 한 군데 이상 있었다. 파노라믹 힐이라 불리는 이 지역은 어느 곳이나 화재 위험이 커 보였다. 길이 워낙 구불구불해서 소방차가 다니지 못할 테니까.

지진 발생 지역이기도 했다. 마리아나가 이 사실을 지적하자 오스틴은 경멸하듯 웃었다.

"세상도 언젠가는 끝나. 다행히 나는 여기 있을 계획이 없어."

우리가 아니라 나였다. 무심하게 상상하는 세상의 종말 속에 오스틴은 어떤 아내도 포함시키지 않았다.

오스틴이 벌컥 화를 낸 후, 마리아나는 그가 그녀를 내보낼 거라고 확신했다. 그녀가 정말로 그의 곁에 있고 싶은지도 확신할 수 없었다. 이토록 위태롭고 불안정한 결혼을 유지하고 싶은지.

그 순간 다시 이런 생각이 떠올랐다. 이 사람이 없으면 난 아무것도 아니야. 난 딸이고 고아야. 난 존재하지 않아. 등골이 서늘해졌다.

시금치 사건이 있던 날 두 사람은 태평양의 일몰이 보이는 테라스에서 불편하게 저녁식사를 했다. 마리아나는 감히 입을 열지 못했고 오스틴은 그녀에게 눈길도 주지 않았다. 그는 생각에 잠겨 있었다. 마리아나는 비교적 최근에 그의 인생에 끼어든 그녀와는 관계없는 일에 대한 생각일 거라고 짐작했다.

그는 내게 떠나라고 할 거야. 다른 아내들에게도 그랬을까? 끝났어. 그만 떠나줘. 여긴 내 집이야.

그날 밤 그녀는 남편이 곁에서 자는 걸 싫어할 것 같아서 부부 침실이 아닌 손님방에서 잘 채비를 했다. 그런데 오스틴이 쿵쾅대며 문가로 와서 그녀를 나무랐다.

"대체 무슨 짓이야! 내 아내는 나한테, 내 침대에 속한 사람이야."

내 아내. 넌더리를 내는 상태에서 오스틴은 마리아나의 이름은 까맣게 잊은 것 같았다.

"안녕하세요, 마리아나! 새 아내 맞죠?"

백발의 화려한 여인은 만화에 나오는 큐피 인형처럼 표정이 익살스럽고 묘했고, 영어 억양이 아주 이상해서 마리아나는 조롱당하는 게 아닌지 겁이 났다. 여자는 반지를 낀 뼈대가 가는 손을 뻗어 마리아나와 악수했다.

"난 이네스 삼브란코이고, 이 아이는 조카인 오르텐사예요."

"네, 안녕하세요……"

"혹시 우리가 너무 일찍 왔나요? 오스틴은 아직 준비가 안 된 거예요? 오르텐사와 난 다른 데 갔다가 나중에 다시 와도 괜찮아요…… 그러는 게 당신에게 편하다면요."

마리아나는 벨 소리를 듣고 부랴부랴 현관으로 나오느라 숨이 찼다. 이네스 삼브란코와 조카는 한 시간 이상 일찍 도착했고, 오스틴은 다른 방에서 옷을 갈아입고 있었다.

마리아나가 떠듬떠듬 말했다. "아뇨, 들어오셔야죠. 어서 들어오세요. 별로 일찍 오신 것도 아닌데요……"

"아녜요, 우리가 일찍 왔을걸요? 오르텐사와 나, 보다시피 우리는 택시를 타고 왔어요. 공항에서요. 이런 상황에서는 시간에 딱 맞춰 오는 게 불가능하죠."

"그럼요, 맞아요. 물론 그렇죠. 들어오세요……"

마리아나는 두 여자를 향해 초조하게 미소지었다. 너무 경황이 없어서 이네스의 조카와는 악수도 하지 못했다. 오르텐사는 현관 계단, 이네스 옆에 서 있었다. 이네스보다 머리 하나는 컸고, 하녀처럼 약간 뒤에 서 있었다. 숄더백을 메고, 큰 가방 하나는 들고, 바퀴 달린 큰 여행가방을 끌고 왔다. 마리아나는 이 사람들은 일부러 일찍 왔어. 날 불안하게 만들려고라고 생각하지 않으려고 애썼다.

마리아나는 오르텐사를 바라보다가 이네스에게 눈을 돌렸다. 그랬다가 거의 기절할 뻔했다.

쾌활하게 재잘대는 이네스 삼브란코의 눈 하나가 없었

다. 오른쪽 눈이 있는 자리가 움푹 파여 있었다.

순간 아찔한 충격이 몰려왔다. 왼쪽 눈에는 연보라색과 암회색 아이섀도로 능숙하게 음영을 줬고 검은색 마스카라가 칠해져 있었다. 왼쪽 눈에서 오른쪽 눈으로 시선을 옮기자 그늘진 빈 공간 같은 게 눈에 들어왔다. 본능적으로 얼른 왼쪽 눈으로 다시 시선을 돌리자, 이네스의 왼쪽 눈이 빤히 상대를 응시하고 있었다. 다 안다는 눈길, 심지어 재미있어하는 듯한 눈빛이었다. 한쪽 눈이 없는 백발의 여자, 향수 냄새가 강하게 풍기고 우아하게 차려입은 그녀는 상대의 생각을 정확히 읽는 것 같았다. 얼마나 충격을 받았는지 아는 것 같았다. 물론 마리아나는 계속 미소지으면서 아무 일 없는 듯, 눈이 없는 것을 알아보지 못한 듯이 행동하려고 했지만.

하지만 마리아나는 그러지 못하고 움푹 파인 곳을 다시 힐끔거렸다. 오른쪽 눈에도 화장이 되어 있었다. 파인 곳 가장자리에 검은 마스카라를 칠했고, 그 위에 아치형 눈썹을 그렸다. 흰색, 회색, 연갈색이 묘하게 섞여 있었고, 완벽하게 그린 오른쪽 눈썹과 짝을 이루었다. 불길하면서도 화려한 연출이었다. 이네스 삼브란코는 극적인 분위기를 자아냈고, 예순 살이 넘었지만 그보다 훨씬 젊어 보였다. 게이샤처럼 얼굴을 하얗게 분칠했고, 말괄량이 소녀처럼 활발하고 경쾌했다.

이네스의 흰 머리카락조차 노부인의 단순한 백발이 아니었다. 짧게 자른 머리는 록 스타의 펑크스타일처럼 꼿꼿하게 솟았고, 더 자세히 보면 '흰색'은 은은한 흰색이 아닌 염색한 메탈 느낌의 흰색이 분명했다.

그리고 작은 발에는 금색 샌들을 신고 있었다. 작고 화려한 그녀는 7센티미터가 넘는 위태로운 높이의 샌들 덕분에 158센티미터 정도로 보였다. 샌들 밖으로 보이는 작은 발톱은 루비처럼 붉은색이었고, 손톱과 오므린 입술도 똑같은 색이었다.

"어서 들어오세요. 가방은…… 제게……"

이네스가 방문한다는 것은 며칠 전에 알았지만 마리아나는 이런 갑작스러운 순간을 맞닥뜨릴 마음의 준비를 하지 못했다. 오스틴은 왜 전처에게 눈 하나가 없다고 미리 귀띔해주지 않았을까?(혹시 오스틴도 몰랐을까? 그럴 수도 있나? 눈이 없다는 건 틀림없이 암에 걸렸었다는 의미인데. 그렇지 않나?)

그리고 오르텐사도 있었다. 촌스럽고 무뚝뚝한 아가씨. 바싹 빗어 넘긴 머리와 작은 두 눈이 가운데로 몰린 듯한 얼굴. 평편한 발레리나 구두에 흙색 폴리에스터 바지, 그리고 거기에 맞춰 입은 듯한 재킷. 마리아나와 같은 연배이고 키도 비슷했지만 체중이 최소한 7킬로그램은 더 나갈 것 같았다. 그녀는 샐쭉한 표정으로 마리아나의 환한 미소를 퉁명스럽게 무시했고, 마리아나가 인사하자 거의 들리지 않게 인사말을 중얼댔다.

마리아나는 손님들을 안으로 안내했다. 무척 당황스럽고 초조했다. 마리아나는 한쪽 눈이 없는 것을 알고 불편해하는 자신을 보고 이네스가 재미있어한다는 것을 눈치챘다. 이네스는 오르텐사에게 스타카토처럼 툭툭 끊어지는 스페인어로 마리아나는 알아듣지 못하는 말을 했는데, 어린 새 아내에게 호의적인 말은 아닌 듯했다.

마리아나는 오스틴에게 손님들의 도착을 알리고 싶었지만, 남편은 방해받는 것을 싫어하는 사람이었다. 오스틴은 침실 아니면 욕실에서 손님을 맞기 위해 단장중이었고, 그는 그 일을 서두르고 싶어하지 않았다.

마리아나는 오르텐사에게 무거운 손가방을 건네받고 두 사람을 손님방으로 안내했다. 창문이 태평양 쪽으로 난 방이었다. 이네스는 감탄하면서 명랑하게 재잘댔고—마리아나는 그녀의 말을 알아들을 수 없었는데 외국어 억양이 강한 걸 보면 스페인어였을 것이다—오르텐사는 웃음기 없는 얼굴로 이모를 좇아 둔하게 걸어갔다.

이네스와 오르텐사는 가족답게 외모가 비슷하다는 것을 알 수 있었다. 이모의 이목구비는 예쁘장했지만 게이샤처럼 하얗게 분칠해 과장되고 기묘한 아름다움을 풍겼다. 반면 오르텐사의 이목구비는 투박하고 평범했다. 이모의 화려함에 도전이라도 하듯 조카의 누르께한 얼굴에는 화장기라곤 없었다. 그녀는 억세고 덥수룩한 눈썹을 다듬지 않았고, 얄팍하고 일자인 흐릿한 입술을 꾹 다물었을 뿐 형식적인 미소조차 짓지 않았다.

이모가 자그마하고 체중이 40킬로그램도 채 안 되는 인형 같은 여자인 반면, 조카는 어린 암소처럼 육중하고 둔감했다. 흙색 폴리에스터 재킷 안쪽의 가슴은 너무 익어 처진 과일처럼 큼직했다.

마리아나가 결혼생활을 시작한 이래 이 집에서 묵는 첫 손님들! 그녀는 조금 어지러웠다. 이네스의 향수 냄새가 푹 익은 과일 향기처럼 코끝에서 맴돌았다.

그녀는 오스틴이 이네스의 높은 목소리나 타일 바닥에서 날카롭게 또각거리는 그녀의 구두 소리를 듣길 바랐다. 마리아나는 그에게 소리치고 싶었다. 이리 나와봐요! 나 좀 도와줘요! 당신 전처가 왔어요.

"오스틴! 정말 반가워! 당신은 하나도, 아니 거의 안 변했네. 일 년이 참 빠르지 않아? 정말 많은 일이 있었지만 달라진 건 아무것도 없어."

이네스가 사람을 짜증나게 하는 쾌활한 목소리로 말을 늘어놓았지만 마리아나는 잘 알아들을 수 없었다. 그녀는 오스틴이 전처를 억지로 활기차게 맞이한다고 생각했다. 센터에 일면식만 있는 손님이 찾아와도 그렇게 맞이했을 것이다. 그는 딱딱하게 살짝만 미소지으면서 몸을 굽혀 양 볼에 이네스의 키스를 받아줬다. 그의 양볼에 빨간 입술 자국이 남았다. 이걸 알았다면 오스틴은 무척 짜증을 냈을 것이다. 그날 저녁 이네스는 깜짝 놀랄 만한 의상으로 갈아입었다. 어깨끈이 없고 주름 잡힌 진보라색 새틴 상의는 앙상한 어깨와 가늘고 탄력 없는 팔뚝에 어울리지 않았다. 거미줄처럼 얇은 스커트는 비뚜름히 찢어진 것처럼 보였다. 가느다란 목에 건 옥 목걸이는 오스틴이 선물한 게 틀림없다고 마리아나는 생각했다. 마리아나가 걸고 있는 옥 목걸이와 아주 비슷했다. 다만 이네스의 목걸이는 마리아나의 것처럼 화려하지도 묵직하지도 않았다. 과감하게 드러낸 맨 어깨가 이네스를 연약하지만 위엄 있어 보이게 했다. 주름 잡힌 새틴 상의 안쪽의 가슴은 쭈그러든 것처럼 작았다.

오른쪽 눈이 있던 자리의 그늘지고 파인 자국은 피카소 그림에 나오는 여자처럼 눈을 찡그린 비대칭의 얼굴을 만들었다. 하지만 이네스가 한때는 아름다웠다는 것을 알 수 있었다. 지금도 미모를 간직하고 있었다.

두 사람은 정말 묘한 한 쌍이었다. 뻣뻣한 백발의 여자는 키가 작고 체구가 왜소하고, 전남편은 체구가 아주 커서 그녀를 내려다보았다. 이네스는 정신이 없을 정도로 유쾌하게 굴었지만 갑자기 오스틴보다 상당히 나이들어 보였다.

그리고 마리아나는 이네스의 눈 하나가 없다는 사실을 오스틴도 알고 있었다고 알아차렸다. 그가 섬뜩하게 휑한 자리를 보고도 놀라는 기색을 보이지 않았기 때문이다. 흠칫하거나 걱정하는 것 같지도 않았다. 사실 그는 이네스의 들뜬 얼굴을 보는 둥 마는 둥 하더니 얼른 오르텐사에게 눈을 돌렸다. 그리고 이번에도 활기차게 형식적인 인사를 건네며 악수했다.

오르텐사는 다정하거나 생기 있어 보이려고 노력하지 않았다. 둘은 안지도 뺨에 키스하지도 않았다. 마리아나는 무뚝뚝한 아가씨가 오스틴의 매력을 거부하는 데 깊은 인상을 받았다. 마리아나는 생각했다. 저 여자는 이 남자에게 아무 감흥이 없고 그렇다는 사실을 그에게 알려주려고 하는구나.

오래전에 틀어진 관계라고 마리아나는 짐작했다. 오스틴과 오르텐사는 친족의 혼인으로 이어진 관계였다. 그것도 과거에. 만나도 별로 할말이 없는 친척 같은 애매한 관계.

뭐 마실 거라도 내올까? 한잔할까? 오스틴은 재빨리 손님들을 거실로 안내해 흰색 가죽 소파에 앉혔다. 긴 소파에서는 멀리 도시의 풍경과 베이 지역과 다리들이 보였다. 희미한 석양 속에서 금문교가 보일 듯 말 듯 반짝거렸다.

"오! 언제나 에스펙타쿨라('장관이다' '멋지다'라는 뜻의 스페인어—옮긴이)! 엘 테레모토 염려는 안 해도 되겠지?"

이네스는 서서 웃으며 가볍게 말했다. 마리아나는 엘 테레모토가 지진을 뜻하며, 이 말이 오스틴의 속을 뒤집어놓는다는 것을 알았다. 샌프란시스코와 버클리 지역에 오래 산 사람들은 다 마찬가지였다. 그는 헛소리 말라는 의미의 웃음을 터뜨렸다.

"글쎄, 엘 테레모토 정도로는 난 여기서 꼼짝도 안 할걸."

마리아나는 이것이 오래된 논쟁거리라는 것을 눈치챘다. 아내와 남편은 여러 번, 아주 여러 차례 지진에 대해 이야기했을 것이고, 남편은 언제나 퉁명스럽게 대답했을 것이다.

"마리아나…… 당신은 어때요?"

"네? 뭐가요?"

"엘 테레모토가 겁나지 않나요, 조금은?"

마리아나는 생각하려고 애썼다. 사실은 이랬다. 이 위태로운 산비탈에 있는 주택에 지진이 일어날 가능성에 대해서는 별로 생각해보지 않았다. 화재나 홍수나 산사태가 일어날 가능성에 대해 그랬듯이.

"마리아나는 쓸데없는 걱정을 하는 사람이 아니야, 이네스. 그녀는 현실적인 사람이야. 지금, 여기서 살아야 한다는 걸 알지."

누군가가 마리아나를 현실적이라고 말한 것은 처음이었다. 그리고 그는 마리아나가 아주 어리거나 제 구실을 못하는 사람이기라도 한 듯이 면전에서 그녀를 삼인칭으로 지칭했다.

어쩌면 사실이 그랬다. 마리아나는 이 아름다운 지역에 지진이 날 가능성이 있다는 것을 이 결혼의 특징으로 받아들였다. 그녀는 결혼해준 것이 정말 고마워서 지진 따위는 개의치도 않았다.

"그런 생각은 해본 적이 없는 것 같아요…… 저는……"

마리아나는 말끝을 흐렸다. 이네스와 오르텐사는 그녀를 얼마나 약하다고 생각할까. 오스틴의 어린 새 아내를!

몇 분 전 오스틴은 여자들이 있는 자리로 오면서 마리아나에게 한눈파는 듯한 시선을 보냈다. 그는 이네스 쪽을 계속 바라보았지만 딱히 그녀를 보는 건 아니었다. 눈부신 빛 쪽으로 고개를 돌렸지만 똑바로 보지는 못하는 것과 비슷했다.

이제 그는 양미간을 잔뜩 찌푸린 채 마리아나를 힐끗 쳐다봤다. 누군지 잘 모르겠다는 듯한 태도였다. 왜 마리아나가 그의 거실에 스페인 출신의 이국적인 전처와 있는지 모르는 듯했다.

오르텐사는 소파에 품위 없이 주저앉아 있었다. 소파 끄트머리에서는 반짝이는 경치가 보이지 않았다. 그녀는 번들거리는 얼굴을 씻지도 않고 저녁식사 전에 옷을 갈아입지도 않았다. 그저 폴리에스터 재킷만 벗었다. 재킷 안에 입은 검은색 무광 티셔츠는 구겨지고 그림 부분의 스팽글이 떨어져 있었다. 인간의 얼굴, 노려보는 눈, 헝클어진 머리…… 베토벤인가?

오스틴이 마실 것을 준비하는 동안 이네스는 하이힐 소리를 시끄럽게 울리며 집안을 돌아다녔고—오래되고 익숙하거나—새롭고 아름다운 물건들을 보며 감탄했다. 작고 명랑한 이 여자가 진심으로 감탄하는 건지 교묘하게 조롱하는 건지 알 수 없었다. 전남편의 관심을 멕시코산 '악령' 조각상이나 찌푸린 캄보디아 가면, 옻칠한 일본산 가리개로 돌리려는 건지, 그들이 함께한 과거를 그에게 잔인하게 상기시키려는 건지, 그들이 함께한 과거의 유산인 아름다운 물건들을 그가 차지한 것을 축하하려는 심사인지 알 수 없었다. 이네스는 한참 동안 난초들과 분재들, 작은 레몬나무를 살폈다.

마리아나는 생각했다. 저 여자가 작은 레몬들을 따서 주머니에 넣으려 하는구나.

하지만 이네스는 그저 오스틴에게 아름다운 집을 칭찬할 뿐이었다. 조롱하는 기색은 없었다. 그러다가 지금의 아내인 마리아나를 의식하고는 몸을 돌려 따뜻한 미소를 지으며 그녀를 끼워주려고 했다.

둥근 눈썹 밑의 움푹 꺼진 곳을 보자 마리아나는 다시 어지러운 기분이 들었다.

다른 한쪽 눈, 빛을 반사하는 유리처럼 반짝이는 남은 눈에는 아름답게 화장이 되어 있었다. 이네스는 어린 새 아내에게 윙크했다.

마리아나는 양해를 구하고 준비해둔 애피타이저를 가지러 부엌에 갔다. 오스틴이 좋아하는 고급 치즈를 말랑말랑해지게 미리 냉장고에서 꺼내뒀다. 올리브, 캐슈너트, 작고 흠 하나 없는 포도, 그리고 오스틴이 좋아하는 호밀 크래커도 준비했다. 아주 잠깐이지만 이네스가 있는 자리에서 벗어나자 마리아나는 크게 안도했다. 뛰쳐나가서 자갈 깔린 차도를 지나 바깥 도로로 가고 싶은 충동이 강하게 일었다. 도망치고 싶었다.

하지만 지금은 내가 그의 아내야. 그는 날 사랑해. 난 이 집 사람이야.

그녀는 그렇다고 확신하지 못했다. 다시 어지러운 기분

이 밀려들었다. 농익은 복숭아의 강한 향과 오스틴이 전날 저녁에 끓이기 시작한 카술레에서 나는 고기 냄새 때문에 몽롱했다. 철제 압력솥에 담긴 카술레가 조리대의 약한 불 위에서 끓고 있었다.

마리아나가 애피타이저 쟁반을 들고 돌아갔을 때 오스틴과 손님들은 어딘지 어색한 각도로 앉아 있었다. 이네스는 통유리창이 보이는 흰 가죽 소파에 앉아 있었고, 오스틴은 이네스와 정확히 직각인 위치에 있는 의자에 앉아 있었다. 오르텐사는 소파의 한쪽 끄트머리에 앉아 있었다. 하지만 아무도 다른 사람을 쳐다보지 않았고, 그 순간에는 누구도 할말이 없는 듯했다.

이네스조차 조금 불편해했다. 그녀는 천천히 관능적으로 팔을 쓰다듬는 버릇이 있었는데 자신을 편하게 달래려는 듯이 맨살을 쓸어내렸다.

그녀의 팔은 가늘고 오톨도톨했다. 마리아나는 이네스의 팔에서 작고 검은 개미들을 보았는데, 물론 그것은 검은 점들이었다.

이네스는 목덜미에도 검은 점들이 있었다. 턱 아래에도 검은 점 하나가 있었다.

마리아나는 웃는 얼굴로 애피타이저를 대접했다. 그녀는 무척 더웠고 땀을 흘리기 시작했다. 그날 일찌감치 샤워를 했지만 그후로 씻지 않았기 때문에 오스틴이 쳐다볼까봐 걱정됐다. 얼마 전 갑자기 더워졌던 어느 날 오스틴은 마리아나의 체취에 깜짝 놀라며 아침에 샤워할 틈이 없었느냐고 물었다. 못되거나 악의적인 말투는 아니고 그저 장난스럽게 놀리듯 물었다. 하지만 마리아나는 몹시 당황스럽고 수치스러웠다.

비싼 브리 치즈가 말랑말랑하고 촉촉해져 있었다. 오스틴이 흡족해할 것이었다. 이 힘겨운 저녁 자리를 위해 마리아나는 새 옷을 차려입었다. 주름 잡힌 파란색 상의와 흰색 주름 스커트였다. 목에 건 묵직한 메달 모양의 중국산 옥 목걸이는 오스틴이 준 선물이었다. 풍성한 머리에 윤기가 흘렀고, 예전의 창백한 안색은 사라졌다. 입술에 바른 자두색 립스틱이 그녀의 얼굴을 빛나게 해주는 것 같았다. 희망적인 분위기 같았다. 하지만 오스틴은 알아보지 못하는 듯했다. 그는 풍미가 진하고 촉촉한 브리 치즈를 크래커에 도톰하게 펴 바르더니 허기진 사람처럼 먹었다.

오스틴은 전처의 방문을 아무렇지 않다는 듯 말했지만 옷차림에는 신경쓴 것 같았다. 옅은 오렌지색 고급스러운 이집트 면직 셔츠를 목 부분 단추는 채우지 않고 입었고, 보랏빛이 감도는 회색 리넨 바지는 반듯하게 줄이 잡혀 있었다. 면도도 두 번이나 했다. 수염이 검고 무성하게 자랐기 때문이다.

마리아나는 속으로 중얼거렸다. 이 남자는 여전히 저 여자를 사랑해. 그게 이 남자의 비밀이야.

그때 이네스와 오스틴이 재빨리 서로 아는 친구들과 지인들의 소식을 주고받기 시작했다. 자식들 이야기도 했나? 마리아나는 두 사람이 암호라도 주고받듯이 낮게 중얼대는 소리를 잘 알아들을 수 없었다.

"오스틴! 누구는 어떻게 지내?"

"그야 잘 있지. 그러면 누구는 어때?"

"아주 잘 지내지! 내가 볼 땐 그래."

"그럼 누구는?"

"별로 잘 지내지 못해."

"저런! 언제 그랬는데?"

"몇 달 전."

"몇 살이지?"

"별로 많지 않아. 예순일곱."

"예순일곱이라! 그렇게 늙은 건 아니군."

하지만 전처와 전남편은 서로를 쳐다보지 않았다. 그들의 대화에는 정색하고 적극적인 체하는 구석이 있었다. 마치 둘과는 관계없는 힘이 둘 사이에서 그들을 밀어내는 것 같았다. 마리아나는 그들이 그런 이름들이 아니라 둘의 관계의 핵심인 갓난아기 라울을 잃은 말 못할 상실감으로 묶여 있다고 생각했다.

네번째 아내와 남편 사이에는 그런 깊은 유대감이 있을 수 없었다. 그런 친밀감이 있을 수 없다는 것을 마리아나는 알고 있었다.

마리아나는 외로워 보이는 오르텐사 곁으로 갔다. 마리아나는 이네스가 대수롭지 않다는 듯 자기를 이네스 삼브란코라고 소개하면서 조카를 오르텐사라고만 소개한 것이 이상하다고 생각했었다. 긴장하고 있었기 때문에 생각할 틈도 없었지만. 어린아이나 하인을 소개하는 듯한 말투였다. 하지만 오르텐사는 제법 이름난 첼리스트라고 하지 않았나? 마리아나는 오르텐사를 꼭 대화에 끌어들이고 싶었다.

"오스틴에게 들었는데 첼로를 한다면서요? 정말 아름다운 악기죠! 저는 전에 더블베이스와 피아노를 했었어요. 십이 년간 훈련을—레슨을—받았죠! 지금은 손놓고 있지만요……" 마리아나의 가슴속에 상실감이 밀려왔다. 순간 울음이 터질 것 같았다. 아기처럼 얼굴이 일그러지면서 눈물이 주르륵 흐를 것 같았다. 하지만 마리아나는 밝게 말했다. "영원히 그렇지는…… 손놓지는 않기를 바라죠. 다른 사람과 연주하게 된다면 제가 피아노 반주를 하고 싶어요. 아니면……"

집안 오스틴의 작업실에는 피아노가 있다. 그는 가끔 이 작은 스타인웨이 피아노를 쳤다. 마리아나는 오스틴이 작곡에 재능이 있다는 것을 알고 있었다. 최근 몇 년간 작곡을 밀어두긴 했지만. 그는 마리아나가 센터의 교수에게 악기 레슨을 받도록 비용을 대주겠다고 제안했었다. 하지만 그녀가 당분간은 싫다고 거절했다. "당장은 '음악을 하고 싶은' 기분이 아니에요"라면서.

어디 살아요? 스페인에는 얼마나 자주 가요? 이네스 이모를 얼마 만에 만났어요? 첼로는 어디서 배웠고, 어디서 연주해요? 마리아나는 오르텐사에게 적극적으로 질문하면서 대답을 끌어냈다. 오르텐사는 무뚝뚝하지만 무례하지는 않게 대꾸하면서 수줍은 듯이 마리아나를 힐끔거렸다. 오르텐사는 줄리아드와 마드리드의 왕립음악학교에서 저명한 빈센트 마르티네즈에게 첼로를 배웠다고 말했다. 또 지금은 주로 뉴욕에서 지내며, 웨스트 칠십몇 스트리트에 어머니와 계부 명의의 브라운스톤(갈색 사암―옮긴이) 아파트가 있다고 덧붙였다. 연주할 수 있는 곳이면 어디에서든 연주하며, 가장 최근에 함께한 실내악단은…… 마리아나는 이 아가씨의 검고 아름답고 사이가 좁은 눈을 바라봤다. 조심성이 깃든 눈빛이었다. 질문에 낚여서 남에게 자기 얘기를 솔직히 털어놓았다가 자주 혼쭐이 났던 사람의 눈빛 같았다.

마리아나는 충동적으로 말했다. "혹시…… 우리가 함께 연주할 수 있을까요? 제 말은…… 제가 피아노 반주를 할 수 있다는……"

"전 첼로를 갖고 오지 않았어요. 제가 첼로 들고 오는 거 못 보셨잖아요."

오르텐사는 조금 비아냥거리는 투로 대답했다. 마리아나는 못 들은 체하기로 했다.

"저, 제 말은…… 나중에 그러자고요, 오르텐사! 이네스 씨가 다시 오스틴을 만나러 오시면요."

마리아나는 일어나서 애피타이저 쟁반을 한번 더 돌렸다. 그녀는 자신의 차디찬 손이 살짝 떨리는 것을 알았다.

"아! 나자르를 아직 여기 뒀네. 정말 잘했어, 오스틴!"

식당에서 이네스는 아치형 출입구 옆에 걸린 푸른 유리 '눈'을 찬찬히 살폈다. 마리아나는 숨을 멈췄다. 이네스가 나자르를 고리에서 빼서 떨어뜨릴 것 같았기 때문이다.

거실에서 오스틴이 즐겨 마시는 샤르도네 두 잔을 마시자 이네스의 얼굴이 달아올랐다. 마스크를 쓴 것같이 하얗게 분을 칠했는데도 붉은 기가 드러났다. 뒤에서 보니 백발의 여인은 짠할 만큼 쇠약해 보였다. 드러난 어깨, 튀어나온 등뼈, 영양실조에 걸린 아이 같은 팔뚝. 하지만 마리아 나는 오스틴까지 포함한 그들 넷 중 이네스야말로 가장 의지가 강하고 단호한 사람이라고 느꼈다.

"봐요. 난 항상 나자르를 지니고 다닌다니까요." 이네스가 가는 왼팔을 들어 금팔찌에 달린 동전만한 나자르의 파란 유리를 보여주었다. 그녀가 말을 이었다. "오스틴이 말한 대로 '그저 미신'인지도 모르지만 그래도 이런 예방책 하나 없이 대서양을 건너는 건 몹시 어리석은 짓이에요. 그래서 내 사랑하는 조카에게도 나자르를 지니라고 누누이 얘기하죠."

오르텐사는 많이 시달린 청소년 같은 분위기를 풍기면서 순순히 통통한 팔을 들어 팔찌를 보여줬다.

이네스가 나무라듯 말했다. "악마의 눈은 우리 주위 어디에나 있고 이제는 가상공간에도 있지. 조심해서 나쁠 것 없어."

"그럼! 정말 맞는 말이야! 그렇더라도 대충 넘어가며 살아야지."

오스틴은 이네스가 의자에 앉게 도와주었다. 오르텐사에게도 그렇게 했을 텐데 이 무뚝뚝한 아가씨는 이미 의자에 앉아 있었다. 마리아나도 있었다. 오스틴이 신경을 써준다해도 그녀 또한 얼마든지 알아서 앉을 수 있었다.

식탁에는 양쪽으로 둘씩 네 자리가 준비되어 있었다. 오스틴과 네번째 아내는 첫번째 아내와 오르텐사와 마주보고 앉을 수밖에 없었다.

마리아나는 남편이 자신을 무시하긴 하지만 이네스에게도 마지못해 신경쓸 뿐이라고 생각하고 있었다. 오스틴은 이네스가 아니라 그녀 쪽을 쳐다보았다. 거실에서 그는 계속 이네스와 직각인 위치에 앉아 있었다. 에드워드 호퍼의 그림 속 인물 같았다. 여러 사람이 있지만 같이 있지는 않은 모습이랄까. 오스틴의 얼굴에 억지 미소가 붙박이처럼 남아 있었다.

"정말 아름다워, 늘 그렇지만! 혼자인 남자인데도 오스틴은 가장 섬세한 물건들로 자기 주변을 채울 줄 안다니까."

이네스는 식당에 대해 말하고 있었다. 짙은 붉은색 벽, 황동 프레임이 달린 거울들, 클레와 샤갈과 피카소의 석판화들. 이네스는 활달하게 식탁 위로 몸을 숙이고 꽃병에 꽂힌 보라색과 노란색 아이리스의 향기를 맡았다. 마리아나가 집 옆의 정원에서 꺾어온 꽃들이었다.

오스틴이 더는 혼자인 남자가 아니라는 사실을 마리아나는 나중에야 의식하게 될 것이었다. 다른 사람들도 그런 생각은 하지 못하는 듯했다.

"아, 이거 조화야? 그런 것 같은데."

마리아나는 자신이 직접 꺾은 꽃들이라고 대답했다.

"오래전 이 집 주변에는 아주 향기로운 꽃들이 있었죠." 이네스는 마리아나에게 고개를 기울이며 말했다. 그리고 반짝이는 한쪽 눈을 가늘게 뜨면서 말을 이었다. "하지만 매년 내가 방문할 때마다 꽃들이 줄어 있더군요. 이제는 향기가 전혀 나지 않아요. 그러니 조화로 보일 수도 있겠죠."

이네스는 이 단어를 세련된 스페인어로 발음했다.

마리아나는 거들어주거나 신경써달라는 뜻으로 오스틴을 힐끗 보았다. 하지만 그는 그들의 대화를 듣고 있지 않은 것 같았다. 그의 양미간에는 칼로 그은 듯한 날카로운 주름이 새겨져 있었다.

식사의 첫 코스는 오스틴이 준비한 것으로, 가볍게 들 만한 거품을 낸 부드러운 양송이 수프였다. 이네스는 호들갑스럽게 수프를 칭찬했다. "아! 완벽해."

이날 저녁에는 오스틴의 집에서 오랫동안 가정부로 일했던 애나가 부엌에서 일을 거들고 있었다. 하지만 오스틴은 도와주는 사람 하나 없는 것처럼 직접 음식을 나르고 싶어했다. 물론 마리아나가 그의 요청으로 카술레를 담은 무거운 냄비를 직접 내왔다. 공들여 만든 스페인 음식이었다. 오리고기, 소시지, 돼지고기, 판체타, 돼지 뒷다리 관절, 콩 등 다양한 재료로 만든 음식은 열띤 대화의 화제가 됐다.

오르텐사까지 대화에 끼어들었다. 큰직한 나무 볼도 같이 내왔다. 마리아나는 볼에 샐러드용 야채, 방울토마토, 생바질과 파슬리, 자른 무화과를 넣고 오스틴이 올리브유와 식초를 섞어 만든 드레싱을 뿌렸다. 근사한 샐러드였다. 그리고 잔에 레드 와인을 따르고 건배했다. 오스틴은 그런 일에 정신이 팔렸고, 마리아나는 아까보다 눈치가 덜 보였다.

근사한 저녁이었다. 오스틴은 자기 요리를 자랑스러워했고, 전문가처럼 음식과 차에 정성을 들였다.

하지만 카술레가 너무 진했다. 마리아나는 조금씩 두어 번 떠먹자 입맛이 떨어지기 시작했다.

이네스 역시 대충 먹었다. 작고 활기찬 이 여자는 음식을 접시 가장자리로 밀어냈지만, 집주인은 그녀가 부지런히 맛있게 먹는 줄만 알고 흐뭇해했다.

오르텐사는 푸짐하게 먹었다. 오스틴은 그녀의 접시에 두세 번 음식을 더 담아주었다.

식사중에 이네스가 캘리포니아에 대해서 명랑하게 떠들어댔다. "이제 나한테는 추억일 뿐이지. 그저…… 추억!"

마리아나는 자연스러운 이 이야기에 오스틴이 움찔하는 것을 알아차렸다.

"그 나무들! 유칼립투스는 폭풍이 불면 굉장히 위험해요, 마리아나. 큰불이 나면 더 위험하고요. 유칼립투스 숲에 불길이 번지는 걸 본 적이 있죠…… 놀라운 광경이었어요…… 대참화처럼. 다시는 유칼립투스를 예전 같은 눈으로 볼 수 없게 됐어요."

마리아나는 당황한 미소를 지었다. 이네스가—그리고 오스틴이—살면서 큰불을 겪었을까? 아니면 별뜻 없이 한 말일까?

"오스틴은 미신을 비웃죠. 하지만 거기에도 뭔가가 있어요. 우연의 논리랄까. 일이 벌어지는 데는 이유가 있기 마련이에요. 전해내려오는 옛 이야기들 속에는 자연사가 없어요. 영들이 죽음을 일으키는 거죠. 마비가 와서 쓰러져 죽는다면, 그 사람이 죽을 자리가 바로 거기인 거예요. 틀림없이 악령이 거기 사는 거죠. 우리 할머니가 해주신 얘기가 있어요. 어떤 여자가 묘지에서 덤벙대다가 단지를 떨어뜨렸는데 거기서 악령이 튀어나와 그 여자 몸으로 들어갔어요……"

갑자기 오르텐사가 웃음을 터뜨렸다. 놀란 이네스는 못마땅한 표정으로 조카를 쳐다보았다.

"그래, 젊은 너희들이야 웃을 테지. 네가 그런 꼴을 당하기 전까지는 그럴 거야."

이제 대화는 덜 민감한 화제로 흘러갔다. 버클리와 샌프란시스코의 레스토랑들, 타파스 식당, 스페인 요리와 다른 나라 요리에 대해 이야기했다. 이네스가 대화를 시작하면 오스틴이 뒤따랐다. 평소 그가 요리에 대해 말할 때처럼 적극적이지는 않았다. 사실 오스틴은 요리에 열정을 쏟았다. 어쩌면 인생의 이 시기에 그가 가장 열정을 보이는 것이 와인과 요리였다. 마리아나는 오스틴이 여전히 이네스를 똑바로 쳐다보지 않으려 한다는 것을 깨달았다. 그녀를 보는 것만도 참을 수 없는 듯했다. 젊고 매력적이던 아내가 이제 몇십 살 더 먹고 얼굴도 망가졌으니까.

오스틴은 예의를 차리려는 듯 오르텐사에게 관심을 돌렸고, '음악적 커리어'에 대해 물었다. 오르텐사는 집주인에게 예의를 차리려는 노력 따윈 없이 날카롭게 대꾸했다. "제게 음악적 커리어 같은 건 없어요. 공연하려고 하고 아주 열심히 노력하죠. 그런데 대부분 실패해요. 그리고 그사이에는 아이들 레슨을 해요. 학생을 구할 수 있을 때는요. 커리어를 쌓은 적은 없어요. 인생을 제대로 꾸려가지도 못하고요. 난 음악계의 노동자예요. 프롤레타리아 계급이죠."

오스틴이 대꾸하기도 전에 이네스가 끼어들었다. "물론 오르텐사가 과장하는 거야! 하지만 어느 정도는 사실이지. 저 아이가 가진 재능에 비해서 재수가 없었거든. 오르텐사는 미신을 비웃지만, 그렇게 열심히 노력하는 사람한테 온당하지 않은 악운이 뒤따랐어. 그렇게 전심전력하는데 말이야. 하지만 머지 않아 곧 운이 바뀔 거야, 난 확신해."

또다시 오르텐사가 소리내어 웃었다. 그러나 이모의 터무니없는 낙관론에 토를 달지는 않고 카술레를 한 국자 더 접시에 담았다.

마리아나는 젊은 아가씨가 안쓰러웠다. 아름답지 않아서 그럴 거야. 못생겨서. 음악계에도 이 아가씨가 설 자리가 없는 거야.

마리아나는 동정 어린 마음을 내비치려 했지만 오르텐사는 냉정하게 무시했다.

마치 이렇게 말하는 것 같았다. 당신이 뭔데? 누구의 마누라여서? 아무도 당신은 안중에 없어.

마리아나는 멍한 기분으로 식탁에서 일어났다. 그릇들을 치울 작정이었다. 버클리의 유명한 가게에서 사온 고급스러운 디저트인 크렘브륄레를 가져와야 했다.

오스틴은 꼼짝 않고 앉아 있었다. 마치 마리아나가 그의 가정부라도 되는 것 같은 태도였다.

마리아나가 부엌으로 그릇들을 들고 오자 애나가 얼른 받아 설거지했다. 애나는 식탁 치우는 일을 거들겠다고 했지만 마리아나가 말렸다. "오스틴은 당신이 여기에 있길 원해요."

마리아나는 손님들이 도착하기 전부터 이미 남편이 자신을 잊어버린 것 같아 많이 섭섭하고 불안했다. 오스틴은 마리아나가 겁내는 것만큼 그녀에게 화난 건 아니었다. 오히려 그는 아내를 까맣게 잊어버린 것 같았다. 맞아, 내 아내. 새로 얻은 젊은 아내. 그녀가⋯⋯

마리아나는 그들의 결혼생활이 깨지기 쉽다고, 빈껍데기 같은 결혼이라고 생각하고 싶지 않았다. 낭만적인 라틴 영화에서처럼 양쪽 모두 엉겁결에 결혼생활을 시작했다고는 생각하고 싶지 않았다. 오직 남자가 그녀를 사랑한다는 이유로, 그녀를 많이 좋아한다고 주장한다는 이유로 훨씬 연상인 이 남자와 같이 산다고 생각하기 싫었다.

그녀는 마음이 허전했다. 텅 빈 것 같았다. 부모님의 죽음으로 그녀의 삶은 무너졌고, 거기서 완전히 회복하지 못했다. 마리아나의 마음에는 남편에 대한 사랑이 없었다. 사랑에 대한 희망이 없었다.

그녀는 식탁으로 돌아갔다. 고개를 든 세 사람의 얼굴에 촛불 그림자가 일렁거렸다. 그중 한쪽 눈이 없는 얼굴이 마리아나를 향했다. 그 얼굴에 다 안다는 듯한 교활한 미소가 번졌다.

마리아나가 이네스 옆을 지날 때, 백발의 왜소한 그녀가 마리아나의 손을 홱 잡아당겼다. 그러고는 마리아나의 귀에 대고 속삭였다. "당신은 안전해요, 마리아나! 그는 당신의 비밀을 절대 모를 거야."

마리아나는 남편의 서류함과 서랍에서 전처들의 사진을 찾아보았다. 하지만 오스틴이 과거의 가족들에 대한 기록을 잘 챙겨두지 않았거나 이혼 후에 일부러 없애버렸거나 한 것 같았다.

하지만 마리아나가 찾은 가장 오래된 앨범에는 이네스 삼브란코의 사진이 빠지지 않고 들어 있었다. 사진은 구겨지고 찢어져 있었다. 아름답고 옅은 금발의 젊은 여자가 커다란 선글라스를 끼고 담배 연기를 뿜으며 웃고 있었다. 가녀린 어깨에는 실크 숄 같은 것을 두르고 있었다. 숄이 흘러내려 크림 빛깔의 매끄러운 가슴골이 드러나 있었다. 사진을 찍은 누군가는―오스틴이 직접 찍었을 것 같다―이 여자를 열렬히 좋아했던 게 분명하다. 그는 그녀 위쪽에서 몸을 바싹 숙여 이 사진을 촬영했다.

사진 뒷면에는 연필로 아말피, 1982. 10이라고 휘갈겨져 있었다.

죽음이 있기 전해.

죽음들이……

"마리아나! 당신을 만나서 정말 기뻤어요."

이네스는 당신이란 말을 은근하고 교묘하게 강조하고 아

양을 떨듯 미소지으며 오스틴보다 마리아나와 함께여서 훨씬 더 좋았다고 알려주려고 했다.

진심일까? 눈이 하나인 왜소한 여자에게 진심 어린 뭔가가 있을까? 마리아나는 그녀만큼 본능적으로 반감이 들고 겁나는 사람을 만난 적이 없었다. 그런데 기이하게도 매혹적이었다. 마리아나는 위대한 화가—피카소 같은—가 그린 이네스 삼브란코의 망가진 얼굴을 상상할 수 있었다. 모조模造 여자의 미소 아래 깔린 악마 같은 기묘함이 거부할 수 없는 매력을 풍길 것이다.

"오늘밤…… 오르텐사와 나는…… 우리가 전에…… 이 집에서…… 만난 적이 있는 것 같다고 똑같이 생각했어요. 그쪽을…… 아니면 그쪽과 아주 비슷한 사람을요. 몇 년 전에."

이네스는 가볍지만 서두르는 듯이 말했다. 그녀는 자신의 말에 놀라고 언짢아하는 마리아나의 표정에는 아랑곳하지 않았다.

"우리는 당신이 삶에서 커다란 상실을 겪었다고 느껴요. 그리고 오스틴이 그쪽을 끌어안았죠. 그의 '프로젝트'의 일환으로 말이에요. 그는 강한 여자들은 부담스러워하죠. 영혼 한구석을 잃은 여자들만 편하게 생각해요. 나 역시 한때 그의 아내였죠. 내가 이 사실을 알기 전이었어요. 다른 여자들도…… 파멸하면서 결국은 그렇게 됐고요."

오스틴은 집의 다른 곳에 있었다. 마리아나는 손님들과 함께 손님방으로 갔다. 표면적으로는 욕실과 부드러운 대형 타월들을 다시 한번 점검한다는 이유를 내걸었다.

마리아나는 첫번째 아내와 단둘이 있으면 위험할 줄 알면서도 같이 왔다.

오르텐사는 두 사람을 두고 물러갔고, 피신하듯 자기가 묵을 방으로 들어가 문을 닫았다.

"내가 당신을 겁주는 게 아니면 좋겠네요. 꼭 해줘야 할 이야기가 많아요. 얼른, 그가 간섭하기 전에요. 늘 그러거든요."

저녁식사를 너무 오래했다. 두 시간 가까이 끌었다. 식탁에 불안한 무력감 같은 것이 내려앉았다. 마리아나는 평소와 달리 레드 와인을 몇 잔 마셔서 어지러웠고 눈 위쪽으로 뭉근하게 두통이 일었다. 하지만 아무도 식탁에서 움직이려는 기미가 없었고, 결국 오스틴이 억지로 사과하는 느낌을 풍기며 말했다. "자! 우리 중에 내일 아침 일찍 일이 있는 사람도 있을 테니까……"

저녁식사는 바로 끝이 났다. 오르텐사는 입도 가리지 않고 하품했다. 이네스는 카메라 앞에 선 사람처럼 계속 밝고 활기찬 미소를 지었지만 고단해 보였다.

서재로 탈출하고 싶은 마음이 간절한 오스틴은 손님들에게 잘 자라고 인사했다. 그는 베이 지역이 내다보이는 유리벽으로 된 넓은 방에서 메일을 확인하고 자정이나 그후까지 휴대전화로 통화할 것이다.

마리아나는 남편이 그녀가 서재로 와주기를 기대하는지 궁금했다. 손님들에 대해 이야기를 주고받고, 그가 힘든 저녁나절을 보낸 데 대해 어떻게 생각하는지, 다음날 아침에 무슨 계획이 있는지 그녀에게 말하고 싶어할까? 이네스는 오스틴과 개인적으로 대화하기를 기대하고 있을 것이다. 그러려고 찾아온 게 아닐까? 하지만 그때 마리아나는 자신이 서재에서 환영받지 못하리라는 것을 깨달았다. 남편은 여자와 시간 보내는 일을 이미 충분히 했다.

이네스는 음모라도 꾸미듯 말했다. "난 이 집안에 흐르는 긴장감을 느낄 수 있어요. 천둥번개가 치기 전의 대기 같죠. 여기는 늘 그랬어요. 왜냐하면 오스틴은 본래 제정신이 아니니까. 지금쯤이면 당신도 분명 알았을 거예요. 남자들이 거의 다 그렇듯 그는 광기를 위장할 수 있고, 그래서 여자들은 자신의 정신 상태를 의심하게 되는 거예요."

이네스는 마리아나의 팔목을 꽉 잡았다. 이 작은 여자는 반지 여러 개를 낀 매 발톱 같은 손가락으로 마리아나의 팔목을 움켜쥐었다.

마리아나는 힘없이 손을 뿌리치려고 애썼다.

"전…… 전 잘 모르겠네요…… 이제 가봐야겠어요……"

"당신은 너무 어려요! 그리고 저 사람이 당신을 선택한 건 외모 때문이 아니에요. 아주 운이 좋았던 거죠. 마리아나, 내 말 들어봐요. 그 사람은 과거에 미모에 혹해서 어리석은 실수를 몇 번 저질렀어요."

마리아나는 최면에라도 걸린 듯 움직일 수 없었다. 이 소름 끼치는 여자가 뭐라는 거지? 마리아나가 예쁘지 않다는 말인가?

물론 그녀는 그렇다는 것을 알고 있었다. 다만 다른 사람들도 안다는 것을 깨닫지 못했을 뿐이다.

"마리아나, 당신은 영적인 사람이에요. 우린 그걸 알 수 있어요. 당신은 '겉만 번지르르한' 사람이 아니죠. 저 사람이 숨통을 누르게 두지 마요. 당신은 숨이 막혀 보여요. 숨이 찬 것 같다고요. 오스틴이 가졌던 다른 여자들도 그랬죠. 그리고 외로움을 덜기 위해 그의 아기를 갖겠다는 생각은 하면 안 돼요. 그는 당신에게서 아기를 떼어놓을 거예요. 그보다 더 나쁜 짓을 하거나."

"전…… 그런 생각은 해보지 않았는데요. 전……"

"그가 키스하면, 그런 사람이 키스하면 당신은 독을 맛볼 수 있어요, 맞죠? 그 사람 안에는 작은 독두꺼비가 살아요.

다음에는 당신도 눈치챌 거예요, 그의 침에 마비 효과가 있다는 것을요. 아네스테시코('마취제'라는 뜻의 스페인어―옮긴이)."

마리아나는 너무 충격적이어서 빠져나올 수가 없었다. 얼굴이 새빨개졌다. 안 그래도 식사하면서 와인을 과음해서 뺨이 달아올라 있었다.

"저 남자가…… 그걸 뭐라고 불러야 할까…… 자기와 어떤 '사랑의 행위'를 하자고 설득해도 넘어가선 안 돼요. 당신은 그의 아내지만 그는 당신을 진정으로 인정하지 않아요. 그는 남자 친구들과 상스럽고 저열한 이야기를 하며 킬킬거리죠. 그들은 아무도―아내도, 딸도―개의치 않아요. 어머니도…… 그들에게 여자는 중요하지 않은 거예요. 남자들과 같이 있는 사람들은 개떼예요. 그들이 몰려 있을 때는 그래요. 게다가 오스틴은 극단적으로 관습적인 남자예요. '청교도적'일 만큼. 그러니 당신을 존중하지 않을 거예요."

마리아나는 얼굴이 화끈거렸다. 이네스의 경고가 너무 늦었기 때문이다. 그녀는 남편의 어떤 요구들을 이미 말없이 들어주었다. 오스틴은 달랬다 혼냈다 하면서 채근했다. 마리아나, 당신을 정말 사랑해. 당신이 참 좋아. 그게 당신을 힘들게 하진 않을 거야…… 당신은 내게 정말 소중해.

"오르텐사도 아주 어렸을 때 그의 먹잇감이었어요. 열세 살 때 내 조카는 못생기지도 뚱뚱하지도 않았어요. 저 아이 가 매번 나와 함께 이 집에 오는 건 오스틴에게 네가 날 망 가뜨리지 못했다는 것을 보여주기 위해서예요. 오스틴은 기억 못하는 척하지만. 우스운 일 아닌가요?"

"전…… 못 믿겠어요. 이네스. 설마…… 설마 그런 일 이……"

"왜요, 지금 내 조카가 예쁘지 않아서? 어린 여자는 예쁘 지 않아도 상관없어요. 그저 어리기만 하면 된다고요. 당신 의 남편 놈에게 물어봐요."

이네스가 마리아나의 팔목을 잡아끌어 그녀의 귀에 대 고 속삭였다. "그런 남자의 아기를 갖는 건 그야말로 미련 한 짓이에요. 우리가 결혼했을 때는 아직 젊었고, 그는 아 버지가 되고 싶어하지 않았어요. 하긴 오스틴도 그리 젊은 건 아니었죠, 적어도 서른 살은 넘었으니까. 나는 그보다 두 살 많아요. 아버지가 되는 일은 남자의 인생에 위기예 요. 더이상 자신이 아이 노릇을 못 하게 되는 거고, 그건 어 떤 남자들에게는 고통스러운 일이죠. 내 말은…… 그들에 게, '자기 도취자들'에게는 몹시 큰 충격이란 뜻이에요. 당 신도 오스틴에게 분명 들었을 거예요. 우리 어린 아들 라울 은 '요람사'로 죽었어요. 끔찍하게 충격적이었어요. '유아급

사증후군'이라고도 해요. 하지만 죽은 이유는 아무도 몰라요. 흔히 말하길, 너무 어린 아기가 엎드려서 자서 그렇다고 해요. 나는 아기를 엎드려 재우지 않았어요. 똑바로 눕혔어요. 그런데 돌아와 보니 아기는 엎드려 있었고, 숨을 쉬지 않았어요. 그때 오스틴은 집에 있었죠. 이 집에요. 그가 나중에 집을 수리했기 때문에 지금과 똑같은 모습은 아니에요. 지금은 아기방이 없죠. 그는 언제나 그때 자기는 집에 없었다고 주장해요. 하지만 그는 집에 있었어요. 기억나지 않는 척하지만 난 기억해요. 그리고 우리 오페어가 기억할 거예요. 그 아가씨는 시내까지 다른 사람 차를 얻어 타고 갔어요. 그때 오스틴은 차를 몰고 시내에 갈 준비가 안 되어 있었거든요. 당신도 알겠지만 아주 어린 아기는 스스로 몸을 뒤집지 못해요. 반듯하게 눕혀놓은 아기가 몸을 뒤집으려면 그 당시 우리 아들보다는 커야 해요. 그런데 우리 라울은 엎드려서 '자고' 있었어요. 그리고 이미 호흡이 멈춰 있었어요. 작은 몸뚱이가 뜨겁긴 했지만요. 열이 펄펄 끓었거든요. 아기의 작은 얼굴이 새빨갰어요. 그 열기를 난 잊지 못할 거예요."

이네스는 손끝으로 얼굴을 쓸어내렸다. 그녀의 외눈에서 눈물이 흘러 야위고 분칠한 뺨에서 빛났다.

이네스는 감정에 젖었고 정말 가슴이 찢어지는 듯한 모

습이었다. 마리아나는 어떻게 해야 좋을지 몰라 난감했지만 마음이 애잔했다. 죄책감이 들고 창피하기도 했다. 이 애처로운 작은 여자를 처음 본 순간부터 싫어했으니까. 게다가 비양심적이게도 그녀를 질투했으니까.

"이네스, 정말 유감이네요. 오스틴한테 이 이야기를 슬쩍 듣긴 했어요. 하지만……"

"하지만 그때 자기가 집에 있었다는 말은 안 했을 거고, 우리 아들이 살아 있는 모습을 마지막으로 본 사람이 자기였다는 말도 하지 않았겠죠. 하지만 난 그랬다는 걸 알아요."

"전…… 잘 모르겠어요……"

"그 직후에 오스틴은 잠자리에서, 인생에서 날 쫓아냈어요. 날 고향으로, 친정으로 도망치게 만들었죠. 나는 쓰러졌고 팔 개월이나 병원에 있었어요. 그 사람은 내가 우리 아기 대신 배우 일을 택했다고 말할 거예요. 하지만 사실 문제는 오스틴의 커리어였어요. 그는 '거추장스러워지는' 것을 원치 않았어요. 어디든 아기를 데리고 다녀야 해서 거추장스러운 게 아니라 자식이 있다는 생각만으로도 거추장스러웠던 거예요. 자신이 아버지라는 생각만으로도 말이에요. 커리어를 쌓는 와중에 급작스럽게 아버지가 됐으니까요."

이네스는 몸을 떨면서 흐느꼈다. 하얗게 분칠한 게이샤

같은 얼굴이 쏟아지는 눈물에 녹은 마스카라로 얼룩지기 시작했다. 앙상한 몸에 걸친 주름 잡힌 보라색 새틴 상의가 묘해 보였다. 마리아나는 몸을 건드리지 않고 이네스를 위로하려고 했다.(그녀는 이네스의 몸에 손대기가 두려웠다.) 하지만 나이 많은 여인에 대한 동정심이 차올라 마침내 이네스를 껴안고 달래주었다.

얼마나 연약한지! 얼마나 작은지! 이네스는 마네킹처럼 가벼웠다. 껍질만 있는 것 같았다.

하지만 속임수였다. 이네스는 사실 연약하지 않았다. 그녀는 마리아나에게 오랜 세월 꿔왔던 '격렬하고 멋진 꿈'에 대해 속사포 쏘듯이 속삭였다. "우리 아기를 빼앗기기 전부터였어요. 오래전부터. 잔혹한 남편에게 약을 먹여서 얼마나 그의 사악함을 무력하게 만들고 싶었는지, 얼마나 내 약들—바르비투르(진정제, 최면제로 쓰이는 약품—옮긴이)와 진정제—을 그 사람 몰래 슬쩍 섞어서 먹이고 싶었는지! 오스틴은 젊었을 때도 축농증 때문에 항생제를 자주 복용했어요. 내가 그 사람 대신 처방전의 약을 받아오곤 했죠. 항생제를요. 난 그 약을 내가 먹는 독한 약으로 바꿔치려고 했어요. 오스틴이 어떻게 알아차리겠어요? 모를 거예요. 그는 많은 미국인들처럼 항생제를 달고 살아요. 어떤 때는 몇 시간에 한 번씩, 십이 일 동안 매일 복용하기도 하죠. 그가 약을 먹고 잠들었을 때 베개로 얼굴을 누르면 그만이에요. 우리 아기 라울도 그렇게 죽었을지 몰라요. 베개에 눌려서." 이네스는 말을 멈추고 숨을 몰아쉬었다. 그녀는 마리아나에게서 몸을 뗐다. 아주 살짝. 마리아나는 그녀의 분홍빛 혀끝을 볼 수 있었다. 루비색 립스틱이 번진 입술 사이로 작은 뱀 같은 혀가 보였다. 그녀가 말을 이었다. "그런 다음 내 약을 전부 버리는 거죠. 약은 원래 오스틴이 보관했어요. 변기에 쏟아버리고 물을 내리는 거예요. 사람들은 오스틴이 스스로 바르비투르를 삼켰다고 믿었을 거고 아무도 몰랐을 거예요. 오스틴도 알았을 리 없고. 정황은 그가 약을 잘못 먹었거나 스스로 목숨을 끊은 것으로 드러났을 거예요. 부검을 한들…… 누가 알겠어요? 그리고 그와 가까운 사람들은 다 그에게 상처를 받았는데 누가 신경이나 쓰겠어요?"

마리아나는 비틀거리며 이네스에게서 떨어졌고, 말문이 막혔다. 이 여자는 농담하는 걸까? 진지하게 말하는 걸까?

"전…… 전 이제 가봐야 해요, 이네스. 이제…… 더이상은 당신과 대화할 수 없어요. 안녕히 주무세요!"

마리아나가 몸을 돌렸지만 이네스는 가늘고 힘센 팔로 그녀를 붙들었다. 마리아나는 그녀의 달아오른 작은 몸에서 풍기는 냄새를 감당하기 힘들었다.

"아, 마리아나! 당신은 내 딸이 될 수도 있어요. 난 당신에게 경고하기 위해 보내진 사람이라는 걸 알아둬요. 난 젊었을 때 그 격렬한 꿈을 실행할 용기가 없었어요. 하지만 당신은…… 당신의 목숨을 위해서 싸우게 될 거예요. 내가 당신 곁에 있어줄게요. 영혼 속에서. 난 당신을 저버리지 않을 거예요."

목숨을 위해서 싸운다. 하지만 마리아나는 원하기만 하면 이 결혼에서 도망칠 수 있었다.

오스틴이 그녀가 떠나는 것을 막지만 않는다면. 그럴 가능성도 있었다.

최근 몇 주 사이 부부의 밤 시간은 낮 시간만큼이나 예측 불가였다. 오스틴은 애정이 넘치면 성적으로 맹렬했고 욕심을 부렸다. 그가 딴생각을 하고 한눈팔지 않으면 그랬다. 하지만 최근에 그는 밤늦도록 침대로 오지 않는 날이 많아졌다. 그가 잠자리에 들 즈음 마리아나는 이미 잠들어 있었다. (혹은 자는 척했다.) 평소 그는 아침 일곱시에 일어나서 쾌활하고 딱딱하고 재빠르게 마리아나에게 말했다. "그대로 누워 있어. 당신에겐 잠이 필요해. 당신은 회복중이니까."

그날 밤 마리아나는 곧바로 깊은 잠에 빠졌다. 한 시간쯤 지나 오스틴이 침대에 왔을 때 그녀는 정신이 완전히 또렷

하지 않았다. 하지만 한참 후 집안 어디선가 나는 비명 소리에 잠이 깼다. 마리아나는 겁에 질려 일어나 앉았고, 오스틴은 그녀에게 날카롭게 말했다. "그대로 누워 있어. 내가 무슨 일인지 알아보고 올 테니까."

그는 놀라고 불안해하면서 혼잣말을 중얼댔다. 그는 헐렁한 티셔츠와 면 반바지를 입고 잤고, 옷이 흠뻑 젖는 일이 잦았다. 그는 옷장에서 타월 천으로 된 가운을 꺼내 팔을 끼워넣으면서 급히 방을 나갔다. 마리아나는 무슨 일이 벌어지고 있는지 명확히 알 수 없었다. 누가 침입했나? 불이 났나? 그 순간 그녀는 손님들이 와 있다는 사실을 떠올렸다.

마리아나는 너무 갑작스럽게 깨서 정신이 몽롱한 상태로 침실 문가에 서서 귀를 기울였다.

한 여자의 목소리, 아니 여러 사람의 목소리. 오스틴의 목소리. 오스틴은 그대로 있으라고 했지만 마리아나는 맨발로 집의 다른 쪽 끝까지 조심스럽게 걸어갔다. 거기서 오스틴이 누군가에게 간청하는 것 같았다. 문이 잠겼나? 이네스가 욕실에 들어가 문을 잠갔나? 어렴풋이 들리는 흐느끼는 소리는 뭘까? 멀리서 나는 것 같은 이 소리는?

마리아나는 용기를 내서 오스틴에게 다가가 뒤에서 팔을 붙잡았다.

"무슨 일이에요? 무슨 일이 일어난 거예요?"

"침대로 돌아가, 마리아나. 부탁이야. 당신과는 상관없는 일이야."

"하지만…… 이네스가 아파요? 다치기라도 했어요? 오르텐사는 어디 있어요?"

"이런 젠장, 마리아나! 시키는 대로 해. 침대로 돌아가라고!"

마리아나는 침실로 돌아갔지만 눕지는 않았다. 초조하고 불안했다.

그녀가 자해한 걸까? 자살하려고? 오스틴의 집에서?

그녀는 복수하는 거야……

분명히 삼십 분은 지났을 것이다. 손님방 부근에서 일어난 소란이 잦아들었다. 마리아나는 바깥 도로에 도착한 차량의 밝은 불빛을 비스듬히 보았다. 처음에는 구급차가 분명하다고 생각했지만 번쩍거리는 불빛이 보이지 않았고, 사이렌 소리도 들리지 않았다. 배차원의 교신 소리만 들렸다.

얼마 후 마리아나는 현관문 앞쪽 보도로 들어오는 사람들을 보았다. 확실히는 아니고 어슷하게 보였다. 그녀는 창문에 바싹 붙어서 벌어지는 상황을 비스듬히 보았다. 키 큰 사람이 — 오스틴일 것이다 — 다른 키 큰 사람과 — 오르텐사인가? — 걸어가고 있었고, 둘 사이에서 아이만한 체구의

사람이 절뚝거리며 걸어갔다. 이네스가 분명했다. 마리아
나는 창문을 열고 밖에서 나는 소리를 들었다. 허약하고 성
마른 여자의 목소리가 들렸다. "난 절름발이가 아니야. 당
신 못지않게 잘 걸을 수 있어. 이 망할 자식아!" 택시로 보
이는 차량의 기사가 오스틴에게 짐을 받아서 트렁크에 실
었다. 조금 어렵사리 이네스가 뒷좌석에 태워졌고 오르텐
사도 옆에 탔다. 오스틴이 차문을 쾅 닫고 기사와 얘기를
나눴다. 두 여자는 차가운 새벽안개 속을 뚫고 버클리 힐스
를 내려갔다.

마리아나는 이네스가 사용했던 손님용 욕실을 살폈다. 세
면대와 멕시코타일 바닥에 물기가 있었다. 세면대에 어렴
풋이 남은 붉은 기운을 보자 마리아나는 속이 메슥거렸다.

쓰레기통에 피 묻은 휴지가 있었다. 몇 장이 아니라 열
장이 넘었다. 그 여자가 자기 몸을 그었구나. 이 집에서 피를 흘
렸어. 이제 우리는 그 여자에게서 벗어나지 못할 거야.

오스틴이 그녀를 찾으러 왔다. 그는 밀폐된 욕실에서 마
리아나를 끌어내고 욕실 문을 쾅 닫았다. 그는 흥분으로 상
기돼 있었고, 머리는 헝클어지고 턱수염이 자라 있었다. 마
리아나가 무슨 일이 있었느냐고 묻자 오스틴은 그녀와 상
관없는 일이라고 대꾸했다. 마리아나는 당연히 자신과 상
관있다고 말했다. 자신은 그의 아내이고, 이 집에 사니까.

이네스가 자해했어요? 자기 몸을 그었어요? 면도날로? 무슨 일이 있었던 거예요?

오스틴은 냉담하게 대답했다. "그 여자는 떠났어. 그리고 다시 오지 않을 거야. 당신은 그것만 알면 돼."

마리아나는 남편을 따라서 다른 방으로 갔다. 그녀는 오스틴이 분노하고 성난 표정으로 수염이 자란 턱을 쓰다듬는 것을 보았다. 하지만 적어도 그녀를 향한 분노는 아니었다. 마리아나가 말했다. "이네스는 온전하지 않았어요. 누군가에게…… 상처를 입었다고요. 왜 당신은 그 여자의 한쪽 눈이 없다고 미리 말해주지 않았어요? 문을 열고 그 여자를 봤을 때 얼마나 충격을 받았는지 알아요? 마음의 준비를 못했잖아요."

"뭐가…… 없다고?"

"한쪽 눈이 없다고요. 오른쪽 눈일걸요. 왜 미리 알려주지 않았어요?"

오스틴은 마리아나가 생뚱맞은 순간에 농담을 한다는 듯이 그녀를 바라봤다. 그는 아내의 팔꿈치를 잡고 고집부리는 아이를 다루듯이 살짝 흔들었다.

"한쪽 눈이 없다니? 대체 무슨 소리를 하는 거야?"

"그 여자 눈이요. 이네스의 오른쪽 눈 말이에요. 휑하게 파였어요. 어찌나 무시무시하던지. 또 너무 슬프기도 하고……"

"술을 너무 많이 마셨군. 당신은 술을 **못해**, 마리아나. 당신도 알겠지만."

"그녀의 눈―이네스는 눈 하나를 잃었어요. 암에 걸렸던 게 분명해요. 가여운 여자예요. 거울을 볼 때마다 어떻게 견딜까요? 어떻게 전문 배우 노릇을 하는 거죠? 왜 인공눈을 넣지 않을까요? 너무 무시무시한데. 그 움푹 팬 자리가 꿈에 나올 것 같아요. 당신이 미리 알려줬어야죠, 오스틴……"

"이네스는 눈을 잃지 않았어. 암에 걸린 적도 없고. 내가알기로는 그래. 당신은 너무 지쳐서 말도 안 되는 소리를하고 있어. 이 소동에서 당신은 아무 도움도 되지 않았고, 노이로제로 상황을 악화시키기만 했어. 마리아나, 당신은이네스가 다시는 이 집을 방문하지 않는다는 것만 알면 돼.다시는 만날 일 없을 거야. 걱정할 것 없어."

오스틴은 크게 실망한 듯이 말했다. 마리아나는 남편의뒷모습을 노려보았지만 그는 넌더리를 내며 무거운 걸음으로 가버렸다.

첫번째 아내가 다녀가고 며칠 그리고 몇 주 동안 마리아나는 걸핏하면 두통, 소화불량, 불면증에 시달렸다.

마리아나는 오스틴의 아름다운 집이 어떻게 변해버렸는

지 예민하게 감지했다.

　그녀와 같이 있을 때 남편이 경계심을 보여서 그런 것만은 아니었다. 오스틴은 마리아나에게 자주 미소지었고, 제정신이 아닌 사람 달래듯 맞장구치면서도 조심하는 태도를 보였다. 하지만 그보다 더 근본적인 뭔가가 있었다. 그는 그녀를 불신했다. 그의 집에 사는 이방인으로 보았다.

　마리아나는 눈을 만지는 습관이 생겼다. 왼쪽 눈을.

　그녀는 눈을 만지는 습관이 생겼다. 오른쪽 눈을. 눈이 제자리에 있는지, 움푹 파인 자리만 덜렁 남은 게 아닌지 확인해야 했다.

　그녀는 자위라도 하듯 맨팔을 천천히 관능적으로 쓰다듬는 버릇이 생겼다. 손끝으로 창백한 피부에서 보이지 않는 검은 점을 찾으려 애썼다.

　분명 집의 분위기가 변했다. 수 킬로미터 떨어진 베이 지역에서 빛이 굴절되어 들어왔다. 극소량의 독약이라도 탄 것 같았다.

　난초 화분 중에는 짙은 색 줄무늬가 있는 연분홍색 난초가 가장 멋졌다. 난초의 꽃잎이 떨어지기 시작했다.

　마리아나가 손쓸 수 있는 일이 하나도 없는 것 같았다. 꽃잎이 하나씩 떨어지더니 끝내 흉측한 뼈대 같은 줄기만 남았다.

염좌의 반들반들한 잎사귀가 떨어지기 시작했다. 마리아나가 화분에 물을 주면 잎들이 떨어졌다. 마리아나가 화분에 물을 주지 않아도 떨어졌다.

분재나무 하나가 시들기 시작했다.

마리아나는 패닉 상태에 빠져서 생각했다. 얼른 화원에 달려가서 튼튼한 새 화분을 사와야 할까? 오스틴이 그녀를 탓할 테니까. 화초를 보살피는 건 그녀에게 떨어진 임무였으니까.

어쩌면 너무 늦어버렸다. 오스틴은 난초들이 시들시들해진 것을 눈치챘다. 마리아나가 그를 속이려 한들 상황은 그녀의 바람대로 풀리지 않을 것이었다.

아름다운 흙빛의 카탈로니아 그릇들 중 하나에 금이 갔지만, 마리아나는 몇 달간 그 그릇에 손도 대지 않았다고 확신했다.

그녀는 문간에 매달린 파란 유리로 된 나자르를 살폈다. 나자르가 그녀의 손에서 미끄러져 바닥에서 산산조각나기를 기다렸다. 하지만 그런 일은 일어나지 않았다. 아직은.

지긋지긋한 불면증! 거의 일 년이 지났는데도 심한 초조감이 다시 찾아왔다.

어머니가 코네티컷에서 주치의에게 처방받았던 신경안

정제는 오래전에 다 먹어버렸다. 그녀는 오스틴 몰래 버클리의 의사에게 진료를 예약했다. 의사는 수면제 처방을 내렸다. 마리아나는 의사에게 남편과 곧 유럽으로 여행을 갈 예정이니 수면제를 가능한 한 많이 처방해달라고 말했다. 그녀는 곧바로 가장 가까운 약국으로 가서 약을 받았다. 구불구불한 좁은 언덕길을 운전해 집으로 가면서 그녀는 입 안이 바싹바싹 마르는 기분을 느꼈다. 이미 신경안정제를 복용하기 시작했기 때문에 이제 다시는 정신이 맑아지지 않을 것 같았다. 집에 있을 때는 혼자인 것이 고마웠다. 정말로 감사했다! 오스틴은 센터에 나가서 늦게 돌아왔다. 그도 최근 몇 주간 잠드는 데 애를 먹었다. 이네스가 다녀간 후로 축농증으로 인한 두통이 재발해서 항생제를 꼬박꼬박 챙겨 먹기 시작했다.

태평양 상공의 햇살이 거실에 쏟아지던 늦은 오후, 마리아나는 손바닥에 반들반들한 작은 진주 모양의 알약 여섯 개를 올려놓고 물끄러미 보았다. 그 약의 의미를 되새기려는 듯이 희미한 미소를 머금은 채.

아주 가까이 아무때나 언제나

So Near Any Time Always

아! 그가 날 보며 웃고 있었어.

그가 웃으며 쳐다보던 사람이—나야?

노트로 급히 눈길을 내렸다. 나는 과학사 보고서 작성에
필요한 내용을 적고 있었다. 반들반들 윤이 나는 책상에는
브리태니커 백과사전, 월드 북 오브 사이언스, 과학사 다이제스트
가 펼쳐져 있었다.

얼굴이 빨개졌다. 도저히 고개를 들고 가까운 책상 앞에
앉은 남자아이를 쳐다볼 수 없었다. 그도 나처럼 책 몇 권
을 펼쳐놓고 있었고, 나를 쳐다보고 있었다.

그래도 나는 그를 의식했다. 약간 놀란 듯하고 친근한 눈
길이었다.

생각했다. 고개 들지 말아야지. 그는 날 놀리는 거야.

1977년. 아직은 도서관의 시대였다.

교외 지역에 있는 도서관 분원은 19세기에는 백만장자의 저택이었다. 천장이 높은 참고 도서실. 서가마다 제목을 금박으로 찍은 장서들이 꽂혀 있고, 커다란 팔각형 유리창으로 눈부신 햇살이 비쳐들었다. 책상 앞에 앉으면 펼친 부채 같은 글라스패널로 하늘이 보였다.

쳐다보지 말아야지. 하지만 나도 모르게 눈을 들고 말았다.

그는 여전히 나를 보며 웃고 있었다. 처음 보는 사람. 나보다 몇 살 많아 보였다.

모르는 남자에게 웃거나 말 섞으면 안 돼. 하지만 이 사람은 소년이지 남자가 아니었다.

그가 세인트 프랜시스 드 살레 남학교 학생일지 궁금했다. 수업료가 대학 등록금만큼이나 비싸다는 가톨릭계 사립학교. 학생들이 우리 학교 애들과는 달리 흰 셔츠에 타이, 재킷 차림을 한다는 학교.

그가 보내는 미소는 정말 부드럽고 자상하고 친근했다.

마치 나는 그를 모르지만 그는 나를 아는 듯했다. 마치 나는 그를 모르지만 실은 어찌어찌해서 아는 사람인데 까맣게 잊고 있는 것 같았다. 기억나지 않는 꿈이 자꾸만 신경 쓰일 때처럼. 기억나지 않는데 자꾸만 기억해보라는 듯 아른거릴 때처럼. 익숙한 방에서 어둠 속을 더듬거리며 나갈 때처럼.

그는 날 알아! 그는 안다고.

나는 열여섯 살이었다. 고등학교 주니어(졸업반 전 학년인 11학년—옮긴이)였다. 사람들은 내가 나이에 비해 어리다고 말했다.(내게 직접 말하지는 않았다.) 그 말인즉, 성적 발달이 늦고 감정적으로 미숙하고 유치하다는 뜻이었다.

남학생이 내게 미소를 짓는 일은, 혹은 남자가 내게 미소를 짓는 일은 아주 있을 수 없는 것은 아니다, 나 혼자 있으면. 여자애가 혼자 있으면 언제나 (남자의) 스리슬쩍 평가하는 눈길 같은 것을 받기 마련이다.

그 사람이 내 얼굴이나 피부를 확실하게 보지 않았다면.

조금 떨어져서 보면 나는 여느 소녀와 같아 보인다. 아니면 거의 그렇게 보인다.

정면에서 보면 나는 친척들이 쟤는 웃을 때가 가장 예뻐! 라고 말하게 생겼다.

혹은 애가 조금 더 밝게 웃으면 예쁘련만이라고.

그것은 사실이 아니고 선의에서 하는 말이었다. 그래서 나는 그런 말을 한 친척을 철저히 미워하지는 않으려고 애썼다.

전에 마주친 적이 없는 남자애라고 나는 확신했다. 만난 적이 있었다면 그를 기억했을 것이다.

나는 그를 정말 잘생겼다고 생각했다. 제대로 쳐다보지도 못했지만.

우선적으로 눈에 들어온 것은 그의 동그란 금테 안경이었다. 안경을 껴서 의젓한 인상을 풍겼다. 렌즈 안쪽의 눈에 띄게 큰 눈은 어렴풋이 온화한 분위기를 자아냈다.

얼굴은 홀쭉하고 뼈대가 도드라졌고, 헤어스타일은 말끔했다. 옛날 남자처럼 한쪽으로 단정하게 넘긴 스타일이었다. 또래 애들과는 다르게, 아무튼 스트라이커스빌에서 보이는 남자애들과는 다르게 그는 티셔츠가 아니라 남방셔츠를 입고 있었다. 그의 반소매 셔츠는 고급스러워 보였다.

그는 조심스러운 미소로 내게 알려주었다. 내가 그를 경계하거나 겁내더라도 괜찮다고. 알았다고. 더는 나를 성가시게 하지 않겠다고.

그도 노트에 뭔가 적고 있었다. 이제 그는 공부로 돌아갔다. 나를 잊어버리기라도 한 것처럼 열심히 공부에 집중했다. 나는 그가 왼손잡이라는 사실을 알았다. 도서관 책상 위로 몸을 숙이고, 왼손으로 글을 쓰기 위해 왼쪽 팔꿈치를 구부리고 있었다.

흥미로운 점. 그는 시간을 바로바로 확인할 수 있게 손목

시계를 풀어 책상 위에 놓았다. 마치 도서관에서 보내는 시간이 소중하고 한정된 것처럼. 분위기가 산만한 공공도서관 속으로 시간이 쏟아져나갈까 두려운 듯이. 도서관에서는 바다 생물들이 해변으로 밀려오듯 괴짜처럼 생긴 사람들이, 사실은 언제나 남자들이, 관심사와 관련된 참고 문헌에 강박적으로 끌려들어가는 것 같았다.

그래서 나는 부지런히 계속 적었다. 양서류의 조상들. 진화. 선사시대의 양서류:왜 거대한가? 현재의 양서류:왜 숫자가 감소하는가?

남의 시선을 의식하지 않는 것처럼 보이려고 애썼다. 5미터도 안 되는 곳에 모르는 남자애가 거울처럼 나와 마주 앉아 있었다.

뺨이 달아올랐다. 그리고 머리를 제대로 빗어서 묶을 짬도 없이 자전거를 타고 도서관으로 달려온 걸 후회했다. 머리가 멋대로 뻗치고 바람에 헝클어졌다.

내 머리는 연갈색의 특이한 곱슬머리다. 이 남자애와 비슷했다. 그의 머리가 아주 짧고 단정하다는 것만 달랐다.

이상한 우연이다! 다른 우연이 더 있을지 궁금했다.

나는 꼼꼼하게 적었다. 그가 고개 들어 슬쩍 나를 본다면 내가 얼마나 진지한지 알 텐데.

……환경적 비상사태, 세계적으로 희소한 양서류의 운명은……

……정확한 원인은 알 수 없으나 과학자들이 예측하기로는……

……기후, 환경의 급진적인 변화…… 균류같이 급속히 퍼지는 유기체……

그러다가 문득―실망스러웠다!―십 분도 지나지 않았는데 금테 안경을 쓴 남자애는 도서관을 나가기로 한 것 같았다. 그는 일어나서―황새처럼 키가 크고 호리호리했다―가는 팔목에 시계를 차고 민첩하게 책들을 덮더니 서가에 다시 꽂았다. 그러고는 무거워 보이는 배낭을 메고 내쪽으로는 눈길 한번 주지 않고 문헌실을 빠져나갔다. 운동화 밑창이 반들반들한 바닥에 닿으며 찍찍 소리를 냈다.

나는 거기 혼자 남았다. 지구과학 시간에 대비해, 비극적으로 멸종할 위기에 처한 양서류에 대한 필기만 잔뜩 한 채.

도서관 뒷문으로 나가려고 했어? 그 남자애가 정문에서 기다릴 것 같아서?

그 남자애와 마주치는 게 좋지 않을 거 같았어?

당연히 그런 생각은 하지 않았다. 그가 보기보다 나이가 많을지도 모른다는 생각.

그가 보기와 다를지도 모른다는 생각.

당연히 그런 생각은 하지 않았는데 왜 그랬을까?

왜냐하면 넌 열여섯 살이었으니까. 미성숙한 열여섯 살.

예쁘지 않은 여자애. 외톨이 여자애.

너무도 간절한 여자애.

"이봐, 안녕?"

그는 도서관 밖에서 나를 기다리고 있었다.

내게는 충격적이었고, 안심이 됐고, 놀라웠다. 마치 생전 처음으로 예상치도 못한 특별한 일이 일어난 것 같았다.

나는 그가 가버렸을 거라고 생각했다. 나에 대한 흥미를 잃고 도서관을 떠났을 거라고, 다시는 그를 만나지 못할 거라고. 종종—얼마나 자주인지 알고 싶지도 않지만—나한테 관심을 보이던 남자들은 처음에 흥미를 갖다가도 이상하게 곧 마음이 변했고 멀어지다 떠나버렸다.

하지만 그는 거기서 나를 기다리고 있었다. 나를 겁주려는 태도는 분명 아니었다. 그는 계단 아래 돌벤치에 앉아 도서관에서 빌린 책을 넘겨보다가 배낭에 넣으려 했다.

그는 내 놀란 얼굴을 보더니 다시 "안녕" 하고 인사했다. 그가 더 활짝 웃자 마른 뺨에 칼로 도려낸 것처럼 작게 보조개가 파였다.

안녕. 나는 수줍게 인사했다. 심장이 가벼운 깃털처럼 팔딱거려서 숨쉬기가 힘들었다.

우리는 수줍게 서로를 바라봤다. 선택을 받는다는 것이 내게는 겁나는 일이라서 어쩔 줄을 몰랐다.

이렇게 불편하고 흥분되는 감정을 느끼는 것이. 그것도 이렇게나 빨리.

아무 예고도 없이 농구공을 넘겨받은 것 같다고 할까, 혹은 경기장에서 하키 퍽이 내 발쪽으로 미끄러져온 것 같다고 할까. 나는 생각하지 않고 반응하든가 부상당할 위험을 감수해야 했다.

그는 과감하지만 밀어붙이지는 않는 태도로 내 이름을 물었다. 그리고 내가 이름을 말해주자 "리즈베스" 하고 되뇌더니 자기 이름을 말했다. "데즈먼드 패리시."

놀랍게도 그는 내게 손을 내밀어 악수를 청했다. 우리가 마치 어른이라도 된 것 같았다.

그는 정중한 몸짓으로 벤치에서 일어났다. 어찌나 활짝 웃던지 반짝이는 금테 안경이 미끄러져서 콧잔등 위로 밀어올려야 했다.

"네가 여기서 얼마나 오래 있을지 궁금했어. 문 닫을 때까지 있지 않기만 바라던 참이었지."

나는 지구과학 시간에 낼 보고서 때문에 조사하는 중이었다고 어눌하게 중얼댔다.

"지구과학이라! 대답해봐, 지구의 나이는?"

"난…… 난 생각이 안 나는데……"

"객관식으로 할게. 지구의 나이는 1번 5000만 년, 2번 36만 년, 3번 1만 년, 4번 400억 년, 5번 45억 년. 천천히 대답해!"

기억하려고, 논리적으로 생각하려고 애썼다. 하지만 그는 나를 보며 웃고 있었다.

놀리는 듯한 웃음이었다. 한편으로는 날 활짝 웃게 만들려고 그러나 싶었다.

"글쎄, 만 년일 리 없다는 건 알겠어. 그러니까 그건 빼고."

"확실해? 노아의 방주를 감안하면 만 년이 맞을 수도 있어. 노아의 방주를 믿지 않는 거야?"

"아니, 믿어……"

"그렇다면 동물들은 어떻게 홍수에서 살아남을까? 조류, 그리고 인간은? 어류…… 어류가 어떻게 생존하는지는 알 테니까 그건 빼고. 그럼 포유류는? 비수목성 영장류는? 그것들은 어떻게 목숨을 부지하지?"

아주 재미있는 이 남자애와 대화하는 것은 공 대여섯 개로 저글링하는 것 같았다. 내가 점점 당황하자 그는 기세를 누그러뜨리고 말했다. "어떤 생물이 35억 년쯤 살았다고 보면 계산이 맞아, 그렇지? 그러니까 답은 5번 45억 년이야. 1977년 10월 9일 뉴욕 스트라이커스빌 이전에 저어엉 말 긴 시간이 있었지. 리즈베스와 데즈먼드 이전에 저엉말 긴 시간이 있었다고."

텔레비전에 나오는 개그맨처럼 데즈먼드 패리시는 빠르고 정확하게 말하며 우스꽝스러운 손짓을 했다.

나를 그렇게 요란하게, 그렇게 빨리 웃게 만든 사람은 그때까지 없었다. 그렇게 숨이 찰 정도로.

세상에서 가장 자연스러운 일인 듯이 데즈먼드는 나와 나란히 걸었다. 그는 나보다 머리 하나만큼 더 컸다. 180센티미터는 되는 것 같았다. 그는 무거운 배낭을 메고 약간 구부정하게 걸었다. 나는 우리를 쳐다보는 사람이 있는지 주위를 흘끔거렸다. 나를 아는 사람이 보고 리즈베스 마시 아냐? 그 옆에 키 큰 남자애는 누구지?라고 하지 않는지.

내 자전거가 있는 데까지 데즈먼드와 같이 걷는 일이 자연스럽게 느껴졌다. 자전거는 철제 울타리에 기대놓았었다. 그 시절 스트라이커스빌에서는 도난 사고기 기의 없이 아무도 자물쇠를 채우지 않았다.

데즈먼드는 내 자전거의 크롬 핸들을 만졌다. 핸들에 살짝 녹이 슬어 있었다. 자전거는 영국제 경주용이지만 3단 기어의 싸구려였다. 그는 십이 일 전 가족과 함께 스트라이커스빌로 이사온 오후에 자전거를 타고 지나가는 나를 봤다고 했다. "내 생각에 그 여자애는 너였어."

이상한 말이라는 생각이 들었다. 데즈먼드가 나를 알고 있었고, 우리가 진짜 모르는 사이가 아닌 것처럼 말했기 때문이다.

어쨌든 그렇게 됐다. 데즈먼드와 나는 메인 스트리트를 걸었다. 데즈먼드가 내 자전거를 밀고 나는 옆에서 걸어갔다. 그는 아몬드 모양의 눈으로 나를 쳐다봤다. 부드러우면서도 강렬한 그 눈빛에 나는 후들거리는 기분이었다.

우리 사이의 감정은 이미 아주 생생하고 또렷했다. 마치 오래전부터 알았던 사이같이.

사람들은 그런 생각을 비웃는다. 쥐뿔도 모르면서 웃는 것이다.

"리즈베스, 날 '데스'라고 불러줘. 친구들은 그렇게 부르거든."

데즈먼드는 말을 멈추고 나를 내려다보았다. 그는 아쉬운 듯 미소를 지었다.

"물론 난 아직 스트라이커스빌에는 친구가 없어. 너밖에."

정말 흐뭇했다! 나는 그 말이 농담이라는 듯이 웃음을 터뜨렸다. 그가 재미있으라고 한 말인 줄 안다는 듯이.

"그런데 난 너를 '리즈'라고 부르지 않을 거야. '리즈베스'

가 더 마음에 들어. '리즈'는 서민적이고 '리즈베스'는 귀족적이거든. 너는 서민적인 뉴욕 서부에 사는 내 귀족적인 친구지."

데즈먼드는 내가 어디 살고 어느 학교에 다니는지 물었다. 자신에 대해서는 "교육기관들 사이에 엉뚱하게 놓인 수식어처럼 매달려 있다"고 설명했다. 무슨 뜻인지는 모르지만 그의 표현이 우스꽝스러워서 나는 웃지 않을 수 없었다.

길모퉁이에 다다를 때마다 나는 데즈먼드가 걸음을 멈추고 작별 인사를 할 거라고 생각했다. 아니면 내가 용기를 내서 그의 재미있는 말을 중간에 끊고, 부모님이 기다려서 얼른 자전거를 타고 집에 가야 한다고 말해야겠다고 생각했다.

우리는 메인 스트리트의 가게 진열창들 앞을 지나갔다. 보행자들이 길을 비켜주면서 우리가 커플이라도 되는 듯이, 특별한 관심은 없이 힐끔 보았다. 리즈베스. 데즈먼드.

데즈먼드의 팔이 어쩌다가 내 팔에 스쳤다. 내 팔의 털이 곤두섰다.

그의 팔뚝에 다닥다닥한 주근깨가 내 눈에 들어왔다. 그의 살갗에서 온기가 솟아나와 그와 가까운 쪽 내 옆구리에 말을 거는 느낌이었다.

열여섯 살이 되도록 한 번도 남자친구를 사귀어본 적이

없었다. 이때까지 없었다.

키스를 받아본 적도 없었다. 딱히 키스랄 만한 것을.

같은 반 남학생들이 파티에 가자고 청한 적은 있었다. 중학교 다닐 때도 그랬다. 하지만 집으로 데리러 온 적은 없었고 파티장에서 만났다. 파트너인 남자애가 파티 중간에 밖에서 자기 친구들과 어울리는 일이 종종 있었다. 아니면 아빠에게 데리러 오라고 연락하려고 내가 밖으로 나갔다.

나는 주로 여자애들과 어울렸고, 무리에 가끔 남자애가 끼기는 했다. 우리는 소위 잘나가는 그룹은 아니었고, 아무도 나를 따로 불러내주지 않았다. 데즈먼드 패리시처럼 나를 바라봐준 남자애는 없었다.

메인 스트리트를 나란히 걷다니! 10월의 토요일 오후에! 남자친구와 손을 잡고 걸어가는 여자애들을 정말 많이 봤다. 볼 때마다 부러웠다. 나에게는 그런 일이 생기지 않을 것 같았으니까.

물론 데즈먼드와 나는 손을 잡지 않았다. 아직까지는.

가게 진열창들에 비친 우리는 유령처럼 휙휙 지나갔다. 머리를 짧게 깎고 남학생다운 안경을 쓴 호리호리한 데즈먼드 패리시. 그리고 나, 리즈베스. 진열창 쪽에 내가 서 있었는데, 데즈먼드는 내 위로 우뚝 솟아 날 보호하는 것 같았다.

메인 스트리트와 글렌빌 애비뉴가 교차하는 모퉁이는 내가 데즈먼드에게 자전거를 받아서 집으로 가기에 적당한 지점이었다. 그런데 그는 콜라나 아이스크림을 먹으러 가자고 했다. "여기가 이탈리아라면 15미터마다 젤라토 가게가 있어서 기막히게 맛있는 걸 골라 먹을 수 있을 텐데."

나는 이탈리아에 가본 적이 없어서 다른 때라면 젤라토를 젤로(미국의 젤리 상표명─옮긴이)로 알아들었을 것이다.

근처에는 스위트 숍만 있었다. 이전 시대부터 아이스크림과 사탕을 파는 작고 예스러운 가게였고, 데즈먼드는 그곳이 '개성 있다', '분위기가 있다'고 말했다. 우리는 칸막이 자리에 앉았다. 벽에는 때묻은 거울들이 걸려 있었다. 우리는 피스타치오 버터크런치를 두 스쿱씩 먹었다. 아이스크림은 데즈먼드가 골랐다. 그는 내 아이스크림을 같이 주문하고 돈도 내줬다. 그는 거침없는 몸짓으로 10달러짜리 지폐를 인심 좋게 웨이트리스에게 건넸다. "잔돈은 필요없어요."

나와 나이가 비슷해 보이는 웨이트리스는 정말 깜짝 놀랐다. 데즈먼드가 50달러를 줬더라도 그보다 더 놀랄 수는 없을 것 같았다.

스위트 숍에서 팁을 주는 손님은 드물었다.

사십 분 동안 주로 데즈먼드가 말했다. 그는 칸막이 자리내 맞은편에 앉아 몸을 숙이고 끈적한 테이블에 팔꿈치를 괴고 있었다. 어깨가 구부정했고 목의 힘줄이 팽팽했다. 나는 아찔해지기 시작했다. 최면에라도 걸린 것 같았다. 누군가 나를 그렇게 특별하게 바라본다고 느낀 적은 한 번도 없었다.

데즈먼드는 상냥하고 적극적으로 나에 대해 더 물었다. 가족이 계속 스트라이커스빌에서 살았는지, 아빠가 무슨 일을 하는지, 무슨 과목을 가장 좋아하는지. 심지어 좋아하는 선생이 누구인지까지 물었다. 스트라이커스빌 고등학교 교사 이름을 들어봤자 누군지 알지도 못할 텐데. 그는 내 생년월일을 물었고, 내 대답을 듣고(1961년 4월 11일) 놀란 눈치였다. "더 어려 보이는데." 그는 순간적으로 실망한 것 같았지만, 곧 보조개가 파이도록 미소를 지었다. 나를 용서하거나 내 나이를 용납할 수 있는 방법을 찾겠다는 듯한 미소였다. "열세 살이라고 해도 믿겠는걸."

그렇기는 했다. 하지만 난 그것을 장점으로 생각해본 적이 없었다.

"생물이 '성숙'하면 인생이 복잡해지거든. 기본적으로 신체기관이 다른 신체기관을 생산할 수 있게 되면 말이지. 그렇게 되는 걸 원치 않는다면 '성숙'은 골칫거리지."

나는 무슨 뜻인지 알아들은 것처럼 보이기 위해 웃었다.

혹은 내가 그 말뜻을 안다고 생각했다.

그 말이 왜 우스운지는 확실히 알지 못했지만.

내가 말했다. "엄마는 나한테 걱정하지 말라고 하셔. 내가 '준비가 되면' 성숙할 거라고."

"네 유전자가 '준비가 되면'이겠지, 리즈베스. 하지만 네 유전자는 알 수 없는 나름의 계획을 가지고 있을지도 몰라."

데즈먼드는 조상이 매사추세츠 마블헤드 출신의 '쇠락한 와스프(WASP, 앵글로색슨계 백인 신교도를 뜻하며 미국 사회에서 가장 영향력 있는 계층—옮긴이)'였다고 말했다. 그는 뉴턴에서 태어나 거기서 초등학교를 다녔고, 이후에는 매사추세츠 브리검에 있는 '세련된 영국풍의 상류층 남자' 사립학교에 다녔다. "브리검이 어디 있는지 알아? 미스카토닉 밸리 한가운데 있지." 하지만 그의 가족은 주로 외국—스코틀랜드, 독일, 오스트리아—에서 산 것 같기도 했다. 데즈먼드의 아버지는 '닥터 패리시'였다.(그는 그것을 얼마나 자랑스러운 타이틀로 생각하는지 '독토어 패리시'라고 발음했다.) 그의 아버지는 '글로벌한' 제약회사와 관련된 유럽 연구기관을 설립하는 일을 도운 인물이었다. "그 제약회사의 이름을 발설하는 건 금지야. 그 이유 또한 발설 금지고."

데즈먼드는 농담을 했지만, 진지했다. 그는 내게 비밀로 한다는 다짐이라도 받으려는 듯 오므린 입술에 검지를 댔다.

마침내 늦은 오후에 헤어질 때, 데즈먼드는 곧 다시 만나면 좋겠다고 말했다.

나는 그러자고 했다. 나도 그러면 좋겠다고.

"우리는 걷고, 하이킹하고, 자전거를 탈 수 있을 거야. 책도 같이 읽고. 내 말은 서로에게 읽어준다는 뜻이야. 둘이 언제나 대화를 나눌 필요는 없지."

데즈먼드는 내 전화번호와 주소를 물었지만 적지는 않았다. "그건 영원히 내 기억 속에 새겨질 거야, 리즈베스. 두고 봐!"

내게 남자친구가 생겼어!

첫번째 남자친구!

내게는 이 일이 여권처럼 느껴졌다. 지금까지 멀리서 힐끗 보기만 했던 새롭고 멋진 나라로 가는 여권.

데즈먼드는 전화를 싫어했다. 그는 "'보지 않고 말하는 것'은 감각기관 하나를 잃은 기분을 들게 해서 말이지"라고 말했다.

그는 불쑥 나타나는 걸 더 좋아했다. 학교가 파한 뒤 우리집에.

가령 우리가 처음 만난 다음날도 그랬다. 그는 전화도 없이 자전거를 타고 우리집에 왔다. 우리는 뒷마당에 있는 삼나무 마루에서 두 시간 동안 이야기를 나누었다. 그는 정말 아무렇지 않게 나타났다. 반짝이는 노란색 헬멧을 쓰고 기어가 여러 단인 이탈리아제 신형 자전거를 타고 왔다. "이봐, 리즈베스. 나 기억하지?"

엄마는 깜짝 놀랐다. 나는 전날 데즈먼드와 만난 일에 대해 엄마에게 입도 벙긋하지 않았다. 다시는 그를 못 만날까 봐 불안했기 때문이다. 예쁘지 않은 미성숙한 막내딸에게 데즈먼드 패리시 같은 손님이 찾아왔으니 엄마가 놀랄 만했다.

엄마가 그를 보러 마루로 나오자, 데즈먼드는 얼른 일어났다. 그는 키가 크고 호리호리하고 '어른스러웠다'. "마시 부인, 뵙게 되어 반갑습니다! 리즈베스가 어머니에 대해 아주 흥미로운 말을 많이 했거든요."

"'아주 흥미로운 말'이라고? 나에 대해? 우리 아이가? 무슨……?"

엄마가 데즈먼드의 말이 농담인 줄 진혀 모른다는 것이 우스웠다.(잔인하게도 나는 그게 웃기다고 생각했다.) 그가 엄마의 손을 잡고 활기차게 흔들었을 때도 놀란 모양이었다. 그것 역시 데즈먼드의 음흉한 장난이었다.

하지만 그는 상냥하고 재미있고 다정했다. 그는 지금 놀리고 있는 성인 여자가 마치 자기 친척이라도 되는 것처럼 굴었다. 어쩌면 자기 엄마라도 되는 것처럼 굴었다.

"세렌디피티(운 좋은 발견—옮긴이)를 믿으세요, 마시 부인? 어떤 일도 우연이 아니라는 우주 이론이라 할 수 있죠. 우연한 것은 없다. 여기서 만나는 것, 또 1977년 10월 10일 오후 두시 이십사분에 우리 세 사람이 여기 함께 있는 건 시간이 시작된 후로 일어날 운명이었던 거예요. 모든 것을 움직이게 만든 빅뱅 때부터 말이죠. 그래서 이게 아주 자연스럽게 느껴지는 거고요."

엄마는 딸의 새 친구에게 매료돼서 야외용 의자를 끌어다놓고 한참 같이 있었다. 남자든 여자든 내가 어떤 친구를 데려왔을 때도 없던 일이었다. 데즈먼드 패리시가 우연히 나온 말인 듯이 자기 아버지가 '연구 과학자'라는 말을 하자 엄마는 깊은 인상을 받은 기색이 역력했다. 그는 아버지가 '존스 홉킨스 출신 의사'이며, 스트라이커스빌에서 사십 분 거리인 로체스터에 지사가 있는 '다국적' 제약회사의 신임 지역 감독관이라고 말했다.

그 말을 듣자마자 엄마가 말했다. "로체스터에 있다고? 노드 제약회사인가?"

데즈먼드는 지난 몇 년 사이 간간이 뉴스에 나왔던 대기업과의 관계를 마지못해 인정하는 것처럼 보였다. 또한 자기 가족이 이사온 곳이 스트라이커스빌의 어디인지 엄마에게 마지못한 듯이 말했다. 시가지가 아니라 북쪽 교외에 있는 실번 힐스라는 주택단지라고 했다.

"틀림없이 아름다운 곳일 거야. 밖에서 집 몇 채를 본 적이 있거든."

"거기서 보는 게 가장 멋있어 보일 거예요, 마시 부인. 밖에서 보는 거요."

엄마는 사회적으로 야심이 있다거나 심지어 사회적인 부분을 의식한다는 말조차 듣지 않을 좋은 여자였다. 하지만 나는 엄마가 데즈먼드 패리시를 어떤 눈으로 바라보는지 알아차렸다. 단정하게 빗은 머리, 말끔하게 면도한 턱, 반짝거리는 안경, 주머니에 작은 악어 로고가 있는 깨끗하게 세탁된 스포츠셔츠. 알이 크고 정교한 멋진 손목시계(데즈먼드는 내게 시간뿐 아니라 기온, 날짜, 조수, 기압도 알려주고 나침반으로 쓸 수도 있는 시계라고 했었다.)와 바싹 깎은 깔끔한 손톱까지.

"곧 저녁 먹을 시간이니까 들어오렴, 데즈먼드! 인젠가 네 부모님도 만나 뵈면 좋을 것 같구나."

"네. 맞아요, 마시 부인. 그러면 좋겠네요."

데즈먼드는 예의바르지만 조금 딱딱하게 대꾸했다. 엄마의 마음에서 우러난 초대를 그가 거부한다는 것을 나는 알아차렸다. 하지만 엄마는 눈치채지 못한 것 같았다.

데즈먼드는 배낭에 폴라로이드 카메라를 챙겨 왔다. 다시 우리만 남자 그는 그것으로 나를 몇 장 찍었다. 사진을 찍을 때면 그는 아주 조용해졌고 한쪽 눈을 찡그린 채 뷰파인더로 나를 바라봤다. 딱 한두 번 그가 말했다. "움직이지 마! 제발. 그리고 나를 쳐다봐. 똑바로. 뚫어져라 보라고."

나는 사진 찍히는 게 너무 부끄러웠다. 손으로 얼굴을 가리고 싶은 마음이 굴뚝같았다.

가까이 마루에는 롤로가 엎드려 있었다. 롤로는 우리가 키우는 골든레트리버인데 털은 누렇고 눈은 나른해 보였다. 롤로는 데즈먼드에게 호기심을 보이다가 이내 꾸벅꾸벅 졸았다. 데즈먼드가 내 사진을 찍기 시작하자, 롤로는 몸을 뒤척이며 조심스레 꼬리를 흔들었다. 개는 앞으로 나오더니 데즈먼드의 무릎에 무거운 머리통을 기댔다. 예상치 못하게도 신뢰를 드러내는 행동이었다. 데즈먼드가 깊이 감동한 표정을 지으며 개의 머리를 만지고 귀를 쓰다듬었다.

"롤로! '롤로 메이(실존 심리치료로 유명한 미국의 임상심리학자—옮긴이)'는 내 DNA에 각인된 이름이야. 이게 바로 운명이 나를 스트라이커스빌로 데려온 이유야, 리즈베스. 빅뱅 이후 쭉 너한테 온 거라고."

우리는 포트 휴런 파크에 하이킹하러 갔다. 호수 옆 예선로曳船路를 자전거를 타고 달렸다. 배를 빌려주는 데가 있었다. 나룻배와 카누가 보였다. 나는 충동적으로 말했다. "나룻배 빌리자, 데스! 그러자, 응?"

호수의 이름은 리틀 휴런이었다. 오래전에 아빠가 크리스틴과 나를 데려와서 나룻배를 태워줬던 곳이었다. 그 기억이 지금도 생생했고, 스릴이 넘쳤다. 하지만 그뒤로 오랫동안 오지 않았고, 대여소에 배가 별로 없는 걸 보고 놀랐다.

데즈먼드는 생각에 잠겨 느릿느릿 대꾸했다. 폴라로이드 사진처럼 마음속에서 생각이 천천히 떠오르는 것 같았다.

"나룻배는 안 돼, 리즈베스. 카누로 하자. 나룻배는 엉성하거든. 카누는 훨씬 더 즉각적으로 반응하지."

데즈먼드는 어른이 아이 손을 잡듯이 내 손을 잡고 대여소로 이끌었다. 그가 공개된 곳에서 내 손을 잡은 것은 처음이었다. 내 손을 움켜쥔 손가락은 힘 있고 단단했다. 나는 어지러움을 느끼며 생각했다. 이게 인생이야! 사는 게 이런 거지.

카누 한 척에 젊은 커플이 타고 있었다. 여자는 뱃머리에 앉아 있었고, 남자는 뒤편에 앉아 노를 저었다. 여자의 적갈색 머리칼이 햇빛에 반짝거렸다. 카누가 물살에 흔들리자 여자가 겁을 먹고 작게 소리쳤다. 카누는 여간해선 뒤집히지 않는다는 걸 누구나 알지 않나.

"카누는 무서울 것 같아. 난 타본 적이 없어."

"카누를 타본 적이 없다니!"

데즈먼드는 웃음을 터뜨렸다. 목소리가 고조된 것을 보니 그는 흥분했고 아마 조금은 초조한 듯했다. 그에게도 모험인 게 분명했다. 데즈먼드는 작은 선착장에 쭈그려앉아서 카누들을 차례로 살펴보았다. 안을 들여다보고, 마치 시각장애인처럼 선체 양쪽을 손으로 만져보면서 튼튼한지 확인했다. 적어도 내가 보기에 그는 틀림없이 그랬다.

"물론 인디언들은 나무로 카누를 만들었어. 구조와 모양새가 근사했지. 어떤 건 이인용으로 작았지, 바로 이 배들처럼. 6미터나 되는 긴 것도 있었고. 전투용."

대여소 직원이 다가왔다. 다부진 체격에 수염을 기른 남자였다. 그가 데즈먼드에게 뭐라고 말했지만 내게는 들리지 않았다. 데즈먼드는 그 말에 실망한 듯 갑작스럽고 이상하게 반응했다. 그는 일어나서 오더니 내 손을 잡고 다시 앞쪽으로 끌었다. 이번에는 대여소에서 멀어졌다.

"다음에 타자. 지금은 적당한 때가 아냐."

"저 사람이 뭐라고 했는데? 이상한 말을 했어?"

"'적당한 때가 아닌데'라고 말했어."

데즈먼드는 동요한 것 같았다. 얼굴이 잿빛으로 변하고

우울해 보였다. 입술이 처지고 씰룩거렸다.

대여소 직원이 데즈먼드에게 정말 "적당한 때가 아닌데"라고 말했는지 나는 믿을 수 없었다. 하지만 내가 아무리 물어봐도 더 알아낼 수는 없다는 것을 알았다.

"내가 죽으면 그건 일시적으로만 그런 거야. 새로운 존재가 태어날 때까지만."

"환생이라는 거야?"

"맞아! 우리의 영혼은 영생불멸이기 때문이지. 몸이 부서져서 재가 되더라도."

데즈먼드는 금테 안경을 벗고 나를 응시했다. 그의 눈은 크고 촉촉하고, 근시였다. 그가 그런 투로 말할 때는 얼굴에서 온화함이 우러나와 나는 그에 대한 사랑으로 기절이라도 할 것 같았다. 그의 말이 진담인지 비아냥인지 모르면서도 그랬다.

"난 네가 회의적이라고 생각했는데, 네가 그렇게 말해왔으니까. 환생은 비과학적이지 않니? 지구과학 선생님이……"

"제발, 리즈베스! 그 선생은 뉴욕 스트라이커스빌의 중등학교 교사에 불과해! 이제 그만하자."

"하지만 환생이 있다면." 그래도 나는 버텼다. 중요하니까 알아야 할 것 같았다. "다른 '영혼'은 다 어디서 오는 거지? 지구의 인구는 과거보다 훨씬 많아졌어. 특히 수천 년 전보다는……"

데즈먼드는 허공에서 손을 저어 내 주장을 물리쳤다.

"네가 이해할 수 있는 지성을 갖췄든 못 갖췄든 환생은 실재해. 우리는 완전히 '새로' 태어나는 게 아니라 우리 조상의 유전자를 물려받는 거야. 그래서 우리 중 어떤 사람은 처음 만나도 처음 만난 게 아닌 거지. 전부터 죽 알던 사람인 거야."

그게 사실일까? 난 그렇게 생각하고 싶었다.

데즈먼드가 말할수록 나는 점점 더 그렇게 생각했다.

"우린 첫눈에 '소울메이트'를 알아볼 수 있어. 물론 우리가 명확히 기억할 수는 없겠지만 '소울메이트'는 전생에 단짝 친구였지."

데즈먼드는 폴라로이드 카메라를 꺼내더니 내게 붉은 옻나무 앞에서 포즈를 잡으라고 했다. 우리는 10월의 따뜻한 토요일에 자전거를 달려 포트 휴런 파크의 구석진 곳에 와 있었다.

둘이 있을 때 데즈먼드는 늘 사진을 찍었다. 몇 장은 내게 '기념품'이라며 주었고 대부분은 그가 가졌다.

"사진은 이미 과거가 된 — 망각되어버린 — 시간의 기념물이지. 어떤 사람들이 사진을 찍을 때 웃지 않는 것도 그 때문이야."

"네가 웃지 않는 것도 그래서야?"

"맞아. 웃는 사진은 사후에 농담이 되지."

"사후라니…… 어떻게?"

"예컨대 사망 기사에 실린 사진 말이야."

그랬다. 내가 작은 코닥 카메라로 데즈먼드를 찍으려 했을 때, 그는 한사코 웃지 않았다. 첫 시도 후 그는 얼굴을 손으로 가렸다. "됐어. 사진사들은 사진 찍히는 걸 싫어해. 그건 사실이야."

언젠가 그는 묘하게 이런 말을 했다. "대중 세계에 내 엉성한 이미지들이 있어. 내가 허용한 적 없는 이미지들이지. 사진을 찍으면 누군가 그것을 무단으로 도용해서 복제할지 몰라. 넌 필름을 쓰잖아. 내가 폴라로이드를 선호하는 것도 그 때문이야. 한 번에 딱 한 장뿐이니까."

데즈먼드는 내 사진을 찍을 때마다 '포즈를 집으라고' 요구했고 내 어깨를 꽉 잡고 '제대로' 자세를 잡게 만들었다. 종종 머리를 살짝 돌리게 했고 긴 손가락으로 내 얼굴을 잡았다. 내가 거부했다면 억세게 했겠지만 난 시키는 대로 했고 그의 손길은 부드러웠다.

데즈먼드는 우리 집안에 대해—'조상들'에 대해—두 번 이상 물었다.

나는 아는 대로 대답했다. 나는 그가 나를 놀리려고 그러는 게 아닌지 궁금했다.

나는 언니가 한 명 있다고—크리스틴—데즈먼드에게 여러 번 말했다. 그는 별로 중요하지 않은 이 사실을 잊어버렸거나 형제자매 문제에 집착하거나 둘 중 하나 같았다.

데즈먼드는 크리스틴에게 관심을 보였다. 언니를 '보고' 싶어했다(멀리서). "꼭 만날 필요는 없고." 데즈먼드는 크리스틴을 우연히 딱 한 번 만났다. 우리가 자전거를 타고 보행자 다리를 건너 포트 휴런 파크 쪽으로 갈 때였다. 크리스틴이 친구 둘과 함께 우리 쪽으로 걸어오고 있었다.

크리스틴은 스무 살이고 웰스 칼리지에 다녔는데 주말이라 집에 와 있었다.

데즈먼드가 그녀의 손을 잡고 힘차게 흔들면서 말했다. "크리스틴! 당신에 대해 좋은 이야기를 정말 많이 들었어요. 리즈베스가 늘 말하거든요."

엄마를 매혹시켰던 말이 크리스틴에게는 아무런 반응도 일으키지 못했다. 그녀는 경고 신호 같은 것을 느끼는 듯 데즈먼드를 빤히 쳐다보았다.

"그래요? 그럴 리가 없을 텐데."

크리스틴은 냉정하게 대꾸했다. 그녀는 잠깐 동안 억지 미소를 지었다. 친구들에게(고교 시절의 여자 친구들) 데즈먼드를 소개하지도 않았다. 크리스틴의 친구들도 데즈먼드를 빤히 쳐다보았다. 호리호리한 그는 우뚝 선 채 어색한 미소만 불편한 듯 짓고 있었다.

나는 크리스틴과 그 친구들에게 화가 났다. 그들의 무례함에.

저들은 질투하고 있어. 내게 남자친구가 있는 것을.

저들은 내가 행복하길 바라지 않아. 내가 자기들 같기를 바라지.

나중에 데즈먼드가 크리스틴에 대해 물었다. 네 언니는 늘 그렇게 적대적이야? 하고.

"응. 내 말은…… 아니, 아니야! 항상 그렇지는 않아."

"네 언니는 날 좋아하지 않는 것 같았어."

데즈먼드는 아쉬운 듯이 말했다. 하지만 나는 그의 불신을, 심지어 그 밑에 깔린 분노를 느낄 수 있었다.

내가 말했다. "지금은 언니가 대학에 다니느라 집을 떠나 있어서 한결 잘 지내지만 예전에는 동생 노릇 하기 힘들었어. 내 입장에서는 그랬다고. 언니는 굉장히 비판적이고 냉소적이고 어른 행세를 하려고 하거든…… 내게 가장 좋은 게 뭔지 자기가 늘 안다고 생각하고……"

어쩌면 이 말은 완전한 사실은 아니었다. 크리스틴은 날

124

진심으로 좋아했고, 내가 이런 말을 했다는 걸 알면 섭섭해했을 것이다. 나는 당황해서 얼굴이 화끈거렸다. 크리스틴이 데즈먼드에게 별로 좋은 인상을 갖지 않았다는 건 나나 데즈먼드의 바람과는 다른 결과였다.

크리스틴은 질투하고 있다! 그래서 그런 것이었다.

데즈먼드가 말했다. "나를 마치 '아는' 듯이 쳐다봤어. 하지만 네 언니는 나를 '알지' 못해. 전혀 몰라."

나중에 그는 이렇게 말했다. "나는 외아들이야. 그게 이방인, 외톨이가 될 운명을 타고난 이유지. 내가 좋아하는 작가가 언제나 헨리 데이비드 소로인 이유도 그거야. '내 이웃들이 좋다고 믿는 것의 많은 부분을 나는 마음속으로 나쁘다고 믿는다.(『월든』에 나오는 구절―옮긴이)'"

집에 오자 크리스틴이 말했다. "데즈먼드 패리시라는 그 남자애 말이야. 엄마한테 얘기 많이 들었지만 듣던 것과 달랐어. 또한 네가 말하던 그런 사람도 아니었고. 그건 다 연기演技야. 그걸 모르겠어?"

"연기라니, 어째서? 무슨 뜻이야?"

"나도 모르겠어. 하지만 그 애한테는 정상적이지 않은 구석이 있어."

"'정상적이지 않다'니, 어째서? 데즈먼드는 멋진 사람이야……"

"그 애랑 정확히 어디서 만났니?"

나는 데즈먼드와 어디서 만났는지 얘기해줬다. 그가 자신에 대해 어떻게 소개했는지도 말했다. 데즈먼드는 자기 아버지의 모교인 애머스트 대학교에 장학생으로 합격했지만 일 년간 입학을 미뤘다.

크리스틴은 불쾌하고 거들먹거리는 태도로 계속 데즈먼드에 대해 물었다. 나는 크리스틴에게 데즈먼드에 대해 아무것도 모르면서 왜 그러느냐고 쏘아붙였다. 우리 둘이 있을 때 그가 어떤지, 얼마나 똑똑하고 재미있는지, 얼마나 사려 깊은지 모르지 않느냐고. "언니는 질투하는 거야."

"질투라니! 그렇지 않아."

"내 생각에는 그래. 언니는 내가 행복한 게 싫은 거야."

크리스틴은 화를 내며 말했다. "내가 왜 그런 애를 두고 질투하겠어? 그 애는 괴상해. 눈이 이상하다고. 본인이 말한 것보다 분명 나이도 더 많을 거야. 적어도 스물셋은 됐을걸."

"데즈먼드는 열아홉 살이야!"

"네가 그걸 어떻게 알아?"

"데즈먼드가 그랬으니까. 고등학교와 대학 사이에 일 년 쉬었다고 했어. 올해 애머스트 입학을 미뤘다고."

"올해? 아니면 다른 해에?"

"언니는 이상하게 구는 것 같아. 그리고 못됐어."

"게다가 내가 보기에—그렇다고 해도 놀랍지도 않지만—그 애는 게이야."

나는 충격을 받았다. 하지만 한편으로는 그리 충격적이지 않았다.

사실이 그렇더라도 나는 크리스틴이 아는 게 달갑지 않았다. 나는 화가 나서 그녀를 떠밀 뻔했다.

"알아둬, 언니. 난 언니가 미워."

나중에 나는 크리스틴이 엄마에게 리즈베스와 '어울려 다니는' '이상해' 보이는 '괴상한 남자애'에 대해 심각한 말투로 이야기하는 것을 엿듣고 분통을 터뜨렸다.

엄마는 그 말에 반대했다. "내가 볼 땐 아주 괜찮은 아이 같던데. 굉장히 예의바른 아이야. 넌 동생이 친구 사귀는 걸 바라지 않니?"

"리즈베스에게는 친구들이 있잖아요. 괜찮은 여자 친구들이 있다고요."

"그래도 남자친구가 생기는 게 좋지 않아? 네 동생도 열여섯 살이야."

"그 애가 리즈베스에게 끌렸다는 것도…… 리즈베스는 너무 어려 보이고, 그리고……" 여기서 크리스틴은 머뭇거렸다. 내가 예쁘지도 매력적이지도 않고, 괴상한 남자애나 내게 관심을 가질 거라고 말하고 싶었을 것이다. "'경험이 있다'고 할 만하지도 않아요. 그게 의심스러워 보인다고요."

"크리스틴, 넌 부당하게 굴고 있어. 내가 데즈먼드와 몇 번 이야기해봤는데 과하다 싶을 만큼 상냥한 아이였어. 이 주변의 남학생들과는 딴판이니 오히려 낫지. 난 데즈먼드와 그의 부모님을 저녁식사에 초대할 생각이야. 리즈베스에게도 아주 좋은 일일 거야."

"제가 여기 없을 때 그러세요, 부탁이에요! 저는 빼달라고요."

"난 네가 동생을 살짝 질투한다는 생각까지 드는구나. 내가 만나본 네 친구들 중에 데즈먼드 패리시 같은 아이는 없지……"

"그 애는 괴상해요. 전 그 애가 게이일 것 같아요. 괴상하고 게이인 것은 괜찮지만 내 동생과 어울리는 건 괜찮지 않다고요!"

"알았다, 크리스틴. 넌 네 의견을 밝힌 것뿐이니까."

"리즈베스가 걱정돼서 그래요, 그뿐이에요."

"글쎄, 난 리즈베스가 알아서 잘할 수 있을 거라고 생각한다. 나도 지켜보고 있고."

크리스틴은 엄마의 관찰력을 하찮게 생각한다는 듯 비웃

는 조로 웃었다.

"꿈! 그 속에 대단한 미스터리가 있지."

우리와 몇 발자국 떨어진 삼나무 마루 한쪽에서 롤로가 쭉 뻗고 누워 햇볕을 쬐며 자고 있었다. 롤로는 깊은 잠 속에서 말이라도 하려는 것처럼 앞발을 움직이고 회색 주둥이를 씰룩였다.

"동물들은 꿈을 꿔. 꿈꾸는 것을 관찰할 수 있지. 롤로는 꿈속에서 뛰고 있고, 어쩌면 사냥하고 있을지도 몰라. 레트리버는 애완견이 아니라 사냥개거든. 개도 타고난 자질을 사용하지 못하면 슬프고 불완전하다고 느낄 거야. 영혼의 일부를 뺏긴 기분이겠지."

데즈먼드가 아주 확신에 차서 말했다! 나는 롤로를 그런 식으로 생각해본 적이 없었다.

그가 말했다. "꿈은 하루의 기억을 저장하는 장소야. 혹은 프로이트가 말했듯이 '소망의 충족'이지. 이 경우에는 이중의 의미가 있어. 꿈은 소망을 충족시키는 것이지만, 소망은 그저 잠든 채로 남아 있는 것일 수 있다는 거야. 그래서 꿈은 우리를 이미 깨어 있다고 생각하도록 달래주지."

"그러면 악몽의 목적은 뭐야?"

"분명 벌주기 위한 것일 거야."

벌을 주다니! 나는 그런 생각을 해본 적이 없었다.

"네가 꾸는 꿈에 대해 말해줘, 리즈베스. 넌 그런 이야기는 한 적이 없지, 여태."

이 말투에는 약간 나무라는 느낌이 있었다. 이제 데즈먼드는 나를 꾸짖는 듯이 말하는 일이 잦았다. 그는 우리 사이가 너무 익숙해져서 자기 기분을 설명할 필요가 없다는 듯이 굴었다.

크리스틴과의 만남 때문인지 궁금했다. 그는 크리스틴이 그의 편이 아니라는 것을 알고 있었다.

나는 무슨 말을 해야 할지 알 수 없었다. 데즈먼드의 질문에 대답하는 건 학교에서 선생님의 질문에 대답하는 것과 비슷했다. 안 그런 척하지만 어떤 선생님들은 자신이 학생에게 어떤 대답을 기대하는지 분명히 알았다. 학생이 다른 방향으로 빠지면 그들은 못마땅해했다.

"글쎄, 모르겠어. 난 꿈을 제대로 파악할 수가 없어. 대부분은 그래. 어릴 때 한동안은 꿈이 현실이라고 생각했어. 꿈을 마치 현실처럼 기억하곤 했지. 나는 달리려고 애쓰는—비틀거리고 넘어지는—꿈을 계속해서 꿔. 필사적으로 어딘가로 가려고 하는데 그러지 못해."

"꿈에 누가 나오는데?"

"누구? 음, 누구도 될 수 있고 아무도 아닐 수도 있어. 모르는 사람들."

우리는 삼나무 마루에 있는 고리버들 그네에 나란히 앉아 있었다. 상상 속에서는 데즈먼드가 곁에 있다는 게 짜릿했다. 하지만 실제로 같이 있을 때는 어색한 분위기가 흘렀다. 데즈먼드는 내 어깨에 팔을 두르지도 손을 잡지도 않았다. 하이킹하다 높은 곳에 올라갈 때만 가끔 손을 잡아줬다. 그는 작별할 때 '키스했지만'—(차고 메마른) 입술을 내 뺨이나 이마에 스치듯 갖다댔다. 어른이 아이한테 하듯이—얼굴을 가까이 댄 적은 없었다.

난 크리스틴이 말한 이유 때문이라고 생각하고 싶지 않았다. 데즈먼드가 나한테 그런 이유로 끌린 것이라고는.

그러면 그는 나한테 왜 끌렸을까?

이제 그는 꿈이 중요한 화제라도 되는 것처럼 추궁하듯 물었다. 왜?

내 꿈은 기억할 만한 특별한 면이 없다고 말했다. "매일 밤 꾸는 꿈이 달라. 어떤 때는 그냥 번쩍하고 조각조각 나타나거든. 고장난 텔레비전처럼. 악몽을 꿀 때를 빼면……"

"어떤 악몽인데?"

"글쎄, 모르겠어. 항상 혼란스럽고 무시무시해."

데즈먼드가 강렬한 눈빛으로 쳐다보자, 나는 마음이 불편해지기 시작했다.

"요즘에는 어떤 꿈을 꿔? 꿈에 특별한 점이 있어?"

이 질문에 어떻게 대답해야 하지? 확신이 서지 않았다. 깨자마자 사라져버리는 꿈을 기억하는 건 거의 불가능했다.

"글쎄, 몇 번은 네가 나오는 꿈을 꿨던 것 같아…… 너."

정말 그랬는지 나는 자신이 없었다. 하지만 데즈먼드가 기대하던 대답인 듯했다.

"정말? 나라고? 내가 뭘 했는데?"

"기…… 기억이 잘 안 나……"

형상이 흐릿했다. 얼굴이 하나도 보이지 않았다. 하지만 그는 손을 들고 있었다. 인사하거나 경고하는 것처럼. 가만히 있어. 다가오지 마.

"언제 꿨는데? 나를 만나기 전? 아니면 후?"

데즈먼드는 내 팔목을 움켜잡았다. 그는 나를 얼마나 압박하는지 모르는 듯했다.

그러니까 데즈먼드 패리시가 내 몸을 만지지 않았다는 건 사실이 아니다. 이럴 때는 만졌다.

이런 경우를 제외하면 만지는 게 아니라 뭐랄까, 다른 느낌이었다.

나는 엄마가 밖으로 나오기를 바랐다. 가끔 그러듯 마실 것을 갖다주러 나오면 좋을 텐데. 하지만 엄마는 부엌이 아니라 집의 다른 곳에 있었다.

데즈먼드는 전화도 없이 불쑥 찾아왔기 때문에 그가 언제 나타날지 알 길이 없었다. 집에 누군가 있기를 바란다 한들 미리 그렇게 해놓을 방법이 없었다.

우리의 우정에서—나는 우리의 관계를 이렇게 생각하고 싶었다—언제 만날지, 어디에 갈지, 무엇을 할지 결정하는 사람은 언제나 데즈먼드였다. 그는 바쁜 일이 있으면 안 나타나면 그만이었다. 그에게는 이따금 혼자 해야 하는 '일들', 사생활이 있었고, 나는 그의 전화번호도 몰랐다.

그가 폴라로이드 카메라를 꺼냈고, 난 그 물건이 싫어졌다.

"날 만나기 전에 꾼 거야? 그거 별난걸!"

"난…… 잘 모르겠어. 그냥 저번 밤에 꾼 것 같은데……"

"말해봐, 리즈베스. 네 꿈에 대해 말해줘. 난 분석자이고, 넌 분석 대상자인 것처럼. 그러면 멋질 거야!"

나는 꿈을 떠올리려고 진지하게 노력했다. 잠재의식 속에 있던 전날 밤 꿈이 기억 속에서 천천히 형태를 갖추기 시작했다. 뿌연 폴라로이드 사진이 확실한 형태를 드러내듯이. 데즈먼드는 불안할 정도로 가까이에서 내 사진을 찍었다.

"호수가, 검은 호수가 있었어…… 이상하게 뒤엉킨 것 같은 나무들이 물속에서 자랐어, 단단한 벽처럼…… 우린 카누를 타고 있었는데…… 내 생각에 노를 젓는 사람은 너였던 것 같아…… 그런데 너와 같이 있던 사람이 나였는지는 정확히 모르겠어."

"네가 아니라고? 그게 무슨 말이지? 그러면 누군데?"

"그건…… 모르겠어."

"말도 안 돼! 어떻게 네가 아닐 수 있지? 너와 내가 아니면 누가 미스카토닉 호수에서 카누를 타며 노를 젓겠어? 넌 거기 있는 우리 가족 별장의 손님이야. 틀림없이 그럴 거야."

카메라의 뷰파인더로 나를 들여다보는 데즈먼드의 말소리가 산만해졌다.

찰칵! 찰칵! 그는 계속 질문하면서 사진을 찍었고, 결국 나는 두 손으로 얼굴을 가렸다.

"미안! 하지만 괜찮은 사진 몇 장 건진 것 같은데."

나도 데즈먼드에게 어떤 꿈을 꾸는지 물었지만, 그는 어깨를 으쓱하며 답을 회피했다.

"모르겠어. 나는 꿈들을 빼앗겼어. 운전면허증을 빼앗기는 것처럼."

"어떻게 꿈들을 빼앗겼다는 거야?"

"그건 헤르 독토어(의사 선생)들에게 물어봐야 할걸."

데즈먼드의 아버지가 독토어라는 게 기억났다. 하지만 그는 독토어들이라고 말했다.

데즈먼드가 약을 하는지 궁금했다. '향정신성'의약품의 범주에 들어가는 약들이 꿈을 완전히 억제할 수 있다는 것을 알고 있었다. 마음이 백지가 되니까—텅 비게 되니까.

데즈먼드는 이미지가 점점 또렷해지는 폴라로이드 사진을 들여다보았다. 어떤 이미지가 떠올랐는지는 모르지만 그는 그 사진들을 내게 주지 않고 말없이 배낭에 넣었다.

나는 그에게 더이상 꿈을 꾸지 않는다는 건 슬픈 일 같다고 말했다.

데즈먼드는 어깨를 으쓱했다. "때로는 꿈을 꾸지 않는 편이 더 낫지."

그는 그날 우리집을 떠나면서 엄지로 가만히 내 이마를 스쳐 관자놀이를 눌렀다. 순간 나는 그가 거기에 키스할 거라고 생각했다. 기대감으로 내 눈꺼풀이 파르르 떨렸지만, 그는 키스하지 않았다.

"넌 아직 많이 어리니까 네 꿈이 널 해치진 않을 거야."

나는 실수하는 것인지도 모른다고 생각했다. 하지만 엄마를 도저히 말릴 수 없었다.

엄마는 데즈먼드를 저녁식사에 초대했다. 그의 부모님도 함께. 데즈먼드는 눈 뒤쪽에서 편두통이 막 시작된 사람처럼 억지로 웃으며 곧바로 사양했다. "감사합니다, 마시 부인! 정말 친절하시네요. 그런데 당장은 제 부모님이 너무 바쁘십니다. 게다가 아버지는 출장중이시거든요. 그리고 전…… 지금 당장은…… 별로…… 시기가 좋지 않네요."

엄마는 며칠 후 그를 다시 초대했다. 하지만 데즈먼드는 지난번과 똑같이 사양했다. 나는 엄마에게 미안했고 데즈먼드에게 불편함을 느꼈다. 단둘이 있을 때 그는 나에 대해, 우리 가족에 대해 끊임없이 질문했었다. 그랬으면서 정작 우리 가족을 만나고 싶지는 않은 게 분명했다. 자기 부모님이 우리 가족과 만나는 것도 원하지 않았다. 심지어 그가 소중하다고 주장하는 소울메이트인 리즈베스까지도.

10월 말쯤 데즈먼드가 바이올린을 들고 우리집에 와서 엄마와 내 앞에서 연주했다.

마법 같은 시간이었다! 적어도 시작은 그랬다.

그 아름다운 악기는 데즈먼드가 들자 어린이용처럼 작아 보였다. '꼬마 모차르트 — 초보자용.'

데즈먼드는 연주에 집중하기 위해 아랫입술을 깨물고 눈을 감았다. 처음에는 조심스럽게 활을 긋다가 점차 자신 있게 활을 놀렸다. 아름다운 음악이 울려퍼졌고, 엄마와 나는 앉아서 감탄하며 귀를 기울였다.

우리는 아마추어 바이올린 연주에 문외한이 아니었다.

스트라이커스빌에서도 음악회가 종종 열렸고 언니와 나는 피아노 교습생으로 참석하곤 했다.

어쩌면 데즈먼드의 연주에서 군데군데 직직거리는 소리가 났을 것이다. 어쩌면 조율이 제대로 되지 않았을 것이다. 그러면 데즈먼드는 마음에 안 든다는 내색을 했고 같은 소절을 다시 연주하기도 했다.

엄마가 말했다. "데즈먼드, 멋지구나! 레슨을 얼마나 받았니?"

"십일 년이요. 하지만 꾸준히 받은 건 아니에요. 마지막 선생님은 저한테 재능이 있다고 했어요, 아마추어치고는 그렇다고요."

"지금도 레슨을 받니?"

"아뇨, 여기서는 아니죠." 너무 순진한 질문이라서 진지하게 받아들일 수 없다는 듯이 그는 입꼬리를 올리며 슬쩍 웃었다. 그렇지만 그는 진지하게 받아들였다. "전 지금 스트라이커스빌에 살잖아요. 로체스터가 아니라요. 뮌헨도 아니고 트리에스테도 아니고요."

스트라이커스빌에 유능한 바이올린 교사가 있을 리 없다는 뜻이었다.

엄마는 데즈먼드의 연주를 들으면서 조금 더 머물렀다. 엄마가 자기 친구들보다 데즈먼드와 어울리는 것을 더 좋아하는 게 분명했다. 나는 이것을 크리스틴이 데즈먼드를 잘못 봤다는 증거로 받아들이고는 전율을 느꼈다. 엄마는 우리 편이라는 생각이 들었다.

엄마가 우리만 두고 나가자, 데즈먼드가 기막히게 아름다운 곡을 연주했다. "〈트리스탄과 이졸데〉에 나오는 〈사랑의 죽음〉이야."

완벽하지는 않았지만 감정적인 힘이 분명하게 느껴지는 연주였다. 나는 데즈먼드 패리시를 깊이 사랑하고 있다고 생각했다. 내 평생 가장 순수한 사랑 같았다.

데즈먼드가 활을 내리며 나를 향해 미소지었다. 금테 안경을 쓴 눈은 진지하고 간절했다.

"이제 네가 해봐, 리즈베스. 내가 가르쳐줄게."

"해보라고? 뭘? 연주를?"

"그냥 소리를 내봐. 그냥…… 내가 시키는 대로 하면 돼."

"하지만……"

"넌 바이올린 레슨을 받았잖아. 연주 방법은 금방 떠오를 거야."

하지만 나는 바이올린 레슨을 받은 적이 없었다. 여섯 살때부터 열두 살 때까지 피아노 레슨을 받았다고 그에게 말한 적은 있었다. 소질이 없어서 레슨을 그만둘 때 아무도 말리지 않았다는 말도.

나는 거절했다. 바이올린은 못 켠다고, 피아노와는 완전히 다른 악기라고!

"너는 음악 레슨을 받아봤잖아. 그게 요지야. 음들, 음과 음의 관계…… 그게 음악의 원리라고. 자, 리즈베스. 해봐!"

데즈먼드가 내 손에 활을 쥐여주고 부서질 듯한 악기를 내 왼쪽 어깨에 내려놓았다.

데즈먼드는 내 손을 잡고 어색하게 활을 움직였다. 현에서 끽끽 긁어대는 소리가 났다.

"데즈먼드, 고마워. 하지만……"

"내가 가르쳐줄 수 있어, 리즈베스. 내가 아는 걸 너한테 다 전수할 수 있다고."

"하지만…… 그건 너무 비현실적이야……"

데즈먼드는 정색하면서 말했다. "봐. 악기를 연주하려면 인내심, 연습, 믿음이 필요해. 특출한 재능이 있어야 하는 게 아니라고. 그러니까 재능이 없다느니 하는 핑계는 대지 마. 물론 네게 재능은 없지. 그런데 그건 핵심이 아니거든." 그는 내 고집을 꺾을 만한 분명한 사실을 설명하는 것처럼 말했다.

"우린 함께 연주할 수 있어. 각자 바이올린을 들고. 연주회를 열 수도 있어. 사람들이 박수를 치겠지! 하지만 그러려면 인내심이 필요해."

끽끽거리는 바이올린 소리와 데즈먼드의 거친 목소리가 들리자 롤로가 걱정스러운 듯 고개를 들었다. 롤로는 몇 걸음 떨어진 곳에 있었다.

데즈먼드는 나를 '가르치는' 일에 온통 집중했다. 전에는 보지 못한 면이었다. 그러는 그에게는 부드러운 구석은 없고 단호함만 있었다. 겨드랑이에서는 땀내가 풍겼고, 이마는 번질거렸다. 숨소리가 들릴 만큼 호흡이 가빴다. 나는 우리가 가까이에 있다는 것이 편하지 않고 위협적으로 느껴졌다. 이 고집불통인 남자애에게 바이올린을 배우고 싶지 않다고 설명할 수 없는 것이 속상했다. 그에게도, 또 어느 누구에게도 배우고 싶지 않다는 것을.

몸을 꿈틀대며 빠져나오려 하자, 그는 내 손을 꽉 잡았다. 데즈먼드는 날 굽어봤고, 이제 그의 미소는 그리 다정해 보이지 않았다.

"넌 해보려고 하지도 않는구나. 왜 그냥 포기해버리는 거지?"

데즈먼드의 목소리를 듣고 엄마가 문가에 나타났다.

그러자 그는 얼른 사과의 말을 중얼댔고, 작고 빛나는 바이올린을 내게서 가져가더니 가버렸다.

엄마와 나는 그의 뒷모습을 멍하니 바라보았다. 충격을 받았다.

"리즈베스, 내가 들은 소리는…… 결코 데즈먼드의 목소리가 아니었어."

그 일이 있고 데즈먼드와 나 사이에 뭔가 변한 것 같았다.

그는 전화하지 않았다. 그는 내가 예상하지 못한 장소에 불쑥 나타났다. 전에는 등교 전에 나를 만나려고 애쓰지 않았다. 기껏해야 일주일에 한두 번 방과후에 만났다. 하지만 이제는 아침 여덟시에 등교하다가 길 건너편에서 나를 지켜보는 데즈먼드를 보게 됐다. 내가 수줍게 손을 흔들면 그는 손을 흔들어주지도 않고 못 본 척 몸을 돌렸다.

"저기 있는 사람 네 남자친구 맞지? 여긴 왜 온 거야?" 여자 친구들이 물었다.

"좀 다퉜어. 화해하고 싶은가봐. 그럴 거야."

나는 아무렇지 않게 말하려고 애썼다. 친구들이 내 목소리가 떨리는 것을 눈치채지 못하기를 바랐다.

여자애가 할 소리가 아니었을까? 나 같은 처지…… 남자친구가 있는 여자애가 할 소리가?

나는 남자친구가 있다는 것이 어떤 의미인지 모른다는 생각이 들었다.

안 좋은 다툼이 뭔지는 더더욱 몰랐다.

하교 시간에 그는 건물에 더 가까이 다가오기 시작했다.

처음과는 달리 여기 학생들과 섞이는 것이 아무렇지 않은 듯했다. 학생 무리가 그를 지나쳐 갔고, 데즈먼드는 바위처럼 그 자리에 서 있었다. 나를 기다리다가도 막상 내가 다가가면 웃지 않고 물끄러미 보면서 퉁명스럽게 잠깐 손을 흔들었다. 안 그러면 내가 그를 알아보지 못하기라도 하는 듯이.

모임이나 필드하키 연습이 없는 날에는 서둘러 나오는 것이 습관이 됐다. 하교 종이 울리자마자 얼른 나가야 할 것 같았다. 데즈먼드에 대해 친구들에게 변명하고 싶지 않았다. 급히 가봐야 한다고, 내 남자친구가 나만 보고 싶어한다고 말하기 싫었다.

전에 데즈먼드는 내가 필드하키를 하는 데 별 관심을 보이지 않았다. 하지만 그는 이제 경기장에, 심지어 연습장에도 나타났다. 그는 우리 (몇 안 되는) 관중과 한데 앉지 않고 혼자 뚝 떨어져 앉기를 좋아했다. 아무때나 눈에 띄지 않고—물론 데즈먼드는 눈에 띄었다. 특히 내 눈에는—나갈 수 있는 경기장 끄트머리에 서 있었다.

"우리한테 데즈먼드를 언제 소개해줄 거야, 리즈베스?"

"혹시 그 사람…… 질투가 많은 타입이니?"

"사립학교 학생 같아! 부자 같던데."

"좀 나이들어 보인다. 적어도 대학생은 돼 보여."

친구들과 팀원들이, 거리를 유지하는 늘씬한 남자가 내 남자친구인 줄 안다는 게 흥분됐다. 하지만 분명 그들은 내 뒤에서 속닥대고 추측하고 심지어 나를 걱정할 거라서 마음이 좋지 않았다.

그 남자는 리즈베스에게 말하지 않은 비밀이 있을 거야.

리즈베스는 모를걸!

그 남자가 리즈베스를 학대하는 거 아냐? 너희도 알잖아, 정신적으로도 학대할 수 있다는 거.

리즈베스는 요즘 좀 변했어.

누구 그 남자 아는 사람 있어? 그의 가족이나?

스트라이커스빌에 새로 이사왔대. 리즈베스가 그랬어.

걔는 그 남자한테 푹 빠졌어, 확실해.

아니면 진짜 정신이 나갔거나.

그 남자도 리즈베스한테 같은 감정일까?

"난 다시 입학을 연기할까 생각중이야. 널 기다리려고. 대학 입학 전에 할 수 있는 개인적인 연구거리가 정말 많아. 그리고 네가 애머스트 대학에 입학할 성적이나 형편이 안 된다면 우리 아버지가 도와줄 수 있을 거야. 어떻게 생각해?"

나는 처음으로 데즈먼드에게 거짓말을 했다.

그다음에 그에게 두번째 거짓말을 했다.

그날 그는 학교에는 오지 않고 저녁 여섯시에 집으로 찾아왔다. 그는 평소처럼 삼나무 마루로 이어지는 뒷문을 두드렸다. 나는 문을 열고 지금은 나갈 수 없다고 말했다. "엄마가 시키신 일이 있어. 내가 도와드려야 해."

"나중에 하면 안 돼? 아니면 내가 기다릴까? 그 '일'을 끝내려면 얼마나 걸리는데?"

나는 불안을 느꼈기 때문에 데즈먼드를 집안으로 들이지 않았다. 내가 마루로 나가고 싶지도 않았다. 나가면 데즈먼드에게서 빠져나와 집안으로 돌아오기 어려울 것 같았으니까.

차가운 비가 부슬부슬 내리고 있었다. 축축하고 썩어가는 나뭇잎 냄새.

데즈먼드는 자전거를 타고 왔었다. 그는 반질반질한 노란색 우비를 입고 원뿔 모양의 방우용 모자를 쓰고 있었다. 그 모습이 웃기면서도 위협적이었다. 공상과학 공포 영화에 나오는 외계 생명체와 비슷했다.

"안 된다고 했잖아, 데즈먼드. 지금은 그럴 때가 아니야…… 아빠도 곧 돌아오실 거고, 오늘은 저녁식사를 일찍 할 거야. 시시콜콜 말할 수는 없지만 우리 가족에게 위기

같은 일이 일어났어. 나이 많은 할머니가 요양원에 계시는
데……"

데즈먼드를 단념시키는 데는 이 정도로 충분했다. 그는
더 묻지 않고 마음이 상한 듯 이죽거리며 돌아섰다.

"그럼 잘 있어, 리즈베스! 행복한 가족 위기를 맞기를!"

비아냥대는 그 말이 상한 음식의 맛처럼 기억에 남았다.

나는 생각했다. 이제 그는 날 미워해. 이제 난 그를 잃었어.

나는 생각했다. 다행이야! 그는 다른 여자애를 찾을 거야.

그렇게 됐다. 데즈먼드 패리시는 내 삶의 언저리로 물러
났다.

집으로 찾아오는 일도 멈췄다. 방과후에 나를 기다리는
일도 멈췄다. 드문드문 전화하던 것도 멈췄다.

나는 멀리서나마 그의 분노를 느꼈다.

내가 거부하자 데즈먼드는 모욕을 느꼈다. 아주 미묘했
고, 다른 남자애 같았으면 의식하지도 못했을 것이다. 하지
만 당연히 데즈먼드 패리시는 다른 남자애가 아니었다.

그를 보내버린 일이 후회스러웠다. 일생일대 최악의 실
수일지도 모른다고 생각했다. 지구과학 시간에 제출했던
양서류에 대한 보고서가 앞장에 A+라는 빨간 글씨가 적혀

돌아오자 나는 대뜸 데즈먼드에게 말해주고 싶은 생각이 들었다. 그가 보고서 작성을 도와줬으니까.

지금 생각하니 아주 오래전 일 같았다! 하지만 한 달도 안 된 일이었다.

데즈먼드는 내 보고서 초안을 읽고 몇 가지 조언을 해주었다. 양서류라는 주제를 기본적인 면이 아닌 다른 면으로 탐구해보라고 격려했다. "'존재론은 언어학을 반복한다'(생물학자 헤켈이 '발생반복설'을 설명할 때 한 말로, 개체가 발생할 때 조상이 지나온 역사를 반복한다는 이론—옮긴이)는 말 있지? 무슨 뜻인지 모른다면 내가 설명해줄 수 있어."

이제 모든 게 변했다.

이제 나는 데즈먼드를 언제 보게 될지 짐작할 수 없었다. 그는 내 인생에서 스스로 빠졌다, 단호하게. 그런데 그는 여전히 거기서 나를 지켜보았다.

곁눈질하면 그가 보이곤 했다. 또 나는 불편한 꿈속에서 그를 보곤 했다.

친구들과 걷다가. 엄마가 운전하는 차를 타고 가다가.

오후에 크리스틴과 마트에 갔다가.

크리스틴이 운전하는 차를 타고 집에서 800미터 떨어진 드러그스토어에 갔던 날, 쇼핑센터에서 그를 봤다. 데즈먼드 패리시는 10미터쯤 떨어진 곳에서 우리를 지켜보고 있었다. 노란색 반질거리는 자전거 헬멧을 쓰고 나일론 파카를 입은 그가 팔짱을 끼고 서 있었다. 내가 걸음을 멈추고 쳐다보자, 그는 얼른 몸을 돌려 내 시야에서 사라졌다.

내 표정을 본 크리스틴이 말했다. "리즈베스, 괜찮니? 너 아파 보여."

데즈먼드를 본 충격이 심해서 나는 몇 분간 앉아 있어야 했다.

크리스틴은 내게 집에 돌아가고 싶냐고 걱정하면서 물었다. 하지만 나는 아니라고, 집에 돌아가고 싶지 않다고 대답했다. 나는 그러고 싶지 않아!

"너 요즘 말수가 많이 준 것 같아."

나는 괜찮다고 대답했다. 하지만 아무에게도 말할 수 없는, 혼자 생각해야 할 것들이 있었다.

"데즈먼드 때문이야? 그 애하고 무슨 일 있어?"

크리스틴도 이제 데즈먼드가 집에 찾아오지 않는다는 것을 알았다. 그리고 나는 크리스틴이나 엄마에게 데즈먼드에 대해 아무 말도 하지 않았다.

"데즈먼드는 어떻게 된 거야? 너희 둘이 깨졌어?"

크리스틴의 말투에 비웃는 느낌이 있었다.

깨졌구나. 그 괴상한 남자친구랑.

잘난 체하는 크리스틴을 때려주고 싶었다. 뭘 안다고 그래.

그랬다. 이제 나는 데즈먼드가 무서웠다. 그가 내 손을 꼭 잡고 억지로 바이올린 활을 쥐게 한 그날 후로. 또 온화함은 사라지고 그저 날 조종하려는 의지만 있다고 감지한 후로 그랬다. 나는 그와 있고 싶지 않았다. 그를 생각하면 떨리기 시작했다.

하지만 나는 고집스럽게 내 남자친구와의 추억을 소중하게 간직했다. 내게는 데즈먼드 패리시와의 추억이 최근 몇 주 사이의 데즈먼드보다 더 짜릿했다.

"너 설마…… 그 애하고 무슨 실수를 한 건 아니지? 그렇지, 리즈베스?"

크리스틴은 당황한 듯 다급히 물었다. 우리는 허물없이 속 이야기를 털어놓는 자매가 아니었다. 이제 와서 그런 자매가 되고 싶지는 않았다.

나는 이를 악물고 아니라고 대답했다.

"그가 너를 꼬드겨서―아니면 강제로―하기 싫어하는 일을 시킨 건 아니지? 그렇지?"

아니라고 중얼대면서 나는 크리스틴에게서 벗어났다.

크리스틴을 밀쳐내고 싶었는지, 아니면 이상한 말이지만 어릴 때처럼 품에 뛰어들어 위로받고 싶었는지 확실히 모르겠다.

"아마 넌 그 애를 사랑했다고―사랑한다고―생각했겠

지. 하지만 넌 그런 게 아니었어. 지금도 아니고······"

우리는 드러그스토어에서 나와 주차장을 가로질러 엄마의 스테이션왜건을 세워둔 곳으로 갔다. 크리스틴이 엄마 차를 몰고 왔다. 곁눈으로 보니 다른 가게 뒷문에 노란 헬멧을 쓴 호리호리한 사람이 서 있었다. 내게는 보이는 것도, 보이지 않는 것도 두려운 사람이었다.

스테이션왜건에 쓰러지다시피 들어가 앉자 무릎이 후들거렸다. 나는 길에 서 있는 그 사람을 보려고 몸을 돌리지 않았고, 크리스틴이 말없이 손을 뻗어 내 손을 꼭 잡아줬지만 나는 한마디도 하지 않았다.

엄마가 아쉽다는 듯이 말했다. "리즈베스, 데즈먼드는 어떻게 된 거니? 사라졌어? 네게 정말 열심인 것 같았는데······"

나는 엄마가 우리 둘 다 서로에게 열심이었다고 생각한다는 것을 알고 있었다.

네 인생에서 나를 따돌리지 못해 리즈베스 넌 우리가 전생부터 소울메이트라는 걸 알아

이런 메시지가 와 있었다. 금박지에 검은 사인펜으로 적어서 둘둘 만 편지가 평범한 흰색 봉투에 담겨 학교 사물함에 들어 있었다.

나는 그것을 꺼내 읽고는 경악했다. 데즈먼드가 우리 학교에 들어왔었다는 사실을 믿을 수 없었다. 그는 나를 관찰하기 위해 사물함 부근에서 나를 지켜보며 최소한 한 번은 들킬 위험을 감수했을 것이다. 아니, 몇 번이나 들어왔는지 누가 알까.

그런 다음 편지를 내 사물함에 넣기 위해, 분명 방과후 복도가 비었을 때 들어왔을 것이다.

금박지를 든 손이 덜덜 떨렸다. 둘둘 만 금박지는 축제를 알리는 무엇처럼 보였다.

나는 편지를 여러 번 읽었다. 내 방에서 몰래 여러 번.

협박하는 메시지라고, 아니면 협박을 암시하는 메시지라고 나는 생각했다.

부모님에게 알려야 한다고 생각했다.

그러나 알리면 우리 부모님은 데즈먼드의 부모님에게 연락하거나 아니면 더 곤란하게도 스트라이커스빌 경찰에 신고할지 모른다…… 그건 내가 원하는 바가 아니었다.

그런데 데즈먼드는 내가 어떻게 연락하기를 바라는지 명확하게 밝히지 않았다. 그는 전화번호나 주소를 알려준 적이 없었다. 마치 깊은 골짜기를 사이에 두고 서로 바라보는 것 같았고, 다른 언어를 쓰는 두 사람이 일반적이고 대강 하는 제스처 말고는 소통할 방법이 없는 것과 같았다.

"부탁이야! 날 좀 내버려둬."

그가 전화했다. 나는 틀림없이 데즈먼드가 건 거라고 생각했다.

늦은 밤에 전화벨이 한 번인가 두 번 울렸다. 누군가 전화를 받으면, 침묵이 흘렀다.

말을 더듬고 잘 못하게 만드는 조롱하는 듯한 침묵이었다. "여보세요? 여보세요? 누구……"

그가 자전거를 타고 우리집 앞을 지나갔다고 나는 생각한다.

그게 데즈먼드 패리시였다고 나는 생각한다. 확신할 수는 없었다.

차 한 대가 우리집 진입로로 들어와 창문 쪽에 헤드라이트를 비췄다. 시끄러운 음악 소리가 났다. 그러다가 돌아갔다.

그러고서 롤로가 사라졌다.

어느 밤, 우리가 불러도 롤로는 뒷문에 나타나지 않았다. 평소라면 안에 들어가게 해달라고 뒷문을 긁어댔을 텐데.

(넓은 뒷마당에는 울타리가 있어서 롤로는 거기서 마음껏 뛰놀 수 있었다. 그러다가 대개는 뒷마당 마루에서 잠이 들었다.)

우리는 온 동네를 샅샅이 뒤지며 외쳤다. "롤로! 롤로!"

집집마다 찾아다녔다. 전단을 만들어 나무와 담장 곳곳에 붙였다. 지역 동물보호소에도 가봤다. 롤로 찾는 일을 도우려고 언니도 웰스 칼리지에서 집으로 돌아왔다. 우리는 상심했고, 넋이 나갔다.

나는 생각했다. 데즈먼드가 이런 일을 하지는 않았을 거야. 그렇게까지 잔인하지는 않을 거야. 그는 롤로를 좋아했어.

나는 생각했다. 어쩌면 그가 롤로를 데리고 있을 거야. 내가 다시 그를 만날 때까지.

이제 데즈먼드는 스토커가 됐다. 이건 크리스틴의 표현이었다.

갑자기 무슨 일이 벌어졌고, 그는 언제나 거기 있었다. 또다른 사람들도 그를 알아보았다.

데즈먼드를 만나기 전에는 종종 혼자 있으면서 외톨이라는 자기연민에 빠져 나 자신을 위로했다. 하지만 이제는 도저히 혼자 있을 수 없었다. 혼자 있는 것을 상상조차 할 수 없었다. 데즈먼드 패리시가 강박적으로 나를 생각하고 있다는 것을, 실제로 나를 지켜보지 않을 때도 그렇다는 것을 알았기 때문이다.

……나를 따돌리지 못해. 전생부터 소울메이트라는……

하키 시즌이 끝나가고 있었다. 다행이었다. 데즈먼드가 목요일 방과후에 있는 하키 연습 시간에 모습을 보이기 시작했으니까. 구장 끝 철망 담장 뒤에 호리호리한 사람이 혼자 서 있었다. 팔을 들어 손가락으로 철망을 붙잡은 모습은 언뜻 이 사람이 누구든 철망에서 십자가 처형이라도 받은 것 같았다.

팀원들이 내 옆구리를 찌르며 속삭였다.

"리즈베스, 저 사람 네 남자친구지?"

"남자친구가 리즈베스를 스토킹하는 것 같은데."

코치가 나를 사무실로 불렀고, 우리는 솔직하게 이야기를 나눴다. 그녀는 내가 남자친구 때문에 집중을 못하고 방해받고 있다고 말했다. "넌 경기를 잘하지 못하고 있어. 최근에 널 자주 출전시키지 않는 것도 그 때문이고. 그리고 네가 한눈을 팔면 팀원들의 사기까지 떨어진다."

나는 힘없이 대답했다. "그는 제 남자친구가 아니에요. 우린 헤어졌어요, 제 생각에는요…… 그런데 그가 왜 이러는지 모르겠어요."

"두 사람이 얼마나 가까웠지? 둘이…… 깊은 관계였니?"

뺨을 갈기는 것 같은 질문이었다. 아니요라고 대답하면 한심해 보일 것 같았다. 예라고 대답하면 더 한심해 보일 것 같았고.

나는 데루카 선생님에게 아니요라고 대답했다. 깊은 관계가 아니었다고.

"확실하니?" 데루카 선생님이 나를 의심하는 눈으로 쳐다보았다.

네, 확실해요. 하지만 난 느리고 확신 없이 말했다. 남에게 데즈먼드에 대해 말하는 것만으로도 우리의 진짜 친밀감, 그때까지 내 인생에서 가장 중요했던 감정을 배반하는 것 같았다.

"리즈베스? 내 말 듣고 있니?"

"아, 네……"

"넌 분명 변했어. 눈빛이 꼭 뭐에 홀린 것 같아. 그 애가 어떤 식으로든 널 괴롭혔니? 널 이용했어?"

나는 묵묵히 고개를 저었다. 그저 나를 보호하려는 사람인데도 이 여자가 얼마나 밉던지!

"그럼 부모님도 그 애에 대해 아시니? 부모님도 그 애를 만난 적이 있겠지?"

나는 애매하게 그렇다고 중얼댔다. 물론 엄마는 데즈먼드를 잘 알았다. 아니, 엄마는 그렇다고 주장할 것이었다.

아빠에게는 아무 말도 하지 않았다. 아빠가 무슨 말을 하고 어떤 조치를 취할지 겁이 났다. 아빠는 벌어지는 일에 기겁해서 나를 나무랄 게 뻔했다.

마침내 나는 데루카 선생님의 사무실에서 나왔다. 우리의 어색한 대화가 끝난 건지 확실히 알지도 못한 채 그냥 거기서 나왔다.

리즈베스 앞으로 온 평범한 서류 봉투에는 우리집 주소가 적혀 있고 안에는 그가 줌렌즈로 찍은 내 사진들이 들어 있었다. 폴라로이드가 아니라 작은 크기의 무광 사진이었다. 카메라가 있는 줄 모르고 엄마 차에서 내리는 나, 친구들과 학교 인근 보도를 걷는 나, 필드하키를 하는 나. 가장 거슬렸던 건 내가 집에 있는 사진이었다. 날이 어두워진 후 전등을 켠 부엌에 있는 모습, 형체가 흐릿한 누군가와 대화하는 모습. 아마도 엄마일 것이다.

이 사진 뒤에 검은색 글씨가 적혀 있었다.

아주 가까이 아무때나 언제나

나는 이것을 아무에게도 보여주지 않았다. 가족들이 어떤 반응을 보일지 무서웠다.

네가 자초한 일이야! 네가 이 사람을 우리 삶에 끌어들였어.

어쩜 그렇게 조심성이 없을 수 있어? 어쩜 그렇게 보는 눈이 없고 모를 수가 있어?

다른 사람의 상상 속에서 종이인형보다 나을 게 없는 물체인 나 자신을 본다는 것이 오싹했다.

보이지 않는 독불장군 같은 사진사의 손에 놀아나는 물체.

나는 창가에 서서 어두운 뒷마당을 내다보았다. 마당 끄트머리에 나무들이 있었다. 빽빽한 나무들은 마치 어둠 속에 있는 벽 같아서 뚫고 나갈 수 없을 것처럼 보였다.

나는 데즈먼드가 분명히 그 나무들 틈에서 성능 좋은 줌 렌즈를 들이대고 있다고 생각했다.

그는 사냥꾼이었다. 나는 그의 렌즈 십자선 안에 있었다.

뒷문 밖에 대고 소리치고 싶었다. 난 네가 싫어! 네가 죽어버리면 좋겠어! 우리에게 롤로를 돌려줘! 우리를 내버려둬!

눈을 뜨면 육 주―칠 주인가?―전으로 돌아가 있기를 간절히 바랐다.

도서관에 가기 전으로. 토요일 오후에 자전거를 타고 시내에 가서 착하고 성실한 학생이 되기 위해 양서류의 진화에 관해 필기하기 전으로.

그리고 아무도 날 따라다니지 않아서, 아무도 날 사랑하지 않아서 안도하며 잠에서 깨고 싶었다.

그러던 어느 날 학교에서 시합을 마치고 해질녘에야 나

왔는데 데즈먼드가 날 기다리며 서 있었다.

"이봐, 리즈베스! 나 기억하지?"

데즈먼드는 나무라듯 나를 보며 웃었다. 이를 악문 얼굴을 보니 내게 무척 화가 난 것 같았다.

"설마 날 잊진 않았겠지. 네 친구 데스를?"

나는 그와 만나고 싶지 않다고 더듬더듬 말했다. 몸을 돌려 다시 학교로 뛰어가고 싶었지만 그에게 모욕을 주고 싶지는 않았다.

그를 더 화나게 하고 싶지는 않았다.

나는 움직일 수 없었다. 다리에 힘이 풀리고 몸이 굳어버렸다.

"내가 무슨 생각 하는지 알아, 리즈베스? 난 네가 계속 날 피한다고 생각해. 우린 서로 오해하고 있어. 그 마음은―나를 피하고 싶은 네 마음은―인정할게. 난 '여성의 권리'에 절대 찬성하거든― 여성이 소유물이 아니라는 데 말이야. 하지만 네 행동은 오해에서 비롯된 것이니까 그걸 푸는 게 합리적인 해결책이겠지. 우린 대화를 해야 해. 그리고 내게 차가 있으니까 널 집에 데려다줄 수 있어."

"차가 있다고? 운전면허가 있어?"

"난 차가 있어. 아버지 거야. 사고를 내거나 교통법규를 위반할 의도가 있다면 운전면허가 필요하겠지. 그런데 난 그럴 의도가 없거든."

"나…… 나는 안 되겠어, 데즈먼드. 미안해."

난 여전히 움직일 수 없었다. 다리에 힘이 완전히 풀렸다.

데즈먼드는 얼굴 아랫부분이 갈라질 것처럼 활짝 웃으며
내 앞에 버티고 섰다.

그는 턱을 면도하지 않았다. 날렵한 금테 안경은 콧잔등
에 삐딱하게 걸쳐져 있었다. 그리고 한동안 머리를 자르지
않았는지 머리가 옷깃까지 아무렇게나 자라 있었다.

"같이 가, 리즈베스. 가볍게 드라이브나 하자, 호수로.
바로 여기 있는 호수로 가자. 카누 기억나지? 넌 카누를 타
고 싶어했지만 그러다 겁을 먹었잖아? 넌 바보 같았어, 겁
먹었지. 하지만 겁먹을 필요 전혀 없어. 우린 거기 갈 수 있
어. 다시 시도해볼 수 있다고. 그리고 내가 집에 데려다줄
게. 약속해. 우린 대화를 해야 해."

나는 필사적으로 말했다. 그러기에는 계절이 이미 지났
고, 11월에는 배 대여소가 문을 열지 않을 것이며, 너무 늦
은 시간이고, 날이 어두워졌다고……

나는 바보같이 저항하고 있었다. 데즈먼드가 어디로든
마음대로 나를 데려가고 싶어하는 마당에 마치 카누 대여
가 관건인 것처럼.

실제로 근처에 차가 한 대 세워져 있었다. 헤드라이트가

켜진 채 시동이 걸려 있었고, 운전자가 방금 내린 듯이 운전석 쪽 문이 활짝 열려 있었다.

데즈먼드는 과감하게 앞으로 다가와 내 팔을 붙잡았다.

데즈먼드는 조소를 띤 부드러운 목소리로 과감하게 나를 조롱했다.

"너희 개를 잃어버렸다고 들었어. 슬픈 일이야. 넌 그 개를 사랑하잖아. 너희 가족 모두가 그 개를 사랑하잖아. 어쩌면 내가 개 찾는 일을 도울 수 있을 거야. 개 이름이……롤로였지? 롤로 메이의 이름을 딴 거지? 멋져!"

나는 데즈먼드가 무슨 말을 하는지 잘 몰랐고, 그저 그가 롤로를 데리고 있다는 것만 알았다. 그는 롤로가 어디 있는지 알고 있었다.

그런데 그가 나를 차 쪽으로 끌어당겼다. 나는 본능적으로 거부했다.

"싫어. 가고 싶지 않아!"

"엉뚱하게 굴지 마, 리즈베스. 당연히 넌 나와 같이 가고 싶어해. 내가 너를 롤로에게 데려다줄 수 있다면 말이지. 그리고 우리는 같이 호수에 갈 수 있어. 리틀 휴런 호수에. 한 시간 안에 모든 게 정리되고 우리는 다시 친구가 될 거야."

나는 데즈먼드에게 붙잡힌 팔을 뿌리치려 했다. 그가 손가락으로 나를 꽉 움켜잡았다.

나는 애원하듯이 말했다. "나한테 원하는 게 뭐야? 대체 왜 이러는데?"

"내가 너한테 원하는 게 뭐냐고! 네가 나한테 원하는 게 뭔데! 난 널 처음 봤을 때부터 우리가 운명이라는 걸 알았어, 리즈베스. 그리고 너도 알았어."

나는 공포에 짓눌려 생각했다. 이건 현실이 아니야. 지금 일어나고 있는 일이 아니야.

나는 생각했다. 남자친구인데!

롤로를 찾는다는 구실이 있었지만 데즈먼드 패리시와 차에 같이 타면 안 된다는 것을 알았다.

데즈먼드는 내게 욕설을 내뱉었다. 전에는 그가 욕하는 걸 들어본 적이 없었다. 예전에 엄마가 데즈먼드의 목소리를 듣고 그가 아니라 다른 사람의 목소리였다고 말했던 것이 떠올랐다.

나는 데즈먼드와 실랑이를 벌였다. 그는 내 양팔을 옆구리에 붙이고 끌다시피 차에 태우려 했다. 내 얼굴에서 그의 뜨거운 입김을 느낄 수 있었다. 그의 체취를 맡을 수 있었다. 남자의 몸에서 뜨거운 땀이 솟는 다급함을 느낄 수 있었다. 너무 무서워서 비명도 나오지 않았다. 숨이 막혀서 소리칠 수도 없었다.

그때 누군가 우리를 봤고, 우리를 향해 소리쳤다. 그러자 데즈먼드는 얼른 나를 놓고 차로 뛰어가 떠나버렸다.

"누구야? 저 사람이 너한테 무슨 짓을 하려고 했어?" 직업예술 선생님이 내게 물었다.

나는 괜찮다고 대답했다. 오해가 있었다고.

"911에 전화할까?"

"아뇨! 아뇨, 제발 그러지 마세요. 그냥 제 남자친구예요. 하지만 이제 다 괜찮을 거예요."

이층 내 방에 있는데 나를 부르는 엄마의 곤두선 목소리가 들렸다.

열시 지역 뉴스에 스트라이커스빌 주민인 데즈먼드 패리시가 고속도로에서 단독 차량 사고를 일으켜 사망했다는 소식이 흘러나왔다. 시속 120킬로미터로 달리던 그의 차가 스트라이커스빌 남쪽 10킬로미터 지점에서 콘크리트 지지대에 충돌했다.

우리는 사고 현장을 찍은 화면을 멍하니 보았다. 주간 고속도로 왼쪽 차선에 설치된 조명등과 구급차의 불빛에 현장 일부가 뿌옇게 보였다. 젊은 여자 진행자는 '즉사'로 보인다고 진지하게 말했다.

화면에 데즈먼드 패리시의 사진이 나왔다. 학생다운 안

경을 끼고 가르마를 반듯하게 탄 모습이 아주 어려 보였다.

"저 사람이 데즈먼드일 리 없어! 도저히 믿을 수 없어……"

엄마가 나보다 더 속상해했다. 엄마가 나를 위로하려고 양손을 꼭 잡아줬지만 내 손은 축 처지고 차갑고 반응이 없었다.

나는 너무 충격적이어서 뉴스의 내용을 알아들을 수 없었다. '뉴스 속보' 코너가 얼른 지나갔고, 몇 초 지나지 않아 광고 화면으로 바뀌면서 끝나버렸다.

엄마가 흐느끼며 나를 끌어안았다. 나는 뻣뻣하고 고집스럽게 버텼다.

나는 전화벨이 울리기를 기다렸다. 데즈먼드가 전화해서 마지막으로 욕지거리를 늘어놓기를 기다렸다.

그날 밤 어둠 속에서 리틀 휴런 호수가 출렁대는 꿈을 꾸었다.

아침에 우리는 스트라이커스빌 신문에 실린 데즈먼드 패리시의 사망 경위에 대한 보다 상세한 내용을 읽었다.

1면에는 데즈먼드의 예전 사진이 실려 있었다. 그는 아주 어려 보였다. 이 사진에서도 데즈먼드는 웃고 있지 않았다.

사진 아래 끔찍한 헤드라인이 있었다.

스트라이커스빌 22세 주민, 고속도로 사고로 사망

'사고' 목격자들이 주 경찰관에게 증언했다. 빠르게 달리던 차량의 운전자가 '통제력을 잃으면서' 속도가 더 빨라지는 듯하더니 가드레일에 부딪혀 그대로 콘크리트 지지대에 박혔다고 했다. 아스팔트에서 타이어가 미끄러진 자국은 발견되지 않았다.

사고 차량은 1977년형 메르세데스 벤츠로, 데즈먼드의 아버지인 고든 패리시의 이름으로 등록돼 있었다.

데즈먼드 패리시는 무면허로 차를 몰았다. 사고 시각 그의 부모님은 아들의 소재를 몰랐다. 데즈먼드는 그날 오후부터 '집에서 자취를 감췄다'.

다시 한번 이 말이 나왔다. '즉사로 보인다.'

사고 현장이 스트라이커스빌 경찰서 관할 구역 밖이어서 뉴욕 주 경찰이 사고를 조사할 예정이었다.

곧이어 뉴욕 경찰 소속 여자 형사가 우리집에 찾아왔다. 그녀는 나와 부모님에게 할 이야기가 있다고 했다.

여자 형사는 사고 차량에서 내가 찍혀 있는 '보관중인' 사진들과 '문서들'이 발견됐다고 알려주었다.

그들은 데즈먼드 패리시의 자살 가능성을 조사하고 있었

다. 형사는 내게 데즈먼드 패리시와 '깊은' 관계였는지, 데즈먼드 패리시와 얼마나 오래 알고 지냈는지, 어떤 사이였는지 물었다. 또 그를 마지막으로 본 게 언제였는지, 그를 만났을 때 그의 정신 상태가 어땠는지도 물었다.

나는 차분하게 대답했다. 대답하려고 애썼다. 부모님이 깜짝 놀라서 내 말을 듣고 있는 것을 의식했다.

부모님은 무척 놀라고 못마땅해했다. 내가 그들을 배신했으니까. 내가 남자친구와 있었던 모든 일을 그들에게 알리지 않은 건 배신이었으니까.

이제 부모님은 나를 완전히 믿어주지 않을 것이다. 이제 아빠는 나를 예전처럼 어린 딸로 봐주지 않을 것이다.

예를 들면 부모님은 데즈먼드가 나를 '스토킹'했다는 것을 몰랐다. 그가 학교의 내 사물함에 협박 편지를 넣어놨다는 것도 몰랐다. 그들은 내가 데즈먼드를 아주 최근에 만났다는 것도 몰랐다. 그것도 그가 죽은 바로 그날.

부모님은 데즈먼드가 나를 그 차에 태우려고 했다는 것, 리틀 휴런 호수로 가려고 했다는 것도 몰랐다.

나는 경찰에 진술해야 했다. 오후 다섯시 이십분경 우리 학교 건물 뒤편에서 데즈먼드와 마주쳤다고. 오후 아홉시 이십분에 그는 죽은 사람이었다.

우리 뒤에서 나오다가 데즈먼드를 놀라고 겁먹게 해 달

아나게 만든 직업예술 선생님 역시 경찰에 진술해야 할 것이다.

데즈먼드 패리시와 열여섯 살 고교 2학년 리즈베스 마시 사이에 '언쟁'이 있었다고. 하지만 리즈베스는 선생님이 911에 신고하는 것을 원치 않았고, 데즈먼드는 아버지의 벤츠를 끌고 달아났다고.

사고 전에 그가 상당량의 알코올을 '섭취'한 것으로 추정됐다. 그는 무면허로 운전했다.

형사는 패리시 부부가 아들이 일부러 자신을 죽음으로 내몰았을 거라고는 믿지 않는다고 전했다. 현재 그들은 경찰들과 대화하지도 않고 언론과 '접촉하지'도 않는다고 했다.

그들은 변호인을 통해 아들의 사고에 대한 견해를 발표했다. 데즈먼드 패리시는 예전부터 술을 마셨지만 과음한 적은 없었다고. 그는 술이 세지 않았고 '개인적인 고민들' 때문에 술을 마셨으며, 그래서 차에 대한 '통제력을 잃고' 죽은 거라고 했다.

그들은 아들이 자살한 것이 아니라고 주장했다.

스트라이커스빌로 이사한 후 그에게는 살아갈 이유가 아주 많았다.

그는 상담치료를 받고, '좋아지던' 참이었다. 아들이

자살에 대해 언급한 적은 없었다고 부모는 주장했다.

사실 그에게는 '밝은 미래'가 있었다. 애머스트 대학 장학생으로 입학해 고전문학을 공부할 예정이었다.

"데즈먼드의 배경에 대해서는 아시죠? 그의 전과를 아십니까?"

전과?

우리는 형사의 말에 완전히 경악했다.

형사는 데즈먼드가 열네 살부터 스물한 살 때까지 매사추세츠 브리검에 있는 브리검 소년원에 수감됐었다고 말했다. 데즈먼드는 1970년 8월에 열한 살짜리 여동생을 고의적으로 살해한 죄를 인정했다.

패리시 집안의 여름 별장이 있는 미스카토닉 호수에서 당시 열네 살이었던 데즈먼드는 동생 어맨다와 카누를 탔다. 그러다가 '충동적으로 분노가 치밀어' 노로 동생의 머리와 가슴을 때렸다. 결국 어맨다가 죽자 그는 카누가 뒤집히지 않게 조심하면서 동생의 시신을 물속으로 던지려고 했지만 성공하지 못했다. 살인을 목격한 사람은 없었지만, 떠다니는 카누에서 소년이 발견됐다. 여동생의 피투성이 시신과 피 묻고 쪼개진 노도 함께 발견됐다. 데즈먼드는 긴장증 상태에 빠져 있었다.

그는 여동생을 죽인 이유를 명확하게 설명하지 않았다.

166

그저 어맨다가 자신을 '돌게' 만들었다고만 말했다. 그는 아주 어릴 때부터 성질이 급했고, 다양한 질병을 앓았다. 주의력결핍장애, 아동정신분열증, 심지어 자폐증 진단도 받았다. 그는 여동생과 '유난히 가까웠고', 남매가 바이올린 이중주를 하기도 했다. 그의 부모님은 변호사를 고용해 2급 살인죄 선고를 막으려고 애썼다. 몇 달에 걸친 재판 끝에 그는 그보다 낮은 수위의 살인죄에 대해 유죄를 인정했고 소년원 복역 7년을 선고받았다. 소년원에는 정신질환자들을 위한 시설이 있었고, 수감자들은 스물한 살이 되면 자동으로 석방됐다.

검찰에서는 이것이—그런 '잔악한' 살해를 저지른 아이가 겨우 칠 년 후에 사회로 나가는 것이—말도 안 되는 법령이라고 주장했다. 하지만 열네 살 데즈먼드는 너무 어려서 성인으로서 재판받을 수 없었다. 그는 부인할 수 없는 질환—정신질환—을 진단받았지만, 시설에서 받은 치료가 효과가 있었다고 대답했다. 그래서 스물한 살 생일 무렵이 되자 본인이나 타인들에게 현재 명확한 위험을 가하지 않는다는 판단이 내려졌다.

가족은 로체스터에서 통근할 수 있는 거리에 있는 스트라이커스빌로 이주했다. 데즈먼드뿐만 아니라 가족도 여기서 '새 출발'을 하고 싶어했다.

패리시 가족은 유럽에서 산 적이 없었다. 패리시 씨는 유럽에서 노드 제약회사의 지사 설립을 도운 적이 없었다. 회사에서 그의 직책은 연구소장이었다. 로체스터만 관장했다.

형사가 내게 어맨다 패리시의 사진을 보여주었다. 그 아이가 나를 닮았느냐고? 내가 그 아이를 닮았느냐고? 나는 그렇게 생각하지 않았다. 엄마가 그 사진을 보고 헉 하고 숨을 멈추는 소리를 들었다. 하지만 나는 내가 어맨다와 그렇게까지 비슷하다고는 생각하지 않았다. 그 여자애는 아주 어리고, 귀엽고 희망찬 얼굴을 가진 평범한 아이일 뿐이었다. 하지만 불안해하는 눈빛이며 굳은 입매며 카메라를 향해 어색하게 짓는 미소를 보니 불운한 얼굴이라고 할 수 있을 것 같았다. 살인범인 오빠가 찍은 사진일지도 몰랐다.

나는 카메라 앞에서 미소짓는 것에 대해 데즈먼드가 한 경고를 떠올렸다. 그는 미소짓는 사진이 사후에 얼마나 어리석고 얼마나 슬프게 보이는지 모른다고 말했었다.

아동/동생 살해 사건은 미스카토닉 밸리에서 유명했었다. 패리시 집안은 독립전쟁 이후 그 지역의 부동산 부자로 알려진 집안이었기 때문이다.

"비극적인 사건이죠. 하지만 흔히 짐작하는 것처럼 그렇게 드문 사건도 아닙니다."

뉴욕 경찰관은 그때 우리에게 묘한 말을 했다.

아빠는 화가 나서 펄쩍 뛰었다. 엄마는 믿지 못하고 속상해했다. 두 사람은 당장 패리시 부부를 만나서 직접 해명을 들으려 했다.

"못된 인간들 같으니라고! 어떻게 그렇게 이기적일 수 있지! 정신이 온전치 않은 아픈 아들을 정상인인 척 행동하게 놔뒀잖아. 아들이 우리 딸을 만난다는 것을 분명 알았을 거야! 아들이 약만으로는 충분치 않다는 것을 분명 알았을 거라고. 그들은 아들을 지켜보지 않은 거야……"

패리시 가족이 날 위험에 빠트리거나 내 목숨을 위태롭게 만들었다는 생각을 하면 오싹했다. 그들은 나를 몰랐고 만난 적도 없지만 아들의 여자친구라는 건 틀림없이 알았을 것이다.

그들은 우리와 만나려 하지 않았다. 데즈먼드의 부모님은 변호인들을 통해서 우리와 연락한다는 데만 동의했다.

그때 나는 형사의 질문에 더이상 대답할 수 없었다. 부모님의 감정에도 견딜 수가 없었다. 나는 어른들에게서 달아나 이층 내 방으로 갔다.

내 침대에 숨었다. 침대로 파고들었다.

이 침대에서 데즈먼드 패리시의 꿈을 정말 자주 꿨다. 마치 여기에 그와 함께 있는 것 같았다. 그가 나를 기다리고 있는 것 같았다.

나는 생각했다. 그는 날 데려가려고 했어. 그는 날 사랑했어. 그는 날 해치지 않았을 거야.

스트라이커스빌에는 정말 많은 추억이 있다. 나는 부모님 집을 방문해도 하루이틀 이상은 머물지 않는다.

운전할 때도 포트 휴런 파크 주변은 피해 가려 애쓴다. 리틀 휴런 호수에는 절대로 다시 가지 않을 생각이다.

고교 시절의 기억은 내게 뿌옇게 남아 있다. 여름에 나는 화이트플레인스에 있는 할머니 집에 머물면서 바사 칼리지의 여름 강좌를 들었다. 11학년 때 화이트플레인스에 있는 사립학교로 전학했다. 부모님은 내가 '감정적인 문제'를 일으킨 스트라이커스빌에서 벗어나는 것이 최선이라고 생각했기 때문이다.

내 예전 삶은 뿌리째 뽑혔다. 내 예전 '어린 시절'의 삶은.

우리집 뒷마당에 있던 말벌떼가 떠올랐다. 벌들이 땅속에 굴을 파면 아빠는 그 굴에 액상 살충제를 붓곤 했다. 벌들은 겁에 질려 굴에서 나와 날아갔다. 목숨을 구하려고, 당황해서 필사적으로 날아갔다. 벌들이 다른 곳에서 다시 벌집을 만들 수 있었는지 지금도 궁금하다. 살충제의 독이 버둥거리는 벌들의 작은 몸통에 스며들었는지, 그저 달아나는 것만으로 그것들이 살 수 있었는지 나는 궁금하다.

나는 친구들, 내 가족들이 그리웠다. 우리가 거기서 누린 삶이 그리웠다. 삼나무 마루에서 우리 발치에 몸을 뻗고 졸던 개가 그리웠다. 하지만 나는 너무 많은 기억이 있는 스트라이커스빌에 남아 있을 수 없었다.

얼마 전 그를 보았다. 복잡한 길 건너편에서 손을 높이 든 그를 보았다. 그는 원망스럽고 상처받은 듯한 표정을 짓고 있었다. 나는 아무 생각 없이 그를 만나기 위해 길을 건넜다. 운전자들이 성난 경적을 울려댔다. 나는 보도에서 차도로 내려와 있었다. 하마터면 죽을 뻔했다.

아주 가까이 아무때나 언제나

롤로의 사체는 결국 찾지 못했다.

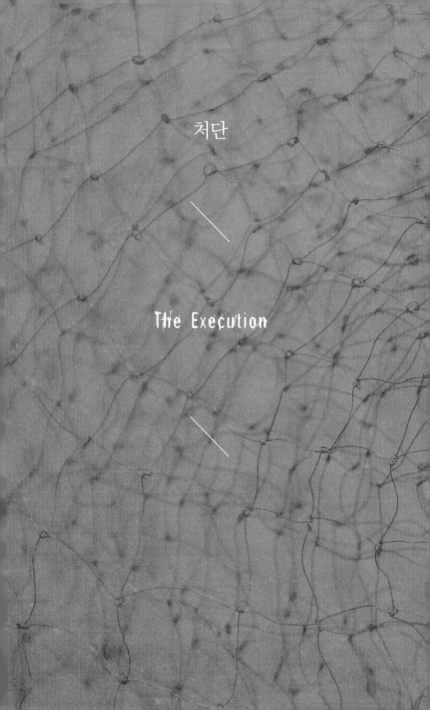

처단

The Execution

그녀는 말했다. 아버지와 이야기해봐라. 나도 이제 더는 널 봐달라고 할 수가 없구나.

그는 밤 한시 이십분에 델타 시그마 하우스를 떠났다. 계획보다 늦은 시간이었다. 절반 정도 불이 켜진 프랫 하우스(남학생 사교 클럽 회관—옮긴이)는 꼭 한쪽이 찌그러진 이상한 생일 케이크 같았다. 불이 켜졌다고 다들 깨어 있거나 정신을 차리고 있다는 뜻은 아니다. 중앙 로비, 부엌, 지저분한 지하실로 내려가는 계단을 포함해 군데군데 불이 켜져 있었다.

모든 일이 계획됐다. 그는 그녀에게 마지막 기회를 준 것이었다.

휴대전화를 끊으려는 순간 그녀가 언성을 높였다. 바트? 바트? 내가 말하는데 끊지 마.

드마르코에 전화했다. 내일 밤 열시에 라지 사이즈 피자 여덟 판을 배달해달라고 미리 주문했다. 장소는 스타디움 웨이 3992, 델타 시그마 하우스. 파티 시간에!

결제는 비자 플래티넘 카드로 하겠다고 했다. 내일 밤 열시면 그 카드를 손에 넣게 될 것이다. 확신했다. 아니면 그때쯤(이 부분은 애매했다.) 자신의 비자 계정이 다시 살아날지도 모른다.

약 오십 명에서 칠십오 명의 손님이 먹을 라지 사이즈 피자 여덟 판.

익스플로러 차량이 프랫 하우스 뒤쪽 골목에 주차되어 있다. **주차 금지 구역. 주차하면 견인됨**이라고 적힌 눈에 띄는 표지판은 구부러지고 비틀어져서 경고로 보이지 않았다.

나도 이제 더는 널 봐달라고 할 수가 없구나. 내가 이렇게 될 거라고 말하지 않니.

네 신용카드 거래를 중지시켰다. 아버지가 경고했잖아.

장갑! 하마터면 그놈의 장갑을 잊을 뻔했다.

고급 장갑이 아니라 그냥 검은색 싸구려 인조가죽 장갑. 캠퍼스 어딘가에 걸려 있던 누군가의 파카 주머니에 들어 있던 것이다.

그러니 그들은 감탄할 것이다. 지문이 없어! 범죄 현장에서 지문이 하나도 발견되지 않다니.

검은색 장갑이 손가락에 꽉 끼었다. 후드가 달린 검은색 상의, 검은색 티셔츠, 검은색 진, 검은색 나이키. 어두운 색 안경알. 리탈린 때문에 그의 동공이 기이하게 커졌다. 헤드라이트가 두통을 유발할 수도 있었다.

그는 리탈린에 취해 일 분 단위로 계획을 세웠다. I B S — 처단의 암호명 — 에 충동적인 요소는 전혀 없었다.

그는 일 분 단위로 계획을 세웠다. 천만에! 일 초 단위로 세웠다.

일 나노초 단위.

그리고 목격자 없이!

그게 처단의 중요한 요소였다. 목격자가 없을 것.

운전도 계획했다. 동쪽 도로상에 있는 모든 출구를 점검했다.

그는 시러큐스부터 모든 출구를 외우고 있었다. 익스플로러의 정속 주행 장치를 110킬로미터에 맞췄지만 가끔 더 빠르게 왼쪽 차선으로 달렸다. 세상에, 그는 이 SUV가 정말 마음에 들었다! 그의 진짜 영혼은 몸밖에 있고, 그가 그 안으로 올라탈 수 있을 것같이.

차는 탱크처럼 안정적으로 달렸다. 바퀴가 열여덟 개나

달린 대형 트럭을 소형차 앞지르듯 거뜬하게 추월했다.

고속도로를 동쪽으로 세 시간 이십 분 달리다가 렌셀러 출구로 빠져 이스트 렌셀러의 한 마을로 접어들었고, 주니퍼 드라이브 29번지에 있는 튜더식 석조 주택에 도착했다. 뚫지 못할 벽처럼 빽빽하게 들어선 나무들 안쪽에 있는 집은 좁은 도로에서 거의 보이지 않았다.

바로 이곳이었다. 튜더식을 흉내낸 번드르르한 집은 '막다른 골목'에 있고 상록수가 많아서 주거침입자들이 목표물로 삼을 만했다.

그는 흥분했고, 그 느낌이 좋았다. 새 게임을—블링크나 데이 오브 둠 같은—시작할 때와 비슷했다. 지형이 어떤지, 얼마나 빠르게 공격해올지, 얼마나 개판으로 끝나게 될지 알기 전의 느낌.

IBS는 바트의 (비밀) 게임이었다. 비디오게임과는 달리 흠잡을 데 없는 게임이었다. 특이하게 뒤틀린 천재적인 마음으로 조합한 IBS는 바트 핸슨의 창조물이니까.

그는 짜릿하면서도 한편으로는 좀 시무룩하고 우울했다. 거봐요 난 모든 기회를 줬다고요. 당신들 둘 다에게. 이런 생각이 들어서.

그는 그랬다! 어린 시절 내내 부모는 개에게 하듯이 그의 목에 걸린 짧은 줄을 마구 잡아당겼다. 빌어먹을 목줄이 조여들어 살갗이 벗겨지고 피가 흘렀다.

주니퍼 드라이브에서 그는 헤드라이트를 끄고 집에 다가 갔다. 밤에 집 앞 차도로 차량이 진입하면 헤드라이트 불빛이 이층 그들의 침실 창문에 비친다는 것을 그는 알고 있었다.

새벽 네시 이십팔분이었다. 계획보다 지체됐지만 그는 융통성이 있었다. 처단 후에는 긴장이 풀릴 테니 지체했던 시간은 돌아가는 길에 만회할 수 있을 것이었다.

그는 얼른 달아날 수 있게 번쩍이는 검은색 익스플로러를 주니퍼 드라이브를 향하도록 둥근 차도에 세웠다.

그는 집 열쇠를 가지고 있었다. 당연하다. 집에—조용히—들어가는 건 문제없지만, 벡터 보안 장치가 작동중이란 것을 그는 알고 있었다. 그의 아버지가 얼마나 편집적인지 보여주는 것이다.

머리 위 하늘은 사용한 휴지처럼 갈기갈기 찢어진 것 같았다. 그리고 희미하게 달이 떠올랐다.

그것이 바트를 떨리게 했다! 달을 보자 목덜미 털이 곤두섰다. 그는 어릴 때 〈런던의 늑대 인간〉〈나는 십대의 늑대인간이었다〉〈늑대인간〉 DVD를 보았다. 너무 많이 봐서 디스크가 낡았을 정도로.

그는 차고를 통해 집으로 들어갈 생각이었다. 검은색 터

미네이터 의상을 입은 그는 음울하게 잘생겼다.

비디오로 그의 모습을 보지 않을 수 없었다 — 유튜브로. 검은 표범처럼 은밀하게 민첩하고 조용한데다 실수 없는.

머리 위로 올려서 여는 세 짝의 차고 문 중 부주의하게도 한 짝이 열려 있었다. 아버지는 바트의 어머니가 주차한 뒤 차고 문을 내리지 않는다고 수년간 불평했다. 그녀는 차를 차고에 들여놓지 않을 때도 많았다. 차의 옆면을 긁는 일도 다반사였다. 그녀는 이를 **별로** 대수롭게 여기지 않았다.

이스트 렌셀러의 마을에서 도난 사고는 드물었다. 주거 침입 사건도 드물었다.

그래도 바트의 아버지는 차고 문을 닫기를 바랐다. 그리고 벡터 보안 장치를 작동시키기를 바랐다.

차고 뒤쪽 벽에서 바트는 그것을 본다. 도끼.

빌어먹을! 도끼에 손전등을 비추자 그의 배 속에서 깊은 떨림이 느껴진다.

벽에 박힌 못에 걸려 있다. 날카로워 보이는 날과 나무 손잡이. 가느다랗고 다루기 어려워 보인다.

분명 7킬로그램에서 9킬로그램은 나갈 것이다.

도끼를 휘두르는 건 이번이 처음일 것이다. 바트는 리허설 — 연습 — 을 하려 했었지만 그럴 기회가 없었다.

아버지는 거실 벽난로에 땔 장작을 팰 때 이 도끼를 사용했다.

집어, 바트! 휘둘러봐. 땀 좀 빼라고.

장갑 낀 손으로 벽에서 도끼를 집었다. 무거웠다!

깔때기 모양의 손전등 불빛에 차고 구석에 쌓아둔 그의 물건 더미가 드러나자 깜짝 놀랐다. 어찌나 많은지 약간 충격을 받았다. 자전거들만—대여섯 대—있는 게 아니었다. 가장 최근에 산 15단 기어의 3000달러짜리 이탈리아제 경주용 자전거는 타이어의 바람이 빠져 있었다. 그는 이 자전거를 일 년 넘게 타지 않았다. 오래된 비디오게임들, 플레이스테이션 여러 대, 어릴 때 갖고 놀던 전자제품 장난감들. 심지어 대여섯 살 때 크리스마스 선물로 받은 소형 지프차도 있었다. 그는 이 지프차에 열광했고, 고장나서 수리가 불가능할 때까지 탔다.

이 쓰레기들의 가격을 합쳐보면 부모가 그를 사랑했다는 이야기겠지만, 너무 늦어버렸다. 사랑 좋아하시네.

그는 장갑 낀 손에 도끼를 들고 집안으로 들어갔다.

손에 든 도끼가 팔을 짓눌렀고, 그는 아까 벽에서 집어들 때 마음을 불편하게 했던 도끼가 나름의 생명을 갖고 있다고—이건 괴상하고, 잘못된 일이라고—생각하지 않으려고 애썼다.

첫 단계는 도난 경보기를 '끄는' 일이다. 그는 미리 연습

해뒀다. 열쇠로 열고 집에 들어갈 경우, 도난 경보기가 켜져 있으면 십 초의 시간이 있다―**일 이 삼 사 오 육 칠 팔 구 십**―그사이 주방 벽에 있는 작은 상자 앞으로 가서 비밀번호를 눌러야 한다.

비밀번호의 일부는 아버지의 생년이었다. 1957.

아무 이유도 없이 경보기가 울려서 당황한 적도 몇 번 있었다.

도난 경보, 화재 경보. 전자는 시끄러운 고음의 사이렌 소리고, 후자는 삑 삑 삑 하며 귀를 먹먹하게 울리는 소리다.

지금으로서는 잽싸게 움직이는 게 관건이고 절대 허둥대면 안 된다. 허둥대다간 개판이 된다.

그는 이미 리탈린을 세 알이나 삼켰다. 델타 시그마 하우스에서 맥주 몇 병을 마셨다. 끈적거리고 짭짤한 앤초비가 든 피자를 먹어서 속이 더부룩했다. 피자를 씹지 않고―'꼭꼭 씹지' 않고―덩어리째 삼킨 것 같았다.

바트의 친구들인 델타 시그마 회원들이 언제라도 잠자리를 마련해줬다. 네가 이번 학기에 근신 처분을 받은 건 뭣 같은 일이지만 네가 지낼 데는 언제나 있지.

남학생회 간부들은 그러지 않았다. 그들은 바트와 특별히 친하지 않았다. 하지만 다른 녀석들, 바트와 서약을 함께한 사람들과는 친했다. 그리고 바트의 빅 브라더인 쇼

Shaugh가 있었다.

그래서 그는 친구들에게 보답하고 싶었다. 제길, 그들을 모두 초대할 작정이었다.

내일 밤이면 바트 핸슨에게 축하할 일이 생기고 파티가 열릴 것이다. 피자, 맥주, 뭐가 됐든 파티 음식을—타코스 소스, 스파이시 딥 소스, 까놓은 석화, 빨간 소스에 찍어 먹는 대하—생각하자 군침이 돌았다. 그리고 남자들은 감동하고 여자들은 죽여주게 감동할 거라 생각하자 자부심이 밀려들었다. 그는 내일 오후에 전화로 주문을 더 넣어야겠다고 생각했다.

그때쯤이면 비자 플래티넘 카드가 손에 들어오겠지. 아니면 그 비슷한 뭐라도. 어쩌면 피자 배달원에게 현금을 주고 그의 얼굴에 떠오르는 표정을 보게 될지도.

델타 시그마 회원들은 요란한 맥주 파티로 악명이 높았다. 대학에서 파티로 유명한 남학생 클럽을 들자면 카파 엡스, 트라이세타스, 파이베타스, 델타 시그마였다.

주말 밤이면 한 블록 밖에서도 델타 시그마 하우스에서 울리는 음악 소리를 들을 수 있었다. 시끄럽게 울리는 메탈리카, 블랙 사바스.

델타 시그마 하우스에서는 퀴퀴한 김빠진 맥주 냄새, 퀴퀴한 오줌 냄새, 퀴퀴한 피자 크러스트 냄새가 풍겼다. 냄새에 찌든 러그, 커튼, 벽지.

바트가 이십사 시간 동안 먹은 거라곤 피자밖에 없었다. 애들이 주문한 건 드마르코 피자가 아니었다. 드마르코 피자는 고급이었다. 기름에 풍덩 잠긴 페퍼로니, 덩어리 진 치즈와 앤초비가 든 피자였다. 누가 허구한 날 앤초비를 주문할까? 빌어먹을! 그는 이런 재료를 싫어해서 가능하면 퉤 뱉어버린다.

바트는 점점 체중이 늘고 있었고, 그건 사람을 우울하게 만든다. 아버지처럼 허연 반죽 같은 기름 덩이가 허리에 붙어 있다. 겨우 스물인데.

봄 학기에 정학을 당한 건 지난 학기에 세 과목이나 낙제 했기 때문이다. 이전의 정학, 바트의 2학년 기록은 학적부에서 삭제됐다.

삭제. 아버지 덕분이다. 아버지의 변호사가 대학 측 변호사와 만났다.

낙제할 것 같은 과목 중에 컴퓨터 개론이 있었다. 이것이 웃겼다! 실습을 맡은 파키스탄인인지 중국인인지가 횡설수설하는 통에 알아먹을 수가 없었다. 게다가 이 아할인지 아합인지 아힐인지 하는 작자는 첫 시간부터 백인 남학생 클럽 회원에 대한 편견을 내비쳤기 때문에 바트는 지도교수와 컴퓨터학과 학과장, 학생처장, 결국은 부모에게도 하소

연했다. 그 노력은 그에게 엄청난 득이 됐다.

어머니는 그전부터 동정적이긴 했다. 하지만 이 일은 그에게 끝내주게 득이 됐다.

바트는 이를 악물었다, 아주 꽉. 흥분 아니면 분노로. 리탈린 때문일 수도 있고 아드레날린 분비 때문일 수도 있었다. 혈관에서 녹은 빨갛고 뜨거운 뭔가가 빨리 내달리는 느낌ㅡ마구마구!

풍선을 타고 하늘로 날아오르는 기분ㅡ빠르게.

바트의 아홉 살 생일 때 그의 부모는 바트와 친구들을 위해 열기구 풍선을 준비했다.

아주 흥분되면서도 무서웠다. 너무 무서워서 바트는 다른 남자아이들과 함께 열기구에 올라타지 못했다.

겁에 질려서 망할 놈의 청바지에 쉬를 하고 말았다. 창피해서 울어버렸고, 어머니는 아들을 달래야 했다. 그사이 다른 아이들은 열기구를 타고 올라가면서 꽥꽥 소리를 질러댔다. 정말 창피했다.

그후로 아무도 그 일에 대해 말하지 않았다. 하지만 그의 마음속에 작은 가시가 박혔다. 그 가시는 빌어먹을 열기구 풍선이니 뭐니 하며 난리법석을 피운 아버지에 대한 증오심이었다.

부모는 바트가 익스플로러를 사겠다는 것도 못마땅해했

다. 그들은 새 차가 아니라 중고로 사라고 설득하려 했다!

그는 최상의 거래를 했다. 섹시한 검은색, 사륜구동형, 커브 컨트롤 장치. 일곱 명이 탈 수 있는 공간.

델타 시그마는 엘크혼 호수에서 겨울 파티를 열었다. 겨울에 애디론댁 도로를 달리려면 사륜구동형이어야 했고, SUV 정도의 좌석이 필요했다.

그는 계획을 세웠다. 수요일. 주중의 번잡하지 않은 날.

목요일 밤에는 대학에서 파티가 많이 열렸고, 클럽에서 소동이 벌어졌다. 그런 밤에 중요한 일을 도모할 수는 없는 노릇이었다.

바트가 열 파티는 단순히 피자와 맥주가 나오는 행사가 아니다. 더 화려하고 비싼 음식이 준비될 것이고, 이것이 보상의 첫 단계였다. 그는 델타 시그마 하우스에 빚을 졌으니 성대한 파티를 열어야 했다.

그는 부모에게 설명하려고 애썼다.

어머니는 아버지보다는 공감했다. 하지만 결국 그녀도 꼰대와 똑같이 바트를 실망시켰다.

친구들은 하나같이 말했다. 꼰대가 반대해도 어머니는 네 편을 들겠지만, 결국에는, 심지어 이혼을 한다 해도 꼰대 편에 선다니까. 왜냐하면 꼰대가 돈줄이거든.

그래서 그는 꼼꼼하게 계획을 세웠다. 예를 들면 손전등,

경보기 해제 같은 것. 하지만 그는 큰 실수를 저질렀다. 당시에는 알아차리지 못했지만 나중에는 자신을 패주고 싶을 만한 실수였다. 시골길이 아닌 고속도로를 택한 것이 잘못이었다.

그저 그 생각을 못했다! 그 생각을 하지 못했다.

망할 놈의 고속도로에서 EZ패스를 사용했다. 패스가 앞 유리에 붙어 있었다. EZ패스를 쓰는 게 너무 자연스러워서 그 생각은 하지 못했다. EZ패스 요금은 부모의 계좌에서 결제되기 때문에 그는 청구서를 본 적이 없었다. 그래서 EZ패스 생각은 미처 하지 못했다.

고속도로에 있는 감시 카메라들에 대해서도 미처 생각하지 못했다. 그 생각은 해본 적이 없었다.

그저 생각하지 못했대지. 이게 지난 십 년 동안 그들이 바트에게 윽박지르며 했던 말이다. 넌 그저 생각하지 못했대지!

아무튼 이제 바트는 생각한다. 아주 신중하게 생각한다. 빠져나가지 못하면 죽는다는 것을 아는 덫에 걸린 교활한 쥐처럼 필사적으로 생각한다.

도끼는 저절로 떠올랐다. 어렸을 때 이미 I B S를 계획했다. AK-47 소총이니 수류탄이니 마체테(날이 넓은 긴 칼—옮긴이)에 대한 환상을 품었고 집에 화염병을 던지는 생각도 했었다. 하지만 그는 이제 스무 살이고 훨씬 현실적이 됐다.

이 주 전, 술에 취해 델타 시그마 하우스에서 자다가 깨어보니 입에서 쉰내 나는 누런 토사물 맛이 느껴졌다. 눈을 뜨자마자(분명 이 꿈을 꾸었을 것이다.) 차고에 걸린 도끼가 둥둥 떠서 그에게 다가왔다. 도끼에 대한 생각. 손을 뻗어 도끼를 단단히 쥐면서(이건 틀림없이 오래전 기억일 것이다.) 아버지의 손에서 도끼를 뺏으려고 씨름하는 장면을 상상했었다. 아버지는 집 뒷마당에서 난로에 땔 장작을 패고 있었다. 퍽! 퍽! 퍽! 싸늘한 겨울 공기 속으로 그가 입김을 내뿜었다. 아버지는 그의 아버지, 즉 바트의 할아버지가 엘마이라의 농장에서 이렇게 장작을 팼다고 말했다. 그리고 그, 즉 바트의 아버지는 언제나 자기 아버지를 거들었다고 했다. 땀이 얼마나 금방 나는지 몰라, 좋은 운동이라니까.

나와 교대하고 싶니? 해보면 너도 이 일을 바로 좋아하게 될 거다.

장갑이 필요하겠구나. 근처에 있나?

바트는 말했다. 괜찮아요, 아버지. 다음에요.

요란한 웃음소리. 정말 짜증나는.

늘 그런 식이었다. 아버지는 자신이 어릴 때 했던 일을 바트에게도 시켰다. 바트도 응당 그 일을 도와야 한다는 식이었다. 하지만 바트가 돕지 않거나 일하려 하지 않으면 아버지는 화가 나서 아들을 그런 식으로 쳐다봤다.

코네티컷에서 주거침입 사건 발생. 소년 둘이 교외지역의 주택에 들어가서 어머니와 십대 딸 둘을 위협, 강간하고 폭행한다. 그들을 침대에 묶고 석유를 뿌린 뒤 불을 지른다. 집이 불길에 휩싸인다! 그들은 아버지는 처리하지 못하고 어머니와 딸들만 처리했다. 병신 새끼들, 전과자들. 잡히고 말았다.

몇 년 전 주니퍼 드라이브 29번지에서 절도 사건이 일어났고, 이웃집들도―주니퍼 드라이브 25번지, 주니퍼 드라이브 31번지―도둑을 맞았다. 컴퓨터, 전자기기, 비디오게임기, 은촛대를 잃어버렸지만 범인이 잡혔고 주인들은 도난품을 돌려받았다. 아무튼 대부분은 돈으로 배상됐고, 그들은 경찰에 고소하지 않았다.

고소를 막아보려고 이웃들과 협상을 벌였다. 바트의 어머니는 아주 수치스러웠다고 했다―그녀는 줄기차게 그렇게 말했다. 당연히 바트도 유감스러웠다. 그는 돈이 꼭 필요했다. 11학년이었으니까. 아버지는 바트를 결코 용서하지 않았다. 아버지를 거스른 수많은 일에 하나를 더한 것뿐이었다. 익스플로러를 사게 수표를 써달라고 한 일. 그 이야기를 벌써 천 번도 넘게 들었다. 그런데 아버지는 기회가 있을 때마다 면전에서 그 이야기를 들먹였다. 바트가 입이 닳도록 빌었는데도. 부모는 그가 몸에 불을 지르고 죽기라도 바랐던 걸까?

바트에게는 마약 문제가 있었다, 고교 시절에. 그는 재활 치료소에 갔었다. 그 일은 괜찮았다. 가정법원 판사는 여자였고, 이해심이 많았다. 또 어머니도 이해했다. 이런 일이 다시 일어나지만 않는다면, 바트.

다시는 이런 일을 일으키지 않겠다고 바트는 맹세했다.

부모와 이웃들에게 시시한 헛소리나 듣자고 그런 노력을 하고, 500달러도 안 되는 돈을 구하려고 위험을 껴안을 가치가 없었다. 또 바트가 마약을 했던 것은 그가 깊은 인상을 주고 싶었던 사람들에게 특별한 인상을 심어주지 못했다. 그러니 그 망할 짓은 다시는 안 할 것이다.

그리고 맞다, 그는 유감스러웠다.

도끼가 그를 이끄는 것 같다. 위층으로.

(장갑 낀) 손을 꽉 쥔다. 메탈리카의 음악이 귀에서 울려댄다. 죽어, 죽어, 죽어 내 사랑.

그의 (어두운) 방 문가를 지난다. 안에 사람이 있는지 문이 조금 열려 있다. 누구지?

그는 그 풋내기를 이내 기억에서 지울 것이다. 사실 그의 그림자가 두렵다, 죽도록 창피하다.

괴상한 영화에서 ─〈인셉션〉 같은─ 어쩌면 바트 핸슨은 자기 방 침대에 누워 자고 바깥에서 온통 그의 꿈이 펼쳐지고 있을지도.

〈매트릭스〉〈본 컨스피러시〉처럼. 조종당함. 네 책임이 아니라고 주장할 수 있지.

너는 네가 아니라고 주장할 수 있어.

그게 그의 세대가 하는 생각이다. 누구도 사람들이 짐작하는 그대로의 존재가 아니다. 기성세대가 그들에게 바라는 존재가 아니다. 찰칵, 다이얼 한번 돌리면―넌 사라질 것이다.

(닫힌) 안방 문 앞. 어렸을 때 그는 여러 번 이 문 앞에 섰었다.

팔을 뻗어 문손잡이를 잡고―돌리고……

문을 연 다음……

일종의 폭발이―예컨대 자살 폭탄―일어난 듯 문이 밀리고, 아버지와 그가 딱 마주친다. 아버지는 파자마 바지만 입은 채 털이 난 살찐 가슴팍을 드러내고 있고, 얼굴은 충격을 받아 납빛이다. 성난 얼굴―바트! 대체 무슨 짓을……

도끼는 보지 못한 것 같다.

아니면 도끼를 보고도 얘는 못 할 거야, 얘는 저놈의 물건을 제대로 쓰지 못해라고 넘겨짚었든가.

바트의 귀에 확성기처럼 울리는 시끄러운 소리, 너무도 고요하던 끝의 이 충격은, 하마터면 이게 사실은 꿈이고 꿈속에 그 말고 아무도 없다고 생각하게 만들 뻔했다. 그때 이 분노한 시끄러운 남자가 그에게 소리를 질러대고, 도대체 무슨 생각으로 집에 슬그머니 기어들어왔느냐고, 집에서 또 뭘 훔칠 거냐고 윽박지르고 빌어먹게도 경찰에 신고하겠다고 말한다.

그리고 몇 미터 떨어진 곳에서 그의 어머니가 어리둥절해하며 침대에서 일어나 앉고, 문간에서 실랑이하는 두 사람을 본다. 아버지가 불을 켜자 검은색 후드 상의와 검은색 진을 입은 바트의 얼굴이 드러나고, 그들 사이에서 도끼가 들렸다가 무시무시한 힘으로 내려쳐지고, 어머니는 비명을 지르려고 입을 벌린다.

철저하게 계획을 세웠지만 이 모든 일이 벌어지자 바트는 날카로운 도끼날로 아버지의 두개골을, 성난 얼굴을 내리찍을 수밖에 없었다. 나이든 남자는 곧바로 나무 넘어가듯 쓰러지고, 모든 저항을 멈추고, 피가 철철 흐르는 얼굴에는 당황하고 놀란 표정이 떠오른다. 그는 미친듯이 도끼를 휘두르는 아들을 양손으로 움켜잡는다—물러서, 내게서 물러서—도끼의 날카로운 날, 도끼의 뭉툭한 날, 날카로운 날, 뭉툭한 날. 정신없이 휘두르다 보니 피투성이 형체는 바트의 발치에 널브러져 있고 그는 극심한 공포에 질려 마구 발길질한다. 이런 빌어먹을! 그가 의도하지 않았던 이 일이 벌어지고 만다. 고막을 찢을 듯한 소리가 들려오고, 그는 침대에 있는 여자에게 가봐야 했다. 그게 다음 과정이고, 그는 두번째 과정을 실행해야 했다. 그가 달려들면 여자는 침대에서 빠져나가려고 버둥대다 욕실로 가서 문을 잠글 테고, 그러면 그는 도끼로 문짝을 부숴야 할 것이다. 그녀에게 가기 위해 침대로 뛰어드는 일은 어릴 때 말고는 한 적이 없었지만 그는 이제 대담하게 부모의 침대로 올라가 도끼를 부채꼴로 크게 휘두르며 날뛰고, 균형을 잃을 뻔하면서 도끼가 빗나가고, 숨을 헐떡이고, 서슬 퍼런 날로 어머니를 칠 수는 없기 때문에 날카로운 쪽이 아닌 뭉툭한 쪽으로 도끼를 휘두른다. 그녀가 아들에게 안 돼 바트 얘야 제발 그러지 마라 하고 통사정하고 있으니까, 그는 전에 어머니와는 그럭저럭 잘 지냈으니까, 그가 그녀에게 삐친 주된 이유는 아버지에게 맞설 때 그녀가 자신을 충분히 역성들어주지 않아서였으니까. 그녀는 너무 여러 번 그를 실망시켰고, 결국 SUV 할부 구매는 완전히 실패로 끝났다. 그녀는 바트가 델타 시그마에 내는 회비와 경비를 대주었고, 돈은 그녀의 계좌에서 인출돼서 아버지는 몰랐거나 몰랐어야 했지만 어찌어찌하다 일이 틀어졌고, 아버지는 은행 거래 내역을 보고 바트의 휴대전화에 메시지를 남겼다. 메시지 내용이 경찰에 신고한다느니 경찰과 이 문제를 상의한다느니 점점 위협조가 되었기 때문에 바트는 지금의 행동을 선택할 수밖에 없었다. 덫에 걸린 쥐에게 선택의 여지가 없는 것처럼. 그러나 사실은 이렇다. 그는 먼저 도끼의 뭉툭한 날로 그들의 머리를 쳐서 기절시키려 했다. 소를 도축하기 전에 그러는 것이 자비로운 죽음이라는 듯이. 그러면 아무것도 느끼지 못하니까.

다음 순간 묵직한 도끼가 그의 손에서 슥 빠져나간 것을 깨달았다. 피 묻은 도끼머리가 날아가버렸나?

그는 도끼의 나무 손잡이를 들고 머리통이 쪼개져 피 흘리는 남자—바닥에 널브러진 것—를 밀어내고, 침대에 있는 그것을 침구로 덮으려 한다. 시트와 담요를 침대에서 끌어당겨, 아버지처럼 보이지도 않는 바닥에 있는 그것에 덮으려 한다. 피투성이 얼굴은 토막난 늙은 호박처럼 반으로 갈라지고, 베인 목에서는 피가 솟구친다. 끌어당긴 담요로 그것을 가린다. 다른 그것—여자—은 살찌고 반쯤 벗고 있고, 똥오줌 냄새—지독한 악취—를 풍기고, 머리 윗부분은 빗맞고, 오른쪽 눈은 눈구멍에서 짓이겨진 상태다. 그래도 그녀는 안 돼 얘야 아 아 안 돼 하며 애걸복걸하고 있다. 침대에 비스듬히 누운 그녀 주변에는 커다란 흑장미 모양으로 피가 낭자하고, 이미 침구는 검게 얼룩이 지고, 그는 배 속에 든 것을 토하지 않으려고 침을 삼킨다. 그는 이불을 끌어서 여자를 덮어 가린다. 벌벌 떠는 몸뚱이, 몸서리치는 여자 몸뚱이에 그는 베개들, 새틴 베개들을 놓는다. 그리고 침실에 딸린 욕실에서 수건을 죄다 꺼내와 여자의 몸에 겹겹이 쌓는다.

죽어 죽어 죽어 내 사랑. 한마디도 하지 말고.

그는 1마일 경주라도 한 듯 숨을 헐떡인다. 배 속이 알알하다.

이제 그게 시작될 것이다. 뜨거운 액체에서 기화가 일어나듯이 아랫배에서 끊임없이 움직이는 느낌과 동작이 시작될 것이다.

끊임없이 부글부글 끓고 쉭쉭 소리를 내고. 처음에는 위가 으르렁거리는 것 같았다. 이것은 일종의 장난이었다. 방귀 같은 애들 장난. 그러다가 몇 시간이 지나고, 며칠, 결국 몇 주가 지나면서 칼로 연속해서 쿡쿡 쑤신 것 같은 통증이 일더니 얼굴에서 핏기가 가시는 느낌이 들고 거의 기절할 지경이었다. 내게 무슨 일이 벌어진 거야. 뭔가가 안에서 날 먹어치우고 있어. 뭔가가 그의 속을 파고드는 것 같았다. 뱀, 거대한 민달팽이가 배 속에서 만족할 줄 모르고 게걸스럽게 그를 파먹고 있었다.

기이했다. 도끼가 의지 있는 생명체처럼 거의 즉시 그의 통제력에서 벗어나 그가 할 수 있었을 것보다 더 넓고 거대한 부채꼴을 그리면서 달려나갔다는 점이. 결국 도끼머리가 손잡이에서 빠져 날아갔고, 그는 겁에 질려 손잡이를 바닥의 헝클어진 침구와 피투성이 몸뚱이 사이에 떨어뜨렸다. 몸뚱이 하나는—루이자가 분명했다—바트가 떠는 몸 위에 덮어놓은 누비이불과 베개들과 수건 더미 아래서 신음했다. 그가 침구를 잔뜩 덮어놓은 건 그녀가 질식사해서 얼른 고통을 떨치기를 바랐기 때문이다.

또 한 가지 기이한 점은, 부모에게 도끼를 휘두르다가 도끼머리가 날아가자 그 손잡이로 다시는 그들을 때릴 수 없었다는 것이다. 그는 그럴 수가 없었다. 바트는 이 이야기를 누구에게도 하지 않을 생각이었다.

지문은 남지 않았다. 범인은 장갑을 끼고 있었다.

물리적인 증거가 없었다. 범인은 민첩하고 빈틈없이 움직였고, 아무런 흔적도 남기지 않았다.

침입해서 물건을 훔치려 했지만 일이 잘못된 게 분명했다.

살인범이 누구였든 그는 아무것도 갖고 나가지 않기로 했던 것이다.

(왜냐하면 바트는 이렇게 생각했으니까. 부모의 집에서 뭘 갖고 나가 팔거나 교환하거나 전당포에 맡기려 하다가는 붙잡히게 될 것이다. 그건 큰 실수고, 난 그런 실수를 저지르지 않을 것이다.)

사후에 옷을 갈아입는 것이 처단 계획—I B S—의 일부였다.

재빨리 샤워하고. 그의 욕실이 아닌 아버지의 욕실을 써야 했다. 그의 욕실 바닥이 젖어 있고 수건이 축축하고 세면대가 최근에 사용한 것 같으면 안 된다는 것을 그는 알았다. 그가 방 — 서랍장과 옷장 — 에서 꺼낸 건 더러운 옷을 벗고 갈아입을 짙은 색의 옷이었다. 입었던 옷은 둘둘 말아 돌아가는 길에 고속도로의 한적한 출구에 있는 쓰레기통에 던질 계획이었다.(어느 출구인지는 계획하지 않았다. 그것은 우연에 맡길 것이다. 하지만 그 출구는 이스트 렌셀러에서든 시러큐스에서든 거리가 비슷한 스캐그스빌의 19번 출구로 밝혀질 것이다. 휴게소 쓰레기통이 맥도널드나 웬디스 뒤에 있는 쓰레기통처럼 자주 비워지지는 않는다는 걸 놓치면서 그는 전술적인 실수를 했고, 렌셀러 경찰은 사십팔 시간 내에 그것을 발견하게 된다.) 바트는 그의 방 선반에 있는 비디오게임들을 시러큐스로 가져가고 싶어한다. 데드 스페이스 2, 포탈 2, 브링크를 가져가면 좋겠지만 안 그러는 편이 나을 거라고 생각한다. 그는 미신을 믿는다. 깨끗한 옷을 챙기는 것같이 꼭 필요한 일 말고는 그 방에서 아무것도 하지 않으려 한다. 물리적인 증거가 없게 될 것도 그 때문이다.

블로거들이 바트 핸슨을 영리한 친구라고 말하게 되는 것도 그 때문이다.

음울하게 잘생긴. 카리스마 있고, 너그럽고 — 파티를 사랑하는.

바트를 가르친 선생들, 친척들과 이웃들—핸슨 가족의 친구들—은 걱정하는 부모에게 바트에 대해 제대로 집중만 한다면 똑똑한 아이라며 위로했다.

렌셀러 사립학교에서는 12학년 때까지 바트 핸슨은 집중만 한다면 똑똑한 아이라는 거의 일치된 의견을 보였다.

그는 전도유망한 운동선수였다. 중고등학교 때 풋볼, 야구, 수영, 육상을 했다. 매년 가을 새로운 학년을 잘 시작했다가도 그를 가로막는 무슨 일이 벌어지곤 했다. 어떤 학기에는 기관지염에 걸렸고, 어떤 학기에는 발목을 삐었다. 성적이 바닥을 기고 근신 처분까지 당하면서 그는 자신감을 잃었고, 운동선수가 아닌 친구들과 어울리며 마약을 너무 많이 했다. 코치에게는 그를 팀에서 빼는 것 말고는 선택의 여지가 없었다.

그의 부모는 언제쯤이면 네 인생을 책임질 거냐, 바트, 넌 더 이상 어린애가 아니야!라고 윽박질렀다.

잘못된 색을 가지고 태어난 것이 그의 문제였다. 검은 피부거나 눈이 쭉 째진 동양인으로 태어났다면. 더 좋게는 아메리칸 인디언으로 태어났다면. 그는 자기 부모한테 개똥 취급이 아니라 존중을 받았을 것이다. 그랬다면 자기 자신이 될 수 있고 자기 자신만으로 충분했을 것이다.

바트의 첫인상은 아주 좋았다. 다들 그렇게 말했다.

여자들은 그를 좋아했다—엄청! 그러다가 그가 술을 마시거나 약에 취하거나 친구들이 부추겨서 웃기는 이야기를 하면 여자들은 슬그머니 피하며 다시는 그를 만나려 하지 않았다. 그게 문제였다.

델타 시그마 파티는 늘 엉망진창이었다. 1학년 때 몇 번을 빼면. 그때는 여자애들이 워낙 어리고 순진하고, 남자애가 자기를 알아봐주는 걸 고마워해서 파티가 잘 돌아갔다. 그러다가 2학년 때 클럽 오픈 파티에서 완전히 망해버렸다. 그는 무슨 일이 벌어졌는지 감을 잡지 못했는데, 그만큼 그의 상태가 엉망이었다.

'키머 클라우젠'이 처장에게 지목한 남학생은 바트 핸슨만이 아니었다. 부모가 그 일을 두고 난리친 것을 누가 봤다면 바트 혼자 그런 줄 알았을 것이다.

아홉 살 때부터 그는 공황 발작에 시달렸다. 건강한—체격도 큰—아이였지만 의학적으로는 '감정기복이 심해'질 수 있었다. 이것이 디크맨의 변론이었다.

교외 지역에 사는 상위 중산층 부모들은 사춘기 아들에게 지속적으로 신경증, 불안, 부족한 아이라는 감정을 주입했다. 오늘날의 많은 미국 청소년들처럼 그는 생존을 위해 자기치료에 의존해야 했다.

자기치료. 처음 중학교 때는 대마초 정도였지만 점점 강한 약을 더 많이 하게 됐다. 그리고 알코올.

부모는 불쌍하고 쓸모없는 개새끼마냥 바트를 짧은 목줄에 묶었다. 원할 때는 아무때고 목줄을 휙 당겼다. 그는 화나고 억울해서 친구들에게 불평을 늘어놓았다.

몇 년 내내 투덜댔다. 적어도 7학년 때부터 쭉 그랬다.

앰버 벤더먼은 재판에서, 아무도 바트를 심각하게 여기지 않았다고 증언하게 된다! 그는 이 일을 〈신체 강탈자의 침입〉(1950년대 미국의 SF 영화—옮긴이)이라고 부르게 된다. 바트가 신체 강탈자이고 그의 부모는 신체였다.

정말 부모를 죽이려는 사람이라면 그 일에 대해 그렇게 떠들었겠느냐는 거죠. 학교 식당에서 그러겠어요?

징징대는 계집애 목소리로 앰버가 말하자 법정에서 웃음이 터져나왔다. 심지어 배심원들도 웃었지만, 판사는 엄숙하게 말했다. 정숙하세요! 재판 중에 웃을 일은 전혀 없습니다.

바트는 당연히 무죄를 주장했다.

물론 정당방위를 주장할 수 있는 가능성이 있기는 했다.

생뚱맞고 까다로운 전략이긴 했지만, 로런스 핸슨은 키가 크고 우람한 체구의 성질 급한 남자로 아들보다 체중이 적어도 9킬로그램은 더 나갔다. 그런 그가 아들에게 공격을 당했다면, 아들의 정당방위 때문이었을 수도 있었다.

분명히 그는 바트가 집에 들어오는 소리를 들었다. 누군가 차고를 통해 집안으로 들어오는 소리를 들었다. 그는 침실 문 뒤에 숨어 침입자를 기다렸다. 그가 침대에 가만히 누워 공격받았을 거라는 주장에는 오해의 소지가 있었다.

다행히 로런스 핸슨은 권총을 가지고 있지 않았다. 그는 벡터 보안 장치만으로 충분히 자신과 가족을 보호할 수 있다고 생각했을 것이다.

바트를 흥분시킨 건 상처 입은 송아지 같았던 그의 울음소리였다. 그는 문 뒤에 숨어 있다가 바트가 살며시 문을 열자 문을 확 열어젖혔다. 그는 침입자의 얼굴을 보았고, 바트의 얼굴과 손에 든 도끼를 보았다. 그가 부모로서 실패를 했다면, 대가를 치러야 할 것이었다. 그는 불행한 결말을 맞이했다. 그건 복수의 도끼라서 절대 돌이킬 수 없었으니까.

가미카제 조종사와도 비슷했다. 그들의 전투기에는 목표물에 도착할 만큼의 연료만 있을 뿐 기지로 돌아올 연료는 없었다. 날개에 일장기가 그려진 가미카제 전투기를 타고 일단 이륙하면 어린 일본군 조종사들은 돌아올 수 없었다.

바트는 텔레비전에서 가미카제 조종사에 관한 다큐멘터리를 봤다. 조종사 몇 명과 실제 가미카제 전투기 사진들이 나왔다. 그들은 그와 형제들 같았고, 정말 젊었다. 다만 그들이 일본인인 것만 달랐다. 그리고 그들의 죽음은 아주 오래전 일이라서, 다른 세상 이야기 같았다.

위대한 목적을 위해서라면 바트는 목숨도 내놓았을 것이다. 그는 시대를 잘못 타고났다.

물질주의가 판치는 1990년대에 그는 어린아이였다. 사람은 정신적인 환경의 독성을 떨쳐내지 못한다.

그의 세대가 다 그랬다. 꼭 저주받은 것 같았다.

렌셀러 사립학교 졸업반 2학기 때 그는 친구들과 약에 취해 몽롱한 상태로 시간을 보냈다. 그들은 대학입학자격시험을 치르고 대학에서 합격/불합격 통보를 받은 참이었고, 거기서부터는 내리막길이라서 수월했다. 그는 시러큐스 대학이 제법 마음에 들었다. 그 학교에서는 시그마 누 클럽이 인기가 좋았다. 아버지가 미시간 대학의 시그마 누 출신이어서 바트도 이 클럽에 가입하는 게 쉬울 줄 알았지만 일이 그렇게 풀리지 않았다.

클럽 가입 권유 주간은 그에게 냉혹하고 엿 같은 시간이었다. 그는 1학년이던 그때로부터 결코 회복하지 못했다고 말할 수도 있다.

그래서 그는 델타 시그마에 가입했다. 그들은 그를 환영한다고 느끼게 해줬다. 그들은 그를 필요로 한다고 느끼게 해줬다.

다른 클럽들은 바트에게 별로 관심이 없었다. 남은 몇 개

클럽들 사이에서 압박감이 심한 경쟁이 벌어졌다.

델타 시그마와 다른 두 클럽에서만 바트를 받아주려 했다. 그중 한 곳에는 보호 관찰 처분이 내려져 있었다.

그는 술에 절어 살았다. 코가 삐뚤어지게 마시고 취했다. 빌어먹을 시그마 누, 빌어먹을 데케, 빌어먹을 베타 갬스. 와달라고 매달렸대도 그런 개자식들에게 서약했을 줄 알아?

로런스 핸슨은 1980년대 미시간 대학의 시그마 누 회원이었다. 시러큐스의 시그마 누 클럽이 핸슨의 유산에 전혀 신경쓰지 않았다는 건 깜짝 놀랄 일이다. 로런스 핸슨이 클럽에 낸 돈을 생각하면 기가 막힐 노릇이었다. 바트는 아버지가 낸 돈이 지금까지 적어도 5000달러는 된다고 믿고 있었다.

클럽 가입 권유 주간이 시작됐을 때 그는—그가 지내는 기숙사 신입생 전원은—델타 시그마 클럽은 루저들의 집단이라고 생각했다. 삼십 명도 안 되는 인원이 스타디움 드라이브에 있는 넓고 낡은 빅토리아식 건물에서 살았다. 원자폭탄 실험을 견뎌낸 것 같은 집이었다. 건물 외벽에는 온갖 색의 페인트를 더께더께 칠해온 자국이 있고, 내벽에는 유령의 윤곽선 같은 것이 보였다. 벽 속으로 증발된 사람들일까. 또 건물이 이중으로 저당잡혀서 언제라도 폐쇄될 수 있다는 소문이 있었다.(사실로 밝혀진 소문이었다.) 건물 내벽에는 몇십 년 전 델타 시그마 회원들의 단체 사진들이 걸려 있었다. 당시 회원들은 지금보다 세 배는 많고 아주 멋져 보였다. 예를 들면 1957년에 델타 시그마에는 전국대회 3위에 입상한 조정팀 선수가 네 명이나 있었다. 1966년부터 1968년까지 시러큐스 대학 육상팀의 절반이 이 클럽 소속이었고, 미국 올림픽에 출전한 스타 다이빙 선수도 회원이었다. 델타 시그마는 주의원들과 한 명 이상의 국회의원을 배출했고, 회원들은 이 사실을 자랑스러워했다. 최근에는 클럽이 '난관'에 부딪힌 것 같았다. 어쩌다 이 지경이 됐는지는 아무도 몰랐다. 하지만 바트가 만난 델타 시그마 회원은, 클럽 가입 권유 주간에 만난 델타 시그마 회원들은 정말 잘해줬다. 재미있고 흥미로웠고, 알고보니 그들은 바트가 좋아하는 음악을 좋아했다. 비디오게임과 텔레비전 프로그램도 그랬고, 정치와 그밖의 여러 가지에 대해 의견이 같았다. 그들은 바트를 주요 인사처럼 느끼게 했다.

그래서 결국 델타 시그마에 가입한 것은 예상했던 것보다 바트에게 큰 의미를 줬다. 아버지에게 시그마 누 따위는 안중에도 없다고, 이제는 시그마 누의 제안을 받아들이지 않겠다고 말했다. 다 끝났다고. 그의 어머니는 이에 동조해줬다. 그녀는 아들에게 아버지가 활동했던 클럽에 대해 악

감정을 갖지는 말라고, 나름대로 친구를 사귀고 과거는 잊으라고 말했다.

그래서 일 년 후—이 년 후—그녀가 남편을 편들자 바트는 배신감을 느꼈다. 아버지는 말했다. 클럽이 네 시간과 돈을 그렇게 뺏는다면 우리는 감당할 수가 없다. 그리고 주말마다 술판을 벌이니, 만약 네가……

만약 네가 시간을 공부하는 데 쓴다면, 네가 돈을 공부하는 데 쓴다면……

네 아버지가 스퀴브(미국의 제약회사—옮긴이)에서 여름방학 인턴십을 하게 해주신다는구나.

사람들은 그들이 그를 뒷바라지해줬을 거라 생각하겠지. 그들 자식이니까! 바트에게는 대학 재입학이 무척 의미 있는 일이었다.

빌어먹을 대학은 학기 등록금을 꿀꺽하고 돌려주지 않는다.

2학년 때 그는 문제를 일으켜서 '정학'을 당했다. 바트는 집으로 돌아갔고, 집에서 1.5킬로미터쯤 떨어진 렌셀러 커뮤니티 칼리지에 등록했다. 컴퓨터공학, 회계학, 경제학 과목을 수강했다. 학기초에는 다 좋았다. 델타 시그마 클럽이 지독하게 그립긴 했지만, 여기서 수업을 들었고 교수들에게 칭찬도 받았다. 그러다가 어쩌다 그리 됐는지는 모르지만 지루해졌고, 수업을 빼먹었다. 그리고 옛날처럼 고교 동창들과 어울리며 마약을 했다. A를 받았을지도 모를 세 과목에서 모두 낙제했다. 그런데 이 학교는 시러큐스 대학이 아니라 렌셀러 커뮤니티 칼리지였다! 그래서 아는 사람과 일을 꾸며야 했다. 어떤 사람을 소개받았고, 그가 교무과장을 통해 성적증명서들을 빼돌려줬다. 바트는 컴퓨터공학과 회계학은 A, 경제학은 B+로 성적을 위조했다. 정상적으로 학기를 마쳤다면 그 정도 성적을 받았을 것 같았다. 놀라운 일은 시러큐스 대학 처장실에서 '재입학' 통지가 온 것이었다.

끝내주는 일이었다! 아버지와 어머니는 감동했고 바트를 기특해했다.

이번에는 그도 자신이 대견했다. 자신이 바보 같거나 세상으로부터 무시받는 것 같지 않았다.

그래도 짜증이 났다. 일 년에 4만 3000달러나 갖다 바치라니. 낙제를 하거나 이수를 하지 못하면 돈은 그대로 변기 속으로 들어간다. 그냥 사라져버린다. 창피한 기분도 들었다. 엄밀히 말하자면 친구들처럼 '3학년'이 아니라서. (여차하면 동기들과 같이 졸업하지 못할지도 모른다. 졸업 못할지도 모른다!)

남학생 클럽 역시 그를 물먹인다. 친구들이 아니라, 엿 같은 델타 시그마 협회라는 것이.

델타 시그마에 재가입하려면 2012년 보증금 1500달러뿐만 아니라 미불금도 지불해야 합니다.

그는 모욕당한다. 그 생각은 하지 않으려 애쓴다. 전에 델타 시그마에 가입하긴 했지만, 그를 받아들이려 하지 않았던 회원들이 있었다. 그들은 회원이 필요하기 때문에 입회에 찬성표를 던졌을 뿐이었다. 회원이 없으면 캠퍼스에서 밀려날 위험이 있으니까.

하지만 그는 클럽에 홀딱 빠졌다. 세상에서 유일한 친구들은 델타 시그마에 있었다. 그는 (비밀스러운) 이집트 스캐럽(풍뎅이 모양의 부적—옮긴이) 모양의 작은 금색 옷핀을 자랑스럽게 달고 다닌다. 젠장, 그는 이 친구들을 위해서라면 목숨도 내놓을 것이다.

바트가 렌셀러 경찰에게 자신에 대해 증언한 몇몇 회원이 있다는 사실을 알고서 경악하고 깊은 상처를 입고 영혼의 수치를 느낀 것도 그 때문이다.

경찰은 비밀리에 클럽 회원 전부를 '인터뷰했다'. 바트의 변호인인 데이비스 디크맨의 참석이 허락되지 않았던 비공개 대배심 공판에서, 적어도 클럽 형제 여섯이 그의 유죄를 확정할 만한 증언을 한 게 분명했다. 배심원들이 공소장 그대로 판결한 것을 보면 그렇다. 2급 살인 한 건, 1급 살인의 의도가 뚜렷한 가중 폭행 한 건.

바트는 밤새 델타 시그마 하우스에 있었다고 설명했다.

여러 사람이 그를 봤다. 그는 여분의 가구가 보관된 임자 없는 지하실 소파에서 잤다. 낡아빠진 갈색 가죽 소파에 누웠다가 아침 여덟시에야 깼다. 그리고 아침 여덟시 삼십분에 식당으로 올라가 식사를 했다고 말했다.

(델타 시그마에는 정식 조식이 없다. 그냥 있는 재료로 각자 알아서 먹는다.)

바트는 분명 밤새 클럽 하우스에 있었다. 회원들이 증언해줄 것이었다. 그들은 바트를 자정 무렵이나 그후에 위층에서 봤다. 바트는 자려고 아래층으로 내려갔고, 그들은 다음날 아침에 다시 그를 봤다. 그들이 밤사이 바트의 알리바이를 제공해줄 것이었다. 회원들이 그 정도는 해줄 거라고 기대할 수 있었다. 그런데 최소 셋이, 믿었던 친구들이 경찰 조사를 받으면서 새벽 한시 전과 아침 여덟시 이후 말고는 바트를 보지 못했다고 증언했다는 걸 알고 바트는 화가 치밀었다. 그런 배신감은 처음 느껴봤다.

그의 뇌가 그냥 멈춰버린다. 이 극악한 일을 생각하는 것은 테니스 라켓같이 큰 물건을 그의 두개골같이 좁은 공간에 쑤셔넣는 짓과 똑같다.

텔레비전에 나오는 기이한 이야기였다. 이야기를 이해하려고 애쓰다가 바트는 이것을 실제로 텔레비전에서 봤다는 생각이 든다. 최근은 아니고 아마 아이였을 때 봤을 것이다.

클럽 하우스에서 깼다는 것이 그가 아는 전부였다. 그는 위층으로 올라가서 친구들과 얘기를 나눴고, 간밤에 푹 자서 흥분되고 들뜬 기분이었다. 전날 밤에 맥주를 마셔서 가벼운 두통이 있었고 피자를 먹어서 속이 쓰리긴 했다. 하지만 기분이 아주 좋았고, 예전에 듣던 수업에도 들어갈 생각이었다. 실제로 들어가지는 않았지만, 강의실 뒤편에 앉아 있으려고, 진심을 보여주려고 했다. 그후 정오쯤 상황이 엉망진창으로 꼬이기 전에 첫번째 조짐이 있었다. 시러큐스 신문사 기자가 클럽 하우스 안으로 들어와서 '이스트 렌셀러에 사는 바트 핸슨'이 있는지 물었다. 한 학생이 그를 찾으러 왔고, 바트는 침을 꿀꺽 삼키고는 그 학생을 따라갔다. 이 일이 분명히 불쾌한 경험이라는 것만 알았다. 그런데 바로 그 순간 클럽 하우스 바깥에서 렌셀러 경찰차가 시속 50킬로미터로 달려오다가 눈에 띄게 갑자기 멈춰 섰다. 그리고 모든 게 예전과 달라졌다.

빌어먹을! 땅이 갈라지고 내가 그 사이로 떨어진 것 같군.

그냥 떨어지고 떨어지고 또 떨어지고……

그는 너무나 놀랐다. 너무나 충격을 받았다. 처음에는 경찰들이 무슨 말을 하는지 알아들을 수 없었다.

아버지의 죽음―'살해'.

어머니는 중상을 입고 혼수상태로 렌셀러 병원으로 이

송—'위중한 상태'.

경찰들이 이 끔찍한 소식을 전했다. 그들은 핸슨 씨의 스무 살짜리 아들 바트를 경멸감을 감추지 않고 퉁명스럽고 차갑게 쳐다봤다. 바트는 무슨 소리인지 알아듣지 못했다. 어안이 벙벙하고 귀가 윙윙거려서 몹시 정신이 산란했기 때문에 경찰이 그에게 늘어놓는 말을 알아듣지 못했다. 이들의 대화가 들리지 않는 중앙 로비에 클럽 회원들이 심각한 얼굴로 모여 있었다. 바트는 이야기를 제대로 알아듣지 못했다. 그의 부모가 둘 다 죽었다고 들은 걸 보면 그랬다. 분명 그렇게 들었다. 루이자와 로런스, 둘 다 죽었다고, 살해당했다고. 바트는 깜짝 놀랐다. 눈이 휘둥그레지고 눈물이 고였다. 숨을 가쁘게 몰아쉬고, 아이처럼 소리를 지르기 시작했다. 너무도 충격적이어서.

우리 부모님이요? 누가 우리 부모님을 죽였다고요?

우리 어머니를? 우리 아버지를?

그는 패닉 상태에 빠졌다. 그는 시신 확인 요청을 받을 터였다.

아버지가! 어머니가! 그의…… 어머니가.

바트는 주먹으로 두 눈을 문지르며 어린아이처럼 소리쳤다.

그는 어디라도 앉아야 했다. 운동복 반바지의 허리 밴드가 살을 파고들었다. 바트가 질색하는 일이었다. 또 경찰들의 표정을 보아하니 그의 몸에서 풍기는 뜨거운 체취, 악취가 그들의 코를 찌르는 듯했다.

우리 부모님이! 우리 부모님이 죽다니……

난 믿을 수가 없어요! 사실일 리 없어요!

일전에, 어제 아침에 부모님과 토, 통화했고 이번 주말에 집에 다녀가라고 하셨지만 나, 나는 두 분에게 사정을 말씀드렸어요……

경찰들은 조용히 그를 주시했다. 바트는 그들의 눈빛에서 동정심을 보지 못했고, 그것이 충격적이고 불안했다.

밀어닥칠 경악할 일에 대한 준비가 되어 있지 않았다.

경찰은 바트에게 어머니가 죽지 않고 살아 있다고 말하고 있었다.

아버지는 죽었다. 아버지는 살해됐다.

어머니는 중상을 입었지만 아직 죽지 않고 살아 있었다.

어머니가 죽었다고 생각해요, 바트? 왜 어머니가 죽었다고 생각하죠?

더듬거리며 말했다. 그, 그건 당신들한테 들은 건데요. 당신들이 그랬잖아요ー오, 맙소사ー우리 부, 부모님이 죽었다고요. 그런데……

아니에요. 어머니는 죽지 않았어요. 어머니는 혼수상태예요.

호, 혼수상태……

하지만 어머니가 의식을 잃기 전에 당신을 지목했어요. 어머니는 자신과 살해된 당신 아버지를 공격한 사람이 당신이라고 했어요. 당신이라고요, 바트.

바트는 무슨 말인지 도통 이해할 수 없었다. 있을 수 없는 이야기고, 경찰이 그에게 거짓말을 하고 있었다.

그는 어딘지 모를 곳에 앉아 있었다. 무릎에 힘이 풀려서 앉아야 했다. 양쪽에 사복 경찰들이 서 있었다. 오른쪽에 한 명, 왼쪽에 한 명. 바트가 듣자마자 이름을 잊어버린 형사 반장이 그를 신문했지만, 그가 뭐라고 대답할지 이미 안다는 투였다. 이것은 엄청나게 충격적이었다! 주먹으로 갈비뼈를 두드리는 것처럼 심장이 쿵쾅거렸다. 그는 숨을 몰아쉬었지만 빌어먹을 경찰은 신경도 쓰지 않았고, 그의 상태가 어떤지 알아차리지도 못했다. 어머니라면 금방 알아차리고 다독이려 애썼을 텐데.

그들이 뭐라고 말했다고? 어머니는 혼수상태예요. 어머니는 죽지 않았어요.

자, 바트. 그녀는 당신을 지목했습니다. 당신 어머니가 당신을 폭행범으로 지목했단 말입니다. 구급대원들과 경찰들이 도착했을 때 당신 어머니는 피를 많이 흘린 상태였지만 의식은 있었습니다. 그리고 우리 경찰이 질문을 했어요. 누가 부인에게 이런 짓을 했는지 아십니까, 핸슨 부인? 부인은 대답은 할 수 없었지만 고개를 끄덕일 수는 있었어요. 경찰은 "폭행범이 가족이었습니까?"라고 물었고, 그녀는 그렇다고 고개를 끄덕였습니다. 그러자 "폭행범이 아드님이었습니까?"라는 질문이 나왔고 (경찰은 당신 부모에게 적어도 아들 한 명은 있을 거라 짐작했습니다.) 그녀가 고개를 끄덕였나봅니다. 그런 다음 의식을 잃었고, 사람들이 그녀를 이송했습니다.

그들은 그를 체포하기 위해 왔다! 델타 시그마 하우스에 부모가 죽었다는 끔찍한 소식을 전하러 온 게 아니라 냉정하게도 그를 체포하기 위해 왔다.

델타 시그마 회원들은 반은 떠밀리고 반은 끌려가다시피 경찰차로 가는 바트를 지켜보았다. 모두 깜짝 놀랐다. 대체 뭔 일이야? 뭐지? 경찰이 바트한테 무슨 짓을 하는 거야? 건물 앞 도로에서 옆 프랫 하우스의 세타 파이 회원들이 진기명기쇼에 나오는 멍청이라도 되는 양 바트를 구경하고 있었다. 또 카이 오메가 클럽의 예쁘장한 여학생 둘이 보고 있었다. 이런, 빌어먹을! 모두가 그를 쳐다봤다.

그날 밤 열시에 드마르코 피자 배달차가 굴러오고, 벨이 울리고, 라지 사이즈 피자 여덟 판이 델타 시그마 회원들에게 배달된다. 모두 바트가 준비한 것이고, 악몽 같은 하루를 보낸 클럽 회원들에게는 반가운 깜짝 선물이 된다. 다들 '충격에 휩싸인' 상태다. 낡은 델타 시그마 하우스와 이 건물 현관 계단에서 회원들이 손가락으로 욕하는 장면이 지역 방송국 뉴스에 나온다. 남학생 클럽이므로 그리 대단한 장면은 아니었다.

데이비스 디크맨. 아버지의 골프 클럽 친구인 그는 바트에게 필요한 부류의 변호사다. 형법 변호를 한다.

아버지와 디크맨은 절친한 사이는 아니었다. 그는 골프를 칠 때 디크맨이 슬쩍 속임수를 쓴다고 불평했었다. 하지만 바트가 이름을 아는 변호사는 데이비스 디크맨밖에 없었고, 디크맨도 그를 알았다.

결론적으로 말하자면 디크맨은 끝내주는 선택이었다.

디크맨이 우선적으로 처리한 조치들 중 하나는 바트의 익스플로러를 안전하게 보관하기 위해 이스트 렌셀러로 가져오게 한 일이다.

그리고 그는 바트를 너절한 구치소에서 빼내기 위해 어마어마한 보석금을 내걸며 보석을 신청했으나 기각됐다. 바트 핸슨에게 도주 위험이 있다는 게 이유였다.

바트는 어처구니없는 농담이라고 친구들에게 호소하려 했다. 부모가 살해당해서 넋이 나갈 지경인데 경찰과 판사가 생각한다는 것이 그가 **토낄** 위험성이라니 하면서.

너무 많은 일이 빠르게 벌어지고 있었다. 바트의 삶이 **징 글 징 글 하 게 지 루 해 서** 사하라 사막을 슬로모션으로 엉

금붕어 기어가는 것 같다가, 이제 갑자기 기운이 없고 감정적으로 흔들리면서 모든 것에 속도가 붙어 마치, 마치 세상이 크리스털 메스(마약의 일종—옮긴이)를 한 것처럼 돌아가고 유일하게 바트 혼자 제정신인 것 같았다.

그의 마음은 **황량해진다**. 자신이 처한 상황과 부모가 죽었다는 무시무시한 사실에 대해 생각하기 시작한다…… 그 깨달음이 발길질하는 것처럼 배 속을 후려갈긴다. 내장을 쥐어짜는 듯해 얼른 화장실에 가야 할 것 같다. 그가 얼마나 아픈지, 살이 얼마나 축축하게 차가운지 아무도 신경쓰지 않는다. 진짜 공황 발작을 일으켜서 죽을 수도 있는데 아무도 아랑곳하지 않는다.

그래도 다행인 것 한 가지는, 그가 침실에서 아버지 지갑을 찾아 지폐나 비자 플래티넘 카드 같은 신용카드를 빼내지 않았다는 것이다. 절도범이라면 그랬을 것이다. 만약 그랬다면 경찰이 로런스 핸슨의 신용카드가 바트에게 있다는 것을 알아냈을 텐데, 그걸 어떻게 설명하려고?

친척들이 렌셀러 카운티 구치소로 그를 면회하러 온다. 구치소에 '격리'된 그는 친척들에게 어머니가 폭행범으로 **그를 지목한** 것은 사실이 아니라 거짓말이라고 말한다. "그건 말도 안 돼요. 난 그 자리에 있지도 않았어요!" 그는 누가 부모를—그러니까 아버지를—죽였는지 모르며, 틀림없이 침입, '주거침입'이었을 거라고 말한다. 두어 해 전 코네티컷에서 일어났던 사건과 비슷한 걸 거라고. 아버지가 용감하게 침입자들에게 저항하다가 살해된 걸 거라고. 그리고 어머니는……

아무튼 어머니가 살아 있다는 것은 사실이다. 바트는 계속 이 사실을 되새겨야 한다. 그의 어머니는 아버지처럼 죽은 게 아니라 혼수상태에 빠져 있다.

친척들은 루이자를 위해 기도하고 있다. 이웃들, 친구들도. 모두 루이자 핸슨이 중상에서 회복되기를 기도하는 중이다.

바트도 그렇다. 당연히 바트도 기도한다. 바트는 눈물이 그렁그렁한 채, 렌셀러 병원에 입원한 어머니를 면회하게 해달라고 부탁하지만 거절당한다.

바트는 들어주는 사람만 있으면 자신은 도끼 공격에 대해서는 아는 것이 없다고 말한다. 밤새도록 시러큐스의 클럽 하우스에 있었다고. 클럽 형제들이 증언해줄 거라고. 사실 그는 그 주 내내 시러큐스에 있었고 며칠 전 부모와 통화했을 때도 이상한 '기미는 없었다'고 장담한다.

그는 아버지에게 적이 많았다고 믿었다. 사업상의 적들이. 그리고 주니퍼 드라이브에 있는 집은 '일종의 과시용 소비 주택'이어서(그는 시러큐스 대학의 경제학과 교수에게 이 그

216

럴듯한 용어를 배웠다.) 거기 살면 **돈푼깨나** 있는 사람으로 비쳤을 것이다.

렌셀러 카운티 검찰은 도끼 공격이 돈 때문에 일어났다고 추측한다. 빚을 잔뜩 진 아들이 새 SUV를 사기 위해 그전 12월에 아버지의 서명을 위조해서 2만 8000달러짜리 수표를 발행했고, 남학생 클럽의 체납금은 그가 받을 생명보험금으로 충당하려 했다고. 부모의 재산은 300만 달러쯤 됐다.

300만 달러! 바트는 그것보다 훨씬 더 많을 거라고, 적어도 1000만 달러는 될 거라고 생각했었다. 꼰대가 **암시하고** **뽐내던** 꼴로 봐서는 그랬다.

볼턴 랜딩에 있는 부동산은? 바트의 친가는 대대로 그 땅을 소유했다. 애디론댁 산맥의 조지 호수가 내려다보이는 1만 2000제곱미터의 땅에 고풍스럽고 넓은 별장이 있었다. 그 별장만 해도 적어도 200만 달러는 되지 않을까?

생명보험금은 아주 많지는 않아도 꽤 되었다. 로런스의 사망보험금 20만 달러, 루이자의 사망보험금 6만 달러. 어머니는 아버지와 달리 수입이 없었기 때문에 당연히 생명보험금이 훨씬 적었다.

바트는 자신이 이 돈을 받지 못하리란 사실을 이해하기가 힘들다. 그는 상속인이지만, 양친 유고시에만 그렇다.

현재로서는 루이자가 아직 살아 있고, 상속인은 그녀이므로 스무 살의 바트는 땡전 한 푼 받지 못한다.

렌셀러 카운티 검찰은 바트의 컴퓨터뿐 아니라 핸슨 부부의 컴퓨터도 압수했다. 그들은 복수심에 차 있고 타산적이고 살의를 품은 아들이 십팔 개월 동안 부모와 자식 사이의 메일 교환이라는 그럴듯한 증거를 만들어뒀다고 이야기를 날조했다. 익스플로러의 계약금으로 낸 위조수표, 시그마누 단체와 주고받은 메일들, 피고의 친구들과 나눈 대화에 대해서도 언급했다.

언론 보도에 따르면 이 점점 커지는 의혹 앞에서 디크맨 변호사는 냉철하고 효과적으로 대처했다. 그는 불필요한 말을 하지 않았고, 의뢰인에게도 쓸데없는 말을 하지 못하게 입단속했다. 종종 바트가 분개해서 소리를 높이면, 디크맨은 손을 들어 이제 그만이라고 신호했다.(그들이 만나는 구치소 접견실은 방음이 되었다. 하지만 검찰이 훔쳐보지 않는다고 믿는 사람이 있다면, 그 사람에게는 변호인이 아니라 정신과 의사가 필요하다고 디크맨은 말했다.)

언젠가 바트가 부모가 살해되던 날 자신은 밤새 델타 시그마 하우스에 있었다고 말하자 디크맨은 손을 들더니 알고 있네라고 무뚝뚝하게 말했다.

하지만 디크맨의 노력에도 불구하고 바트 핸슨은 기소

됐다. 법원과 지역 언론은 살해된 부모(한 명은 살해되고 다른 한 명은 혼수상태인)의 애통한 아들 말고는 앙심을 쏟을 상대, 독설을 내뱉을 상대나 목표물이 없는 것 같은 렌셀러 검찰의 손을 들어주었다.

렌셀러의 20세 청년, 아버지 살인과 어머니 살인 미수로 기소
어머니가 혼수상태에 빠지기 전 아들을 범인으로 지목

뉴욕 북부의 모든 방송과 신문, 온라인에서는 중상을 입은 어머니가 혼수상태에 빠지기 전 가까스로 아들을 범인으로 지목했다는 뉴스를 내보내고 내보내고 또 내보냈다. 재판이 열린다면 그런 비난이 재판에서 받아들여질지가 이슈였다. 어머니가 혼수상태에서 깨어나 법정에서 같은 내용의 증언을 하지 않는다면, 혹은 어머니가 사망한다면……

디크맨은 단호했다. 렌셀러 카운티나 그 인근에서 재판이 열리게 둘 순 없었다. 의뢰인의 개인적인 비극을 파렴치하게 악용하는 언론이 있는 뉴욕 부근에서 재판이 열려서는 안 됐다.

루이자 핸슨은 혼수상태로 생명유지 장치에 의존한 채 렌셀러 병원에 누워 있다.

바트 핸슨은 구금 상태로 재판을 기다리면서 렌셀러 카운티 구치소에 격리 수용돼 있다.

바트의 아랫배에서는 불안감과 고통이 끊임없이 들끓는다. 칼로 찌르는 것 같은 복통이 계속돼서 가끔 까무러치기도 한다. 하지만 이 끔찍한 와중에도 체중은 줄지 않았고, 실은 복부에 원더 브레드(미국의 대중적인 식빵 상표명—옮긴이) 색깔의 살이 투실투실 쪘다. 눅눅한 구치소 안을 걸어다니며 억지로 '운동'을 하지만 이내 숨이 찬다.

구치소에서 왜 바트를 다른 수감자들과 격리해서 수용하는지 그는 잘 모른다. 피부색 때문만은 아니다. 그는 구치소에서 다른 백인 또는 '백인'으로 칠 만한 사람을 몇 명 봤다.

바트가 복도 끝 독방에 가기 위해 앞을 지날 때, 대부분 피부가 검은 남자들과 소년들이 그를 노려본다. 다행히 그들은 그에게 가까이 올 수 없고, 그저 이를 드러낼 수 있을 뿐이다. 이봐 허연 놈! 병신자식, 네 어미를 죽였냐?

간수들까지도 바트 핸슨을 경멸한다. 백인이건 흑인이건 할 것 없이. 너 외의 다른 호칭은 쓰지 않는다. 혹은 그가 천천히 움직이면 야, 핸슨이라고 부른다.

바트는 혼자 텔레비전을 본다. 후진 소형 텔레비전이라 케이블방송도 안 나온다. 그는 입을 굳게 다물고 이를 박박

간다. 믿기지가 않는다! 클럽 회원들이 대배심 공판에서 그에게 불리한 증언을 했다는 것을 믿을 수가 없다.

도끼 공격에 관련된 뉴스마다 어머니가 바트를 '지목'했다는 주장이 대문짝만하게 나온다. 바트는 그 부분을 고심하지 않는다. 우선 그는 그 말을 믿을 수도 없고 믿지도 않을 것이다. 어머니는 그를 예뻐하며, 가끔 화를 내기는 해도 그에게 큰 해를 입히려 하지 않으리라는 것을 알기 때문이다. 틀림없이 경찰이 그녀를 속여서 고개를 끄덕이게 만들었거나, 전부 다 경찰이 꾸며낸 이야기일 것이다. 그런 일은 벌어지지 않았다. 디크맨은 재판에 제시되는 증거에서 '소위 지목했다는 대목'을 빼기 위해 싸우고 있다. 그는 특히 현장의 의료진이 밝힌 '전해들은 증거'는 제외해야 한다고 주장한다.

몇 주, 몇 달! 그사이에 문서들이 제출됐다. 법원에 청원서들이 제출됐다. 디크맨은 재판 장소를 바꿔달라고 요구하는 중이다. 바트의 친척들은 더이상 면회를 오지 않았다. 큰아버지와 엘마이라에서 고등학교 교사를 하는 큰어머니인 실라는 처음에는 바트에게 동정적인 듯했지만 지금은 그렇지 않다. 그와 가장 친했던 델타 시그마 회원들은 면회를 오지 않았다, 단 한 번도.

엄연한 사실이다. 어머니를 제외하면 바트 핸슨이 살든

죽든 아무도 상관하지 않는다는 것.

여자친구가 있으면 좋았을 것이다. 그를 믿어주고 구치소에 면회 와주는 신의 있는 여자친구. 재판에 와서 구경꾼들이 잘 보도록 피고석 뒷자리에 눈에 띄게 앉아 있어줄 여자친구가 있으면 배심원단에게 깊은 인상을 심어줄 텐데.

가끔 배심원이 피고와 사랑에 빠지기도 한다. 바트는 악명 높은 연쇄살인범 테드 번디가 플로리다의 법정에서 자신을 변호할 때(번디는 변호사를 쓰지 않았고, 여자들에게 인기가 많았다—옮긴이) 그런 일이 있었던 것 같기도 하다고 떠올렸다. 또 뉴욕의 '프레피preppy' 살인자 로버트 체임버스도 그랬던 것 같다.

아버지의 생명보험금 20만 달러는 바트가 아닌 루이자 핸슨에게 지급될 것이다. 바트는 '유일하게 생존한' 가족이 아니라서, 어머니가 살아 있는 한 보험금을 청구할 수 없다. 또 아버지의 '자산'—거기 포함되는 건 뭐든—은 어머니가 살아 있는 한 계속 그녀의 것이다. 바트는 디크맨에게 그가 받게 될 생명보험금이나 유산을 담보로 대출을 받을 수 있는지 묻는다.(그는 상속받을 거라고 짐작한다. 사실은 부모의 유서를 본 적도 없으면서.) 디크맨은 그러지 말라고 조언한다. 그건 좋은 생각이 아니며, 바트에 대해 언론은 '부정적'이고 사람들은 안 좋은 '편견'을 갖고 있다는 점을 명심해야 한다고, 그게 문제라고.

문제들 중 하나.

무죄 추정의 원칙―웃기는 소리.

바트는 생각한다. 이 끔찍한 일이 끝나면 텔레비전 토크
쇼에 출연할 거야. 미국 대중 앞에서 나 자신을 변호하고 사람들
이 누굴 믿는지 봐야지!

좋은 소식이 있었다. 판사는 피고인 측에서 재판 장소를
뉴욕 서부의 나이아가라 카운티로 변경해달라고 낸 신청을
받아들였다. 렌셀러-올버니 지역에서는 이 사건이 '오랫동
안 광범위하게' 매스컴의 관심을 받았다는 것이 이유였다.

디크맨의 승리였다. 또 루이자 핸슨이 범죄 현장에서 아
들을 범인으로 지목한 것을 '목격했다'고 주장한 의료진 두
명의 진술이 법정에서 받아들여지지 않게 된 것도 디크맨
의 승리였다.

디크맨은 검찰이 배심원단을 설득할 가망이 없다고, 그
들은 물적 증거가 아니라 정황 증거만 가졌을 뿐이라고 말
했다.

물적 증거는 예를 들면 지문을 의미했다.

물적 증거는 바트 핸슨의 옷으로 알려진 옷에 묻은 혈흔
을 의미했다. 뉴욕 고속도로 (이스트) 19번 출구에 있는 휴
게소의 냄새 나는 쓰레기통에서 발견된 핸슨 부부의 혈흔

이 묻은 옷이 아니라. 그런 옷은 '너무 흔해서' 누구의 옷도 될 수 있었으니까.

분명 범인의 옷이었다. 논란의 여지가 없었다. 하지만 그 옷이 바트 핸슨의 옷이라는 사실은 확정하기가 쉽지 않다고 디크맨은 예리하게 주장할 것이다.

몇 달 후 뉴욕 서부의 나이아가라 카운티에서 열릴 재판에서 혈흔이 묻은 옷은 뜨거운 논쟁거리가 될 터였다. 검찰 측 증인 누구도 혈흔이 있는 그 옷이 바트 핸슨의 옷이 확실하다고 주장할 수 없었다. 아니면 그저 바트가 입은 옷들과 비슷해 보인다고 했다.

헤비메탈의 영향을 받은 옷차림이죠. 그러나 바트는 문신이나 피어싱은 하지 않습니다.

델타 시그마 회원들은 양복에 와이셔츠, 넥타이 차림으로 깔끔하게 면도하고 쭈뼛거리며 증인으로 법정에 섰다. 그들은 클럽 형제인 바트 핸슨을 똑바로 쳐다보지 못했고, 피고인석에 앉은 바트는 분노로 몸을 떨었다. 데이비스 디크맨은 치밀한 증인 심문을 했고, 클럽 회원들 누구도 바트 핸슨이 4월 11일 밤 내내 클럽 하우스에 있지 않았다고는 주장하지 못했다. 다만 새벽 한시부터 아침 여덟시 삼십분 사이에 그를 보지 못했다고만 말했다.

디크맨은 EZ패스 '증거'와 범행 시각 즈음 핸슨의 집 앞

차도에서 바트의 익스플로러를 봤다는 주니퍼 드라이브 이웃의 주장에 대해서는, 바트 핸슨이 모르거나 혹은 아는 누군가가 바트가 클럽 하우스에서 자는 사이에 익스플로러를 몰고 세 시간 이십 분을 달려 이스트 렌셀러로 가서 핸슨 가족의 집에 침입했을 거라고 설명했다. 그는 바트의 집안이 부유하다는 말을 듣고 끔찍한 범죄를 저질렀으며, 그사이 바트는 세상모르게 자고 있었다고 주장했다. 완전히 타당한 주장은 아니지만 전혀 타당하지 않다고 할 수도 없는 주장이었다.

이 사건은 우리 시대에 일어난 가장 기발하게 계획되고 시행된 범죄의 하나일 겁니다. 제 의뢰인 역시 그의 부모만큼이나 희생자라는 것이 밝혀질 겁니다!

그러다가 가장 놀라운 반전이 일어났다. 검찰 측 주요 증인이자 아들을 범인으로 지목했던 루이자 핸슨이 마음을 바꾼 것이다.

남편을 죽이고 자신까지 죽이려 했던 사람으로 바트를 지목하기는커녕 핸슨 부인은 이제 범행에 대해 아무것도 기억나지 않는다고 주장했다. 그녀는 경찰들이 그녀가 말했다고 주장하는 말을 자신이 했을 리가 없다고 했다. 그것 참 이상하군요. 난 결코 범인의 얼굴을 못 봤습니다.

중상을 입고 불구가 된 여인은 십이 일 가까이 혼수상태에 빠졌다가 의식을 회복했지만, 이후 한동안은 상태가 심각했다. 이해력과 의사소통 능력이 너무 제한적이어서, 렌셀러 카운티 검찰조차 면회를 할 수 없었다.

몇 주 동안 핸슨 부인은 신경외과, 안과, 치과, 성형외과에서 여러 차례 수술을 받았다. 절단되다시피 한 왼쪽 다리의 힘줄을 복원하는 수술을 받았고, 대장의 염증과 종양 때문에 소화계 수술도 받았다. 정맥주사로 영양을 공급받았다. 그녀는 극도로 줄었던 체중을 어느 정도 회복했고, 어두운 바다에서 빠져나오려고 발버둥치는 사람 같은 의지로 차츰 온전한 의식을 되찾기 시작했다. 기억력도 돌아왔다.

도끼 공격 사건 후 오 개월이 지나자, 법원 내부와 언론에서 살인범의 어머니가 진술을 바꾸고 있다는 소문이 돌기 시작했다. 그다음 주에는 흡족한 데이비스 디크맨이 기자회견을 열어 루이자 핸슨은 '아들을 지목했다는 것을 부인할 뿐만 아니라' 이후의 재판에서 피고의 '주요 증인'이 될 거라고 발표했다.

선정적인 대중지에서는 이 반전과 검찰의 타격에 대해 떠들어댔다. **"바트의 어머니, '내 아들은 살인범이 아니다'라고 주장."**

"뇌손상을 입은 어머니이자 희생자, '내 아들은 아니다!'라고 주장."

루이자 핸슨은 이제 범행에 대해 전혀 혹은 거의 아무것도 기억나지 않는다고 주장했다. 그녀는 렌셀러의 경찰이 침실에서 질문했다고 주장한 시점 이후를 전혀 기억하지 못했다. 그녀는 들것에 실리고 끈으로 고정되고 옮겨진 것만 '어렴풋하게, 혼란스럽게' 기억했다. 사이렌 소리, 구급차에 실려간 것, 병원에 대한 '흐릿한' 기억만 날 듯 말 듯했다. 하지만 남편 혹은 그의 시신을 본 기억은 없었다. 그리고 침실에서 도끼를 든 아들을 본 기억은 나지 않는 것이 확실했다.

루이자 핸슨이 아들을 범인으로 지목했을 수도 있었다는 검찰 측의 최초 주장을 반박하기 위해 디크맨은 당시 그녀의 부상을 고려해 전문가들을 법정에 증인으로 세웠다. 신경외과의, 시력 전문 신경과학자, 정신과의, 인지심리학자, 심지어 루이자가 렌셀러에서 간간이 만나던 가족 심리치료사까지 증인 명단에 올랐다. 그렇게 극심한 상처를 입은 사람이 정확하게 대답하는 건 고사하고 받은 질문이나 제대로 이해할 수 있었을까요? 두개골이 쪼개지고 머리에서 피가 쏟아지고 한 눈이 안와에 매달린 상태로 몸 여러 곳에 열상과 깊은 상처를 입어서 쇼크 상태였는데요? 공격받고 일곱 시간이 지나 출혈 과다로 위태로운 상태였는데 어떻게요? 이제 루이자 핸슨이 나서서 검찰 측 주장을 반박할 것이었다. 그녀에게 부부를 공격한 사람이 '아들'이냐고 물었다는 경찰의 주장을 반박할 것이었다. 자신의 주장을 뒷받침해줄 의료진의 증언 없이 데이비스 디크맨의 반대 심문을 받는 경찰은 그리 확신이 있어 보이지 않았다. 그 역시 끔찍한 범죄 현장을 보고 '떨리고 정신없는' 상태였을 테고, 자신과 부상당한 여인 사이에 오간 모든 대화를 기억할 수 없었을 테니까.

처음에 루이자 핸슨은 바트가 범행과 아무 상관이 없다고 확신한다고 말했다. 아들이 그랬다면 그녀가 알았을 것이라고, 자기는 바트의 어머니라고. 자기가 알았을 것이라고 했다.

그러다가 기운을 차리고 목소리를 회복하자 루이자는 아들을 범인으로 지목하지 않았다고 주장하기 시작했다. 그것은 '명백한 거짓말'이라고 했다.

그녀는 그날 밤에 대한 기억이 없었다. 혹은 아주 애매한 기억만 있었다.

상황이 '흐릿하게'—'꿈처럼'—지나갔지만 그녀는 그날 밤 바트가 집 '근처에도' 없었다고 확신했다.

법정에서 아들을 위해 증언하면서, 모든 눈이 자신에게 쏠린 와중에 루이자 핸슨은 머뭇거리면서도 확실하게 말했다. 누구보다 바트 핸슨이 가장 열렬하게 쳐다보았다.

루이자는 꿈을 꾸었는지도 모르겠다고 말했다. 뇌를 다쳤고, 신경외과 수술을 받았으며 의식도 없었다고. 의식이 있다가 없다가 했고 진통제 때문에 '붕 뜬' 것 같았다고. 하지만 가끔 상황이 분명해졌고, 뿌연 유리창을 닦은 것처럼 뿌옜던 것이 또렷해졌다. 그래서 그녀는 이제 사람을, '모르는' 남자를 기억할 수 있었다. 그녀는 기억했다. '거무스름한' 피부와 '주름진' 얼굴, '젊지 않은' 얼굴이 인상 깊었다고. 그 남자는 짧은 턱수염이 있었다고. "염소수염이라고 불리는 거 말이에요."

디크맨은 신중하게 정리했다. "핸슨 부인, 범인은 '거무스름한 피부'에 '젊지 않은' '주름진' 얼굴과 '염소수염'을 가진 남자였습니까? 누군지 알아보지는 못했나요?"

"그랬던 것 같아요. 네. 아니 어쩌면……"

루이자의 막힌 눈이 안간힘 쓰듯 안와에서 움직였다. 움푹한 입에 걸린 단호한 미소는 얼굴이 무너지고 가냘픈 몸은 망가졌어도 사람들에게 난 괜찮아요, 난 좋아요. 내 걱정은 하지 마요!라고 장담하는 것 같았다. 그녀의 눈은 공격적인 디크맨을 지나 아들 바트를 향했다. 바트는 사오 미터 떨어진 피고석에 어깨를 웅크리고 앉아 있었다. 얼굴에는 당혹스럽고 시달린 기색이 역력했다. 어린 티가 사라졌고, 힘없는 회갈색 머리는 정수리 부분이 많이 빠져 있었다. 피부는 물에 불은 것처럼 푸석하고 누르께했다. 예전에는 연못을 재빨리 헤엄치는 작은 물고기처럼 민첩하고 포착하기 힘들고 교활했던 눈이었다. 하지만 이제는 붓고 피로로 인한 만성적인 다크서클이 있었다. 하지만 입가에는 어렴풋이 희망에 찬 미소가 떠올랐다.

어머니와 아들은 지난 십일 개월간 거의 만나지 못했다.

"……꿈이었는지도 몰라요. 확신할 수는 없습니다."

"하지만 핸슨 부인, 그날 밤 방에서 당신의 아들 바트를 보지 않았다고 확신하십니까?"

"네, 그럼요. 그건 확신합니다. 그날 밤 제―우리―방에서 우리 바트를 보지 않았습니다. 침입자는 모르는 사람이었어요."

루이자는 오른쪽 눈을 수술로 제거했고, 아직 인공 눈을 끼우지 않은 상태였다. 안와가 비어 있었지만 밀랍이 녹은 것 같았고 깊지는 않았다. 부러진 두개골과 얼굴뼈들은 아직 치료가 다 끝나지 않아서 뼈를 잘못 맞춘 것처럼 보였다. 코는 깨져서 주저앉고 상처 난 피부는 뭉개졌으며 입은 함몰됐다. 아래턱이 심하게 찢어졌고 치아가 대부분 소실돼 의치를 꼈다. 수술 때문에 밀었던 머리카락이 조금 자랐지만 오싹하게 희었다. 훼손된 얼굴이긴 해도 루이자의 친척들과 친구들은 예전의 얼굴을 고스란히 알아볼 수 있다고 주장했다.

가여운 여인은 몸이 망가진 것 같았고, 등은 구부리고 얼굴은 내민 채 지팡이를 짚고 부축을 받으며 힘겹게 걸었지만 회복의 분위기, 심지어 저항적이기까지 한 분위기가 그녀를 대단히 호소력 있는 사람으로 보이게 했다. 법정에 입고 나온 옷은 직접 골랐는지 누가 골라서 입혀줬는지 모르지만 핸슨 부인의 단아하고 고급스러운 취향을 드러냈다. 그녀는 어두운 자주색 정장 바지와 하얀 실크 블라우스를 입고 진주 목걸이와 진주 귀걸이를 하고 있었다.

렌셀러—올버니 지역에서는 '살인자의 어머니'에게 과열되고 지나치다 싶을 정도로 관심을 가졌다. 서쪽으로 수백 킬로미터 떨어진 나이아가라 카운티에서는 '피고인의 어머니'인 루이자 핸슨의 용기와 태도를 약간 병적으로 보기는 했지만 동정 어린 관심을 가졌다. 루이자는 남편을 잃은 여자였고, 목숨을 잃을 뻔한 사람이었다. 사람들에게 아직 비난이나 질책의 기미는 보이지 않았다.

그녀는 자신을 크리스천 여성이라 표현했고, 그것이 우리집안의 전통이고, 내 아들의 전통이기도 하다고 말했다.

바트는 두 주먹으로 눈가를 훔쳤다. 하느님 맙소사, 이제 눈물이 나려고 하는구나!

우는 건 죄책감, 후회의 표시였다. 그는 울지 않을 것이었다.

그는 시무룩하고 심드렁했다. 모욕은 충분히 받았다. 클럽 형제들이 대놓고 그를 배신했다. 바트가 돌아간다고 해도 시러큐스 대학 캠퍼스에서 그와 데이트해줄 여학생은 없을 것이다. 흉한 사진들이 신문, 텔레비전, 인터넷에 등장했다. 그는 그건 내가 아니야! 그건 내가 아니라고, 빌어먹을 이라고 받아치고 싶었다.

디크맨은 델타 시그마 회원들이 왜 그렇게 경계하고 검찰을 위해 증언했는지 설명해줬다. 그들은 바트의 알리바이를 지지했다가 그의 유죄가 밝혀질 경우 범죄 방조와 교사 敎唆, 재판 방해로 처벌받을 거라는 위협을 받았다.

바트에게 신뢰가 없었다는 것, 그게 요점이었다.

적어도 어머니는 그의 편에 섰다. 결국은!

그녀—그녀가 이 모든 일의 원인이었다. 그녀는 아들을 실망시켰다. 아들과 한 약속을 여러 번 저버렸다. 그녀는 아들보다 빌어먹을 가든 클럽 친구들을 더 챙겼다.

집 주변 꽃밭에 자라는 키 크고 화려한 형광 오렌지색 꽃. 글라디올러스랬나? 괴상하고 기다란 꽃들은 지지대를 받쳐주지 않으면 비바람에 쓰러진다.

루이자 핸슨이 가꾸는 꽃들은 여전히 인상적이었다. 기품 있고 눈길을 끌었다. 그의 어머니는 렌셀러 여성 가든 클럽에서 이른바 스타였다. 바트는 지역 신문에 난 어머니의 사진을 보았고, 그녀에게는 의미 있는 일이었다.

언론에 나오기 전까지 바트는 어머니가 마흔여섯 살인 것도 인식하지 못했다! 아버지는 쉰한 살이었다.

진짜 늙었네. 바트는 그렇게 늙을 의향은 전혀 없었다.

부모의 사진을 보는 일은 기묘했다. 처음 드는 생각은, 아버지의 사진을 신문에 낼 만큼 누가 왜 그에게 그렇게 신경을 쓸까, 혹은 어머니의 사진을 신문에 낼 만큼 누가 왜 그녀에게 그렇게 신경을 쓸까였다.

괴상하게 훼손된 얼굴, 더듬대는 목소리, 움푹 꺼진 한쪽 눈, 버려진 인형처럼 증인석에 웅크려앉은 왜소한 몸. 이 모든 것이 루이자 핸슨은 법정에서 진실을 말한다고 확신 시켜주는 것 같았다. 그녀의 증언과 다른 사람들의 증언이 다르다면, 착각했거나 거짓말하는 사람은 그들이지 그녀가 아니었다. 사실 루이자 핸슨의 증언이 끝나자, 이전 증인들의 증언 내용을 기억하기 어려울 정도였다.

지금까지 바트에게는 재판이 독성이 있는 연무 속에서 흘러갔었다. 그는 정신 차리기 위해 마음을 다른 데로 돌려야 했다. 노버케인(국소마취제—옮긴이) 같은 걸 주사한 느낌. 너무 오랫동안 약을 하지 않았기 때문에 그 감각을 되새기려고 애썼다. 그것이 기분을 달래줬다. 위로가 됐다. 그리고 맥주를 마실 때 뒷골에 퍼지는 술기운, 망할 놈의 그것이 그리웠다. 리탈린 같은 각성제는 원치 않았다, 절대. 그저 마음을 가라앉히는 것, 말하자면 명상이 필요했다. 그는 팔짱을 낀 채 피고석에 앉아 배에 통증이 일어도 찡그리지 않으려고 애썼다. 디크맨은 노려보지 않도록 노력하라고 조언했다. 염병, 누가 노려봤다 그래!

디크맨은 법정 밖에서 끊임없이 질문을 받는다. 의뢰인이 증인석에 서나요? 자신을 변호하는 증언을 합니까?

디크맨은 정중하고 담담하게 답한다, 아닙니다.

아니라고요? 왜 그러지 않죠?

대답의 어느 부분이 이해가 안 되십니까? 아뇨, 아닙니다.

바트는 나서서 증언해야 한다고 생각하는 중이다. 그러지 않으면 사람들은 죄가 있다고 생각한다. 하지만 이 문제에 대해서 디크맨은 바트와 논의조차 하지 않으려 한다. 그리고 솔직히 바트는 마음이 놓인다. 증인들이 자신 있게 시작했다가 실수를 저질러 자기 발목을 잡거나, 예리하고 (겉보기에) 파렴치한 검사의 질문에 거짓말처럼 들리는 말을 늘어놓는 꼴을 그도 본 적이 있다. 루이자 핸슨이 중상을 입은 걸 알면서도 그녀에게 '질문을 했다'고 주장했던 경찰을—루이자가 그의 질문에 대한 답으로 실제로 고개를 끄덕였다고 주장한—디크맨이 몇 마디로 묵사발을 만든 것처럼.

디크맨이 어떻게 그렇게 했는지 신기하다! 이 사람이 상대편이라면 곤란하겠다고 바트도 인정 안 할 수 없었다.

수임료는 시간당 최소 500달러다. 거기에 대여섯 명의 젊은 보조원으로 구성된 '변호팀'도 있는 것 같다.

바트는 수임료를 지불할 수 있을지, 언제 줄 수 있을지 확신할 수 없다고 말했다. 디크맨은 바트 핸슨이 자기 아들이라도 되는 것처럼 어깨를 잡고 말했다. 내 수임료는 문제가 아니네. 자네가 풀려나는 게 문제지.

바트는 이 재앙이 끝나고 그의 진짜 인생이 다시 시작되면 대학의 어드바이저를 찾아가 법학 전공에 대해 의논해봐야겠다고 속으로 중얼댄다.

회사 법. 스포츠 상해 법. 그 방면 변호사들은 돈을 긁어모은다!

형사刑事 변호는 제대로 해낼 수 있을 것 같지 않다. 데이비스 디크맨만큼은 잘하지 못할 것 같다. 눈치가 빨라야 하고 사기꾼 같은 교활한 구석도 있어야 한다. 체스를 할 때 상대방의 수까지 유도하는, 유리하지 않은 쪽으로 말을 옮기도록 몰아가는 법을 모색할 수 있어야 한다.

그래도 바트는 자신을 개입시키지 않고도 도끼 공격이 일어난 정황을 제시한 디크맨이 고마웠다. 디크맨은 다른 사람, 어쩌면 델타 시그마 회원이 이스트 렌셀러로 차를 몰

고 갔을 거라고 설명했다. 추호의 의심도 없이가 그의 확고한
원칙이었다.

바트의 어머니가 증언한 후로는 재판에서 어느 누구도,
어떤 증언도 중요해 보이지 않았다. 그녀는 재판에 빠지지
않고 참석해서 피고석 뒤에 앉았다. 그녀는 상중인 여인답
게 어두운 색 옷을 대단히 기품 있고 고급스럽게 차려입었
다. 혹은 누군가가 그렇게 입혔다. 그녀는 보살펴주는 친척
들과 나란히 앉았고, 바트는 그 모습을 보고 안심했다.

어머니가 법대 학비를 대줄 것이다. 그녀는 늘 학교, 강
좌, 자기 계발과 관련된 것은 뭐든 하라고 아들을 격려했
다. 아버지는 그래. 그럼. 한번 해보든가 하는 태도를 견지했
다. 누가 봐도 그가 회의적이고, 뚱하고, 바트가 실패하기
를 기다린다는 것을 알 수 있었다.

이게 왜 내 잘못인가요? 바트는 부모에게 묻고 싶었다.
왜 자식을 더 낳지 않았어요? 잘난 자식들을? 다른 아들들이
있었다면 나보다 더 자랑거리가 됐을 거 같죠? 웃기시네!

우스웠다. 아버지는 단 한 번도 아들 편을 들지 않았다.

사십 일쯤 지나 재판은 끝났다. 배심원단은 칠십 시간에
걸친 심사숙고 끝에 판사에게 배심원들이 '교착 상태'에 빠
졌다는 전갈을 보냈다.

배심원 아홉 명은 유죄에, 세 명은 무죄에 표를 던졌다는

뜻이었다.

딱 한 명만 있으면 되네. 우리가 그 한 사람을 찾아낼 걸세(미국의 배심원제도는 만장일치의 평결을 원칙으로 한다 — 옮긴이). 디크맨은 자신이 셋이나 찾아낼 거라고는 예상하지 못했다!

배심원단의 평결 이후 이내 놀라운 — 믿기 어려운 — 일이 일어났다. 법정이 충격에 휩싸였고 판사마저도 바트를 빤히 쳐다보는 가운데 바트 핸슨은 '자유의 몸'이 됐다.

수개월간 짐승처럼 감금돼 있던 그가 이제 자유인이 된 것이다.

바트는 피고석 뒤에 앉은 어머니에게 갔다. 그는 몸을 숙여 그녀를 껴안았고 둘은 같이 흐느꼈다.

사랑한다, 얘야. 사랑한다. 넌 내 소중하고 소중한 아이야. 정말로 사랑한다.

저도 사랑해요, 어머니.

이제 그는 자신이 부모를 싫어한다는 말을 너무 많이 떠들고 다니지 않았기를 바랄 것이다. 무슨 일이 생기면 그건 그들의 자업자득이라는 말을……

그건 아버지에게 해당되는 말이었다. 어머니는 별로 그렇지 않았다.

어머니, 정말 죄송해요! 저기요 어머니, 사랑해요.

네 마음 안다, 바트. 네가 날 사랑한다는 걸 알아.

검찰은 불쌍한 패배자들이었다. 그들은 바트를 다시 기소하겠다고 위협했다. 디크맨은 그런 일은 없을 거라고 단언했다. 검찰이 루이자 핸슨의 증언을 뒤집을 방도가 없으므로 재판을 다시 한다 해도 불일치 배심으로 끝날 것이었다. 배심원 딱 한 명이면 되니까.

재판이 끝나고 몇 달 동안 이 어머니는 지면 또는 텔레비전 인터뷰에 등장해 많은 사람을 깜짝 놀라게 했다. 녹아내린 밀랍 같은 얼굴의 허약한 여인, 눈은 하나고 입 부위가 함몰된 그녀가 나와서 아들은 그녀와 남편을 해친 사건과 무관하다고 주장하는 모습은 대중의 마음을 사로잡았다.

그녀는 애절한 목소리로 말했다. 이 아이의 어머니나 되어야 알 수 있을 겁니다.

자식의 영혼에는 어머니만 알 수 있는 영역이 있지요.

연민을 내비치던 케이블방송 진행자의 유도신문에 루이자는 스스로 이런 말도 털어놓았다. '젊고 성숙하지 못한 어머니'였을 때 그녀는 어머니 노릇이 '너무 강압적'으로 느껴져서 진정제와 수면제를 복용했다고. 완벽한 어머니가 되고 싶어서 누구도 완벽하지 않다는 사실을 망각했다고.

그래서 그녀는 몇 년간 아들을 잃었다고 믿었다. 아이가 다섯 살인가 여섯 살일 때부터, 아마도 열여섯 살, 아니 아마 현재까지도 그렇다고 믿었다. 그것은 아들의 잘못이 아니라 그녀의 잘못이었다.

루이자는 지역 신문사들에 편지를 보내, 렌셀러 카운티 검찰은 아들을 부당하게 기소했으며 사랑하는 남편을 죽인 진범을 찾으려는 최소한의 노력조차 하지 않았다고 주장했다. 마치 검찰은 그녀의 아들이 범인이 아니라면 다른 누구에게도 관심이 없는 것 같았다고 했다.

그 편지는 지면과 인터넷에 여러 번 실렸다.

저는 뉴욕 렌셀러 카운티 검찰청에 호소하는 바입니다. 내 아들이 저지르지 않았고 알지도 못하는 범죄 행위에 대해 항소하겠다고 위협하면서 아들을 괴롭히는 행위를 중단해주십시오. 이 재앙을 겪은 후 우리가 노력하는 대로 우리의 삶을 견지해갈 수 있도록 도와주시기를 청원합니다.

루이자 핸슨

루이자 핸슨이 고인이 된 남편을 거의 언급하지 않는 것이 이상했다. 마치 이제까지 일어난 재앙이 그녀와 아들 바트에게만 일어난 일이라는 듯이 굴었다.

아들은 어머니가 인터뷰하는 곳에 함께 다녔다. 가끔은 어머니와 동반 인터뷰도 했다. 하지만 데이비스 디크맨은 이에 강력하게 반대했다. 아직은 항소 당할 가능성이 있었기 때문이다.

대중지와 케이블방송에서는 인터뷰 대가로 3500달러를 지급했다. 돈이 필요했다. 루이자 핸슨이 수령한 생명보험금 20만 달러는 모두 바트의 법정 비용으로 들어갔다. 주니퍼 드라이브 29번지의 집은 시장가보다 낮게 팔아야 했다. 어머니와 아들의 생활비는 고사하고 디크맨의 수임료도 다 해결하지 못했기 때문이다.

볼턴 랜딩에 있는 땅은 100만 달러에 내놓았지만 몇 달째 보러 오는 사람이 거의 없었다. 넓고 낡은 애디론댁의 주택은 수리가 필요했고, 조지 호수의 선창은 폭풍우에 무너졌고, 자갈 깔린 차도도 빗물에 거의 소실됐다.

이스트 렌셀러 지역에서 루이자와 바트 핸슨은 낯익은 한 쌍이 됐다. 핸슨 부인은 제일 성공회 교회 인근 주거 지역에 있는 방 두 칸짜리 아파트를 샀다. 하얗게 빛나는 신축 고층 아파트였고, 바트가 렌셀러 커뮤니티 칼리지에 다니기에 좋았다. 바트는 그 칼리지의 경영학과 학위 취득 프로그램에 등록한 상태다. 루이자는 장애 때문에 운전을 할 수 없지만 바트가 어디든 태워다준다. 바트는 익스플로러를 팔고 아버지가 타던 회갈색의 튼튼한 렉서스 승용차를 몰고 다닌다. 그는 엄마가 예약해둔 병원과 미용실, 마을 도서관, 렌셀러 제일 성공회 교회, 그녀의 믿음직한 친구들의 집들, 몇몇 여성 클럽에 데려다준다.

루이자는 인터뷰에서 이제 내게는 바트밖에 없어요. 난 아들의 명예를 회복하는 데 인생을 바칠 겁니다라고 말한다.

그녀의 친정 식구들, 친척들, 친구들은 바트와 함께 사는 것이 위험하다고 그녀를 설득하고 충고한다. 하지만 루이자는 그들의 말을 매몰차게 잘라버린다. 말도 안 되는 소리야!

생활하기에 돈은 충분하다, 편안히 살 정도는 된다. 바트가 순진하게 기대했던 수백만 달러의 재산은 없지만. 바트는 자기 발등에 도끼를 찍었다고 생각한다! 로런스 핸슨은 평판이 나쁜 헤지펀드들, 악성 금융상품들에 의심스러운 투자를 하고 죽은 것 같다. 그러면서 그는 볼턴 랜딩에 있는 주택의 보수도 제대로 하지 않았다.

바트는 어머니가 돈 걱정을 하는 건 아버지의 책임이라고 생각한다. "아버지는 어머니가 더 편히 지낼 수 있도록 해놨어야 해요. 맨날 큰소리치는 것 같더니 왜 이래요." 루이자는 건성으로 남편의 역성을 든다. "그래도 네 아버지는 우리를 사랑했어. 마음을 표현하는 법을 잘 몰랐을 뿐이지. 그는 좋은 사람이었어." 그러면 바트는 어머니를 달래듯 맞장구친다. "그럼요, 어머니."

교회에서 핸슨 모자는 자주 눈에 띈다. 그들은 주일예배에 빠지지 않고 참석한다. 앞에서 네번째 신도석, 설교대 앞자리에 앉는다. 바트는 참을성 있게 어머니와 보조를 맞춰 걷고, 그녀는 한 손에 지팡이를 짚고 다른 손은 아들에게 맡긴 채 부축을 받으며 걷는다. 바트의 키 절반밖에 안 되고, 왜소하고 등이 굽은 루이자는 인사를 건네는 모든 사람에게 따뜻하고 다정하게 대한다. 또 언제나 단정하고 아주 고상하게 차려입는다. 예배가 끝나면 바트는 루이자를 우먼스 빌리지 클럽이나 가든 클럽에서 열리는 호화로운 일요일 브런치 모임에 태워다준다. 그런 모임에 오는 아들은 바트뿐이다.

홀린 듯 사람들의 눈길이 그에게 쏠린다.

누군지 알아요? 저들이 누군지 알아요?

아들이 무슨 짓을 했는지……

어떤 아가씨도 그들 사이에 끼어들지 못한다. 믿지 못할 남학생 사교 클럽 회원들도 못 끼어든다.

바트는 당연히 클럽을 탈퇴했다. 다시는 어떤 빌어먹을 클럽에도 선의를 갖고 서약하지 않을 것이다. 바트는 이번 일에서 교훈을 얻었다.

그래도 델타 시그마에 1000달러와 벌금을 내야 했다. 웃기시네. 소송을 걸어보든가. 바트는 그렇게 말한다.

렌셀러 고등학교 시절 친구들도 거의 떠났다. 그는 온라인상에 수백 명의 친구를 뒀다.

거기서 그의 이름은 여러 개다. 클라우드스플리터, 헤라클레스 2세, 사바스블랙, 핫딕케. 하지만 온라인에서 접촉한 사람들과 만나기로 한 적은 없다. 그들에 대해서는 그들 스스로가 주장한 모습밖에 모르는데 어떻게 믿으라고?

델타 시그마 회원들과 똑같을 것이다. 어떤 바위든 들어올리면 그 밑에서 급히 도망치는 것. 그것이 인간의 본성이다, 일반적으로.

하지만 그는 냉소적이 되지 않으려 애쓴다. 교회에서는 어머니 옆에 앉아 목사의 얼굴을 응시하고, 고개를 끄덕이고 웃는다. 집중해서 듣고, 친근한 표정을 짓는다.

신은 용서하십니다. 신의 길을 이해하는 것은 우리에게 주어진 몫이 아닙니다.

바트가 오래 운전해야 하는 경우는 루이자를 올버니 의과대학병원에 데려다줄 때뿐이다. 거기서 루이자는 시력 손상을 전문으로 보는 신경과 전문의에게 진료를 받는다. 남은 한쪽 눈의 시력이 떨어지고 있고, 광시증光視症과 편두통이 있기 때문이다. 그녀는 바트에게, 추하고 날카로운 것이 날아다니는 악몽을 꾼다고 말한다. 꼭 난폭한 박쥐 같지만 살아 있는 것은 아니라고.

"네. 나도 그런 이상하고 엿 같은 꿈을 꿔요." 바트는 주먹으로 눈을 비비면서 투덜댄다.

루이자의 몸이 굳는다. 바트는 잘못 내뱉었다는 것을 알아차린다.

"내 말은…… 그래요, 그런 이상한 것을 본다고요."

신경과 병동 입구에서 그는 어머니를 부축해 차에서 내려주고, 주차하기 위해 고층 주차 빌딩으로 간다. 그리고 서둘러 어머니에게 돌아온다. 루이자가 지팡이를 짚고 비틀비틀 회전문을 향해 걸어가는, 걸어가려고 애쓰는 모습이 보인다. 병약하지만 혼자서 걸을 수 있다는 것을 보여주려고 결심이라도 한 사람 같다. 바트가 그녀 뒤로 다가간다. "어머니. 기다려요. 내가……" 그런데 그녀가 벌써 회전문 안으로 들어가버려서 그는 짜증이 난다. 문에 지팡이가 걸리면 그녀는 넘어지거나, 더 나쁜 경우에는 뒤집힌 딱정벌레처럼 문 안쪽으로 끌려들어갈 것이다. 그가 얼른 뛰어가서 막아야 한다. 빌어먹을! 바트의 목소리에 조급함이 묻어나지만 곧 그런 기색은 사라진다.

신경과 병동에서 루이자 핸슨과 아들 바트는 낯익은 한 쌍이다. 접수처 직원은 그들의 이름을 부르며 인사한다. 간호사들도 이름을 부르며 인사한다. "내 아들." 간호사가 루이자의 이름을 부르자 그녀는 바트의 팔꿈치를 꼭 붙잡는다. 키가 크고 위협적이고 음울하게 잘생긴 아들과 얼굴이 망가진 어머니. 피에타의 반대 풍경이다. "내 아들도 나와 함께 닥터 크라우카워의 진료실에 들어갈 거예요."

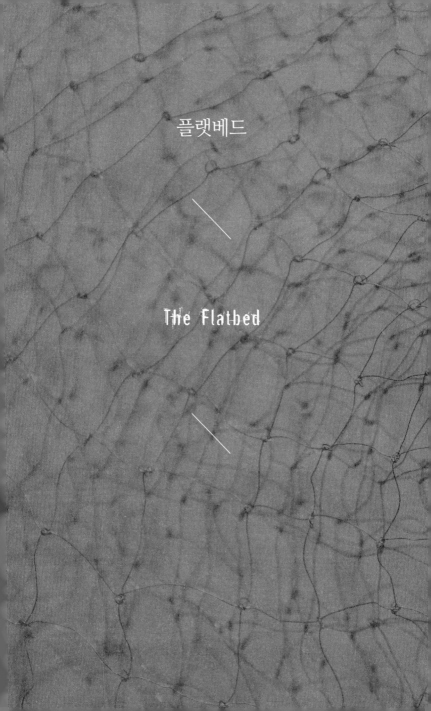

그녀는 그를 이런 식으로 상상하기를 좋아했다.

어떤 종류의 플랫베드(짐칸이 노출된 평상형 트럭―옮긴이). 소형 트럭 뒤에 달린 것 같은.

그는 움직일 수 없도록 팔목과 발목이 사슬 같은 것으로 묶인 채 플랫베드에 있다.

그는 묶인 채 앉아 있다. 등, 목, 다리를 압박할 게 분명해 보이는 엉거주춤한 자세.

그의 머리는 젖혀지고, 눈은 경계하고 자각하고 있다.

플랫베드는 주간州間 고속도로를 끌려가듯 달리고 있다.

진눈깨비가 날리기 시작한다. 바람은 없고, 눈송이는 청회색 하늘에서 똑바로 떨어져 대부분 땅에서 녹는다.

트럭을 운전하는 사람이 누구인지 그는 볼 수 없다.

그는 거기 플랫베드에 갇혀 있다. 머리와 어깨를 젖히는 것이 고작이며 사슬을 당겼다가는 팔목과 발목이 피투성이가 된다. 지금까지는 비명을 질렀지만 이제는 아니다. 목이 따갑고 기운이 없다.

그의 얼굴에 떨어진 눈은 녹아내리는 눈물 같다.

플랫베드에서 G는 어디로 끌려가는지 알았을까?

G는 그곳이 도축장이라고 짐작했을까?

그는 말했다. 이게 나야? 틀림없어.

N은 예기치 않게 그녀의 인생에 들어온 사람이었다.

그는 일련의 남자들 중 하나였다. 대부분은 그녀 쪽에서 피하고 퇴짜 놓고 싫어할 이유들을 찾아냈지만 그들이 갑자기 그녀를 꺼리기도 했다. 어떤 남자는 예쁘다고 너한테 무슨 권리가 있는 건 아니야라고 씁쓸하게 말했다.

그녀는 무슨 권리? 하고 물을 필요가 없었다.

혹은 갑자기 남자들이 두려워졌다. 이른바 남자를 리드한다는 게 두려웠다.

리드당하는 것을 달가워하는 남자는 없으니까.

하지만 N은 달랐다. 그녀는 이유를 알지 못했다. N, 그녀는 자기도 모르게 그에 대해 자주 생각했다. 어쩌면 그것은 여자의 평범한 연모였다. 어쩌면 혼자 남겨지게 되거나 더러운 여자라는 게, 말하자면 구제불능으로 심하게 더럽혀진 여자라는 게 발각될까봐 두려워하는 마음이었다. 혹은 (그녀는 인정할 수 없었지만) N에게 사랑을 느끼는 것이었다. 젊은 여자가 남자에게 그러듯이.

평범한 젊은 여자. 남자에게 사랑을.

하지만 이제는 잘못돼버렸다. 그녀는 죄책감, 수치심에 사로잡혔다.

다시 그 일이 벌어졌으니까. 또다시 그녀의 몸이 남자를 거부했다. 몸이 미묘하게 굳었다. 위험한 동작, 예컨대 높은 다이빙대에서 뛰어내리기 직전 같은 찰나의 긴장감이 감돌았다.

남자에게 하는 흔한 거부나 퇴짜가 아니었다. 미묘하지만 확실한 느낌. 몸의 모든 분자가 **안 돼** 안 돼 안 돼 하며 몸부림치는 느낌.

그녀는 떨기 시작했다. 떨림은 발작적이었고 멈출 수 없었다.

그녀가 자신의 침대에서, 남자의 품에서 발작적이고 괴상한 떨림과 싸우는 방식은 이를 악무는 것이었다. 그러지 않으면 턱이 덜덜 떨리고 이가 딱딱 부딪쳤을 것이다.

어떤 분한 마음이 그녀의 몸을 이렇게 닫아버렸다. 겁먹은 아이 몸처럼.

아주 친밀한 사람을 증인 삼아 하더라도 이가 딱딱 부딪쳤다.

그녀는 말했다. 아니에요. 당신 때문이 아니에요. 난……

목소리가 멈췄다. N은 그녀의 말을 주의깊게 듣고 있었다. 그의 숨소리는 거칠고 괴로운 듯했다.

그녀는 당신 때문이 아니에요, 난 당신을 사랑해요라고 말할 수 없었다.

그가 말했다. 글쎄, 그렇다면 당신이 내게 말하지 않은 게 있겠지.

그녀가 말했다. 그렇지 않아요.

이 말은 너무 방어적으로 들리기에 말을 바꿨다. 나는……모르겠어요. 그렇게 생각하지 않지만 실은 잘 모르겠어요.

당신은 아직 내게 말하지 않은 게 있어.

그의 손이 머뭇거리며 달래는 듯이 그녀에게 닿았다. 겁에 질려 바들바들 떠는 개를 위로하려고 손을 내밀듯이. 자제시키듯이, 진정시키듯이, 위로하듯이. 그 손길에는 어떤 확신, 자신감이 담겨 있었다.

누가 당신을 아프게 한 것 같군. 내게 그 이야기를 하고 싶어?

횟수를 세지 않게 되기를 그녀는 얼마나 바랐던가.

처음은 굴욕적이었다. 열아홉 살 때였고, 첫 성경험을 하기에는 늦은 나이였다. 그후 두번째와 세번째가 있었지만 두번 다 당황스럽고 치욕적이었다.

이번이 겨우 네번째였을 것이다. 하지만 이번이 마지막 같았다. 그녀는 스물아홉 살이고, 더이상 기회는 없을 것이다.

어릴 때는 섹스에 대해 소심했다. 여자애들이 섹스에 대해 이야기하면 불편했다. 친구들은 그녀를 놀렸다.

더 나이가 들자 성적인 상황을 피하는 데 익숙해졌다. 자연스레 그녀도 남자애들이나 남자와 어울리는 것을 좋아하게 됐고, 그들도 그녀와 함께 있고 싶어했다. 하지만 그런 이끌림을 좇는 것은 좋은 생각이 아니라는 것을 알게 됐다.

남을 오해하게 만드는 것은 잔인하다. 유혹한 다음 쫓아버리는 것. 이건 위험할 수 있었다.

그녀의 몸이 반응할 거라고 기대할 수 없었기 때문이다. 술을 마셔도 마찬가지였다. 그녀가 사랑을 느낀다 해도 똑같았다.

상대가 눈을 어루만지면 눈이 깜빡깜빡하면서 자기도 모르게 아랫도리가 조여든다. 공포에 질려 몸을 빼고 움츠러들게 된다.

남자가 몸을 만지고 그녀 안으로 들어오려는 것이 마치 그녀를 해치고 고문하는 일이라도 되는 것처럼. 쫓아버려야 할 것 같았다.

공포에 질린 반사작용. 발작적인 떨림. 그녀는 끔찍하고 숨막히는 두려움에 무기력하게 사로잡혔다. 남자를 향한 욕망으로 소리치는 것 같던, 정말 살아 있고 정말 갈망하는 것 같던 그녀의 성기는 주먹 쥐듯 오므라들고 말았다.

싫어. 이건 그녀의 몸이 내지르는 무언의 비명이었다. 싫어.

흥분한 남자에게는 크게 화낼 권리가 있었다. 잔뜩 분개할 만했다. 여자에게서 떨어져 옷 쪼가리를 걸치고 홱 나가 돌아오지 않을 권리가 있었다.

그녀는 저항할 수 없었다. 미안해요라고 들리지도 않게 중얼거릴 수밖에 없었다.

수렁의 밑바닥에 그녀는 무기력하게 누워 있었다. 그녀의 몸은 성폭행의 공포에 질린 아이의 몸 같았다. 힘을 꽉 주고 덜덜 떨었다.

N이 말했다. 내게 말해주겠어? 당신에게 상처준 사람이 누군지?

그녀는 그런 사람은 없다고 말했다. 제발요.

그런 사람이 없다고? 믿을 수가 없군.

그녀는 가까스로 떨림을 억눌렀다. 이가 부딪치지 않게

턱에 힘을 줬다. 굴욕스러운 상황에서 그 정도면 성공이었다.

마침내 N이 말했다. 이봐, 괜찮아. 우린 괜찮을 거야.

N은 다정하게, 억지로 활기차게 말했다. 이런 면 때문에 그녀는 그를 사랑했다.

그녀에게 N은 묘한 구석이 있는 사람이었다. 친밀감을 느꼈지만 그녀가 잘 아는 남자는 아니었다.

그녀는 그가 자기보다 적어도 열다섯 살은 많을 거라 생각했다. 그에게는 자식들이 있었다. 그는 이혼했고, 자식들은 거의 다 자랐다. 전부인과 관련해서―개인적이고 법률적인―곤란한 일이 있었다. 그리고 그는 자식의 죽음이라는 비극적인 가정사를 겪었다.

그는 그 일을 은연중에 암시했지만, 그녀에게 말하고 싶지는 않다고 했다. 아직은 그렇다고.

이제 그는 다 이해하고 용서하는 것 같았다. 그의 손길에 그녀의 몸은 움츠러들었지만, 그를 거부하기 때문은 아니었다.

그녀를 이런 식으로 어루만지면서 사랑의 행위를 하려 했던 마지막 남자는 그녀가 N을 좋아하는 만큼 많이 좋아하지는 않았다. 그는 골이 나서 뚱했고, 그녀에게 이 문제로 병원에 가봤느냐고 퉁명스럽게 물었다.

과거에도 있었던 문제냐고 물었다.

그녀가 이 문제를 해결하기 위해 어떤 대책을 강구했는지, 혹은 강구하려 했는지 물었다.

성 불감증. 공포감.

성적 두려움. 공포증.

숨쉴 수가 없고. 참을 수가 없고.

미안해요 미안해요.

여자의 몸이 거부하는 상대가 자신이라고 생각하려는 남자는 없었다. 여자에게 신체적이거나 정신적인 문제가 있다고 생각할 필요가 있었다.

하지만 N은 이렇게 말했다. 우리가 천천히 할 필요가 있는 것 같군. 더 천천히.

그녀는 매미 소리 같은 것이 귀를 울리는 중에 그래요 하고 중얼대는 자신의 목소리를 들었다.

나는 덩치가 큰 편이야. 무겁지. 보기보다 무거워. 당신이 겁을 먹었을 거야. 당신 몸이 짓눌리고 있다고 생각한 거지. 같이 다른 방법을 찾아보자고. 당신이 준비됐다고 생각되면 그때 하면 돼.

그래요 하고 힘없이 웅얼대는 자신의 목소리가 들렸다.

우리에겐 시간이 충분해, 그렇지? 이런 일은 서두를 필요가 없어.

서두를 필요가 없다! 그녀는 그렇게 생각하고 싶었다.

하지만. 난 아홉 살이 아니라 스물아홉 살이야. 내 인생을 제대로 시작하고 싶어.

그녀와 N은 안 지 십팔 개월쯤 됐다. 연인도 아니고 심지어 친구도 아닌 사이였다. 일 때문에 알게 됐다. 나이가 어리고 여자인 그녀는 신입사원이었고, 연장자이고 남자인 그는 고위 간부였다.

그렇다고 N이 그녀의 상사는 아니었다. 물론 상급자이긴 했지만 명령 계통에서 그녀와 N이 직접 연결되지는 않았다.

그들은 비영리 부문과 개인 부문의 교차점에 있었다. 그는 개인 부문에 속했다.

두 사람 사이에 서두를 필요가 없다는 말이 사실일까? 성애에는 언제나 서두를 필요가 있었다.

그녀는 그가 다른 여자를 찾을 거라고 생각했다. 여자는 너무 많았다.

젊고 어디에도 매이지 않은 여자들. 사회 초년생들.

또다른 여자들도 있었다. 독신녀, 이혼녀, 심지어 남편과 사별한 여자까지. N 같은 남자라면 멀리서 찾을 필요도 없었다.

하지만 N은 첫눈에 그녀에게 끌린 것 같았다. 리셉션장에서 처음 봤을 때 그는 빈틈없는 사냥꾼 같은 눈빛을 빛내며 다가왔다. 그녀는 검은 옷을 입고 거기 혼자 갔다. 발목까지 내려오는 검은 실크 스커트, 검은 실크 민소매 톱 위에 장갑처럼 몸에 꼭 끼는 검은 벨벳 재킷 차림이었다. 잿빛 머리칼을 양 갈래로 땋아 꼬았다. N은 그녀에게 인사하고 짓궂게 빤히 쳐다봤다. 처음에는 미술재단의 젊은 여직원을 알아보지 못했다. 보조원 이상의 직위라고 보기에는 너무 어렸다. 그러다가 그는 당황한 기색을 보였다. 그가 말했다. 미안해요. 다른 사람인 줄 알았어요.

그녀는 재치 있게 대꾸했다. 그러세요? 누구요?

둘 사이에 뭔가가 결정되어버린 듯했다. 그들은 리셉션장에서 다른 사람들과 이야기하다가 사람들이 떠날 때 다시 만났다. 그때 N이 말했다. 함께 저녁 할까요? 어때요?

그녀는 N의 말이 사실이라고 생각하고 싶었다. 두 사람 사이에는 서두를 필요가 전혀 없었다.

하지만 다시 사랑을 나누려다가 그녀의 몸이 움츠러들면, 그때는?

그녀는 성적으로 겁이 많은 게 몹시 창피했다. 지금 이러는 것이 그것 때문이라면.

그녀는 한 번도 치료사에게 가보지 않았다. 치료사를 찾아간다는 생각 그 자체가 불쾌했다. 그런 약점이라니.

그녀에게는 N이 용서하는 듯하는 것이 근사했다. 키스하고 애무하고, 위로하면서 따뜻하게 대해줘서 그녀의 떨림이 멈췄다. 놀라웠다. 이 남자가 그녀 편인 것이.

그녀는 N이 성미가 급하다는 말을 들었다. 직접 본 적은 없지만, 미술재단에서 사람들은 N이 회의 도중 몇몇 참석자들의 어눌한 발언을 자르거나 끼어들거나 반박하는 모습을 보고 놀라고 깊은 인상을 받았다고 했다. 그가 자주 쓰는 말 중 하나가 허튼소리였다. 또 하나는 좋아!였는데 그러면 토론이 끝났다는 의미였다.

N은 어린 직원들은 공격하지 않고 직급이 비슷한 사람들에게만 그런다는 이야기도 있었다.

그들은 그를 거스르려 하지 마라고 말했다.

그녀는 N의 품에 안겨 떨면서 누워 있었다. 이제 발작적인 떨림은 잦아들었다. 발작적인 공포는 지나갔다.

아까 침대를 정리하면서 깔았던 깨끗한 침대보가 벌써 축축하고 끈적거렸다. 천장에 달린 선풍기가 힘없이 돌고 있었다. 가을치고는 유난히 더웠다. 그들은 벗고 있었고 희망에 차 있었다. 아니 이전에는 그랬다. 이제 그들은 헤엄치다 지쳐 해안으로 떠밀려온 사람들처럼 끌어안고 있었다.

그녀는 N의 허리와 등판의 퉁퉁한 살집을 느꼈다. 근육질의 단단한 살덩이, 등의 울퉁불퉁한 부분과 파인 부분. 등에는 듬성듬성 굵은 털이 있고, 옆구리에 가로무늬의 근육이 있었다. 그녀는 잘 알지 못하지만 사랑하게 될지도 모른다고 상상하는 남자의 벗은 몸을 애무하고 있는 것이 정말 이상했다!

모든 사랑은 간절함이지. 이게 우리의 비밀이야.

그녀는 그의 성기를 움켜쥐었다. 방금 전까지 단단했던 그것이 지금은 부드럽고 축 처지고 약해 보였다. 그는 그녀의 손을 꼭 잡고 가만히 밀어냈다. 그녀는 그 손길에서 힐난하는 느낌을 받았다.

N이 말했다. 어쩌면 우리에게는 술이 필요할 거야. 그게 도움이 될 수도 있어.

그녀는 로프트(건물 꼭대기의 창고 같은 곳을 주거용으로 개조한 공간—옮긴이)에 마실 것이 있는지 확신할 수 없었다. 그녀는 창고를 개조한, 강이 보이는 이 집으로 새로 이사했다. 그때 친구가 레드 와인 한 병을 선물했는데 벌써 몇 달 전 일이었다. 그녀는 그 와인을 마시지 않았지만 어디 있는지는 확실히 알지 못했다.

술은 그녀에게 위로가 되지 않았다. 아니 술을 마시는 건 지나치게 대단한 위로가 될 테니 아예 시작하지 않는 편이 나았다.

그는 그녀에게 술을 마시라고 채근했었다. 그의 술을 조금 마셔보라고. 둘이 걷다가 그가 선술집인가 비스트로라고 말한 곳에 들렀다. 어린 소녀가 나이든 신사의 와인 잔을 홀짝이는 듯한 기분이 어찌나 좋던지. 그러다가 기침이 나오고 목이 막히기 시작했다.

그가 그녀에게 박하맛 초콜릿을 주었다. 술냄새를 없애라고.

우리만의 비밀이야. 귀염둥이 꼬마와 나의 비밀.

N은 말했다. 무슨 생각을 하는지 나한테 말해봐, 세실리아. 지금 당장.

그녀는 기억나지 않았다. 무슨 생각을 하던 참이었지?

그녀가 말했다. 당신이 내 이름을 부를 때의 목소리가 좋아요. 생전 처음으로 내 이름이 마음에 드네요.

두 사람 모두 상대에게서 떨어지지 않으려고 꼼짝도 하지 않았다. N은 그녀에게 키스하다가 잠들 것이다.

이 남자는 그녀를 깊이 신뢰했다. 그 어설픈 사건 이후에도 그녀와 있는 것을 편안해했고, 그녀에게 깊숙이 다가가고 있었다.

그녀는 이 남자의 품속에서 잠들고 싶은 마음이 간절했다. 아주 늦은 시간이었다. 새벽 두시쯤. 하지만 그리 편안하지 않았다. 맞닿은 살이 쓸렸다. 그래도 그의 요란한 숨소리가 가까이에서 들려서 마음이 놓였다. 마치 여기가 N의 삶 속 N의 침대이고, N이 그녀를 끌어들인 것 같았다. 하지만 그 소리 때문에 그녀는 깨어 있을 것이었다.

　그녀의 머릿속은 여러 가지 생각으로 들끓었고, 손톱처럼 부서지기 쉽고 날카로운 생각들이 목적도 없이 흩어졌다. 종종 다른 사람과 밀착된 상황에서 이런 일이 벌어졌다.

　타인에 대한 공포. 그의 힘, 그리고 그가 너한테 요구할 것들에 대한 놀람.

　그가 너한테 묻지도 않고 저지를 것들 때문이지.

　그녀는 여전히 추웠다. 손가락 발가락이 얼음장 같았다.

　남자의 따뜻한 몸에 달라붙었다. 단단하고 듬직한 그의 몸이 침대를 반 넘게 차지하고 있었다.

　너무 추웠다! 골수까지 추웠다!

　마치 그녀의 인생이, 아직 젊은 그녀의 인생이 때 이른 파국으로 방향을 트는 것 같았다. 몇 미터 앞밖에 보이지 않는 구불구불한 산길을 폭주하는 것과 비슷했다. 시야는 막히고, 깎아지른 내리막길은 빠져나갈 수도 없는 상태라고 할까.

　그녀의 침대에서 깊이 잠든 이 남자에게 애원하고 싶었다. 그래도 날 사랑해줘요. 그럴 수 없나요? 난 당신을 사랑할 수 있을 것 같은데.

　그녀는 아무에게도 말한 적이 없었다. 누구에게도.

그녀는 훨씬 잘 알았다. 그 나이에 ― 일곱 살이었나? 여덟 살? 열 살? ―이미 말하면 실수하는 것임을 알았다.

한번 말하면, 이미 내뱉은 말은 주워담을 수 없다.

한집 식구에게도, 집안사람에게도. 그녀의 가족은 대가족이었다.

가족이 정말 많아서, 거실 천장에 닿을 만큼 높은 크리스마스트리 주위에 반원을 그리며 앉았거나 서 있던 사람들을 눈을 감고 모두 떠올리려 애써도 그럴 수가 없었다.

항상 그림자 같은 사람들이 있으니까. 배경의 언저리에 애매하고 선명하지 않은 인물들이 있다. 언제나 얼굴이 흐릿하게 뭉개지는 키 큰 남자들이 있기 마련이다.

그들이 누군지 알아볼 수는 있었다. 하지만 진짜 보지는 못했다.

때로 이 인물들은 앉아 있다. 사실은 바닥에 앉아 있다.

어떤 때는 반짝이는 크리스마스트리와 나란히 있다. 크리스마스트리의 놀라운 점은 너무 반짝거리고 환하고 여전히 살아 있는 나뭇잎 향기가 강렬해서 회상만 해도 울고 싶어지게 만든다는 것이다.

눈시울이 촉촉해진다. 두근거리는 심장.

울고 싶지만 울지 않을 것이다. 절대 울지 않을 것이다.

그녀는 부끄럼타는 아이였으니까. 수줍고 기민했다. 사

람들은 수줍음을 느림과 혼동한다. 과묵함을 멍청함으로, 신체적 경계를 신체적 능력 부족으로 착각한다. 하지만 그들이 오해하는 것이다.

그는 그녀에게 충고했었다. 이건 우리만의 비밀이야. 지금은 좋은 시간이지만 비밀이야.

그는 그녀에게 경고했었다. 이건 우리만의 비밀이야. 지금은 좋은 시간이지만 비밀이야.

그래서 그녀는 아무 말도 하지 않았다.

(말할 사람이 누가 있었나? 신경과민인 어머니도, 화를 잘 내는 아버지도 아니었다. 그들은 딸 앞에서 자주 미소지었다. 마치 딸이 그들에게 놀라운 일이라는 듯이, 행복하지 않은 많은 놀랄 일들 중 행복한 놀랄 일이라는 듯이! 딸을 잊고 있다가도 눈에 보이면 행복한 기억을 되찾는 것 같았다. 그녀는 부모의 인생에서 '사고' 같은 존재였지만, 어릴 때부터 그녀의 존재는 부모에게 행복이라는 믿음을 줬다. 난 우리가 지쳐떨어졌다고 생각했어 — 결혼생활이며 소꿉놀이 같은 살림이며 — 자식도 넷이나 뒀으니까! 아이고! 그런데 우리 귀염둥이가……)

(초등학교에 들어가서도 그 일은 계속됐다. 그때도 여전히 누군지 밝혀서는 안 되는 남자에게 얽매여 있었고, 그녀는 선생님에게 말할 수 없었을 것이다. 다른 아이, 심지어 단짝들에게도 말할 수 없었을 것이다 — 단짝들에게는 특히나 말하지 못했겠지. 훨씬 덜 중요한 비

밀을 간직했던 사람들에게서 말이 말한 사람에게 되돌아온다는 것을 배웠다, 바람 부는 데서 침을 뱉은 것처럼. 그후 영원히 그 사람은 발설한 자, 고자질쟁이였고, 남들의 마음에서 그 사람이 당한 일은 되돌릴 수 없을 만큼 그와 섞여버렸다.)

아무도 몰랐다. 아무도 알고 싶어하지 않았다. 아무도 그녀에게 물어보지 않았다.

대가족이었고, 아주 부유했다. 뱅크로프트라는 이름은 시내의 거리와 광장, 위엄 있는 고풍스러운 사무실 건물에도 붙었다. 뱅크로프트는 만족감, 자긍심의 분위기를 풍겼다.

형제들, 자매들, 사촌들, 숙모들, 숙부들, 조부모들.

대단히 사교적인 사람들이었다. 거의 매일 저녁, 크고 유서 깊은 빅토리아식 저택에 손님들이 찾아왔다.

그런 환경에서 (연상의 남자) 친척들의 특별한 관심을 받는 여자아이에게는 지켜보는 눈이 많을 거라고 생각할 것이다. 하지만 그건 오해다.

우리 아기. 우리 귀염둥이. 전 창피한 줄도 모르고 딸을 응석받이로 만든다니까요. 막내잖아요.

다들 아이를 무척 귀여워해요! 어쩔 수가 없나봐요.

어머니가 막내딸을 귀여워했던 건 사실이다. 하지만 주

로 다른 사람들이 있는 자리에서만 그랬다. 만찬 파티가 시작되면 그녀는 사람들 앞에 세워졌다. 회색빛 도는 금색 곱슬머리, 특별한 파티드레스, 작고 화려한 구두. 그런 다음에는 이런 행사 때만 고용하는 보모의 손에 이끌려 위층으로 올라갔다.

어머니에게 말해야 했다고! 그녀는 그럴 수 없었다.

어떻게 될지 짐작할 수 있었으니까. 어머니의 표정이 뻔히 보였다.

놀라고 상처받고 불신하는 표정. 아니 아니 아니 아니야. 그런 일이 있었을 리 없어.

아버지에게 말해야 했다고! 절대 아니다.

그녀는 이 모든 사정을 N에게 설명해야 했다. 말하지 않으면 그를 잃을 게 분명하다.

말한다면, 그래도 그를 잃을 게 분명하다.

물론 그녀는 어린 시절에 정기적으로 검진을 받으러 다녔다.

가족 주치의인 (남자) 의사는 소아과 전문의였다. 병원에 가면 어머니는 지인인 닥터 T와 검사실에서 대화를 나눴다.

검사는 늘 똑같고 형식적이고 아프지 않았다. 옷 속 아이의 몸까지 살피는 과정은 없었다. 하긴 왜 그런 일을 하겠는가? 아이의 상냥하고 사교적인 어머니가 같이 있는데.

닥터 T의 진료실은 보통 '부스터(백신 예방접종 후 동일 항원에 대해 하는 2차 접종—옮긴이)' 주사를 맞거나 귀지를 제거하기 위해 갔다.

어머니의 **귀염둥이**인 그녀는 의사 만나는 일을 꿋꿋하게 견뎠다. 어린데도 나이보다 훨씬 성숙하게 처신하는 기술을 알고 있었다.

나중에 청소년이 됐을 때는 창피하고 아픈 부인과 검사를 견뎌야 했다.

담당의는 어머니의 주치의인 (여자) 의사였다. 산과와 부인과 전문의였다.

작고 딱딱한 가슴을 검사할 때는 아프고 창피했지만, 피가 날 정도로 아랫입술을 깨물어서 거부하지 않고 견뎌낼 수 있었다.

자궁 검사는 그녀의 굳고 떠는 몸에 끔찍하게 난폭하고 끔찍하게 충격적이었다. 그녀는 겁에 질리고 넋이 나가서 울다 웃다 숨을 몰아쉬기 시작했다. 설마 이 일이 그녀에게 진짜 일어나고 있는 일일 리가 없었다. 어릴 때 몸을 뚫고 들어왔던 것보다 더 나쁘고, 훨씬 더 나쁘고, 더 아프고 더 무서웠다. 그녀가 잊기 시작했다고 생각했던 그 기억. 뼈대가 가는 소녀가 발작적으로 뒤틀고 몸부림치고 발길질하자 검사는 중

단됐다. 의사와 소녀 모두 다칠 위험이 있었다.

소녀의 어머니가 부인과 진료실에 함께 들어갔지만 소녀는 이제 열네 살인데다 무척 침착해 보여서 어머니는 대기실에서 기다려달라는 요청을 받았었다. 그러다 간호사 한 명이 놀란 어머니를 서둘러 검사실로 데리고 들어왔다.

발작하는 소녀를 진정시키는 데 몇 분이 걸렸다. 검사를 시작하면서 혈압을 쟀을 때는 100에 60이었지만, 발작 후의 혈압은 136에 60이었다.

어머니의 친구인 의사는 염려하면서도 불쾌해했다.

그녀는 어머니에게 딸을 집에 데려가라고 말했다. 검사는 끝났다고.

아이가 충격을 받았어. 극도로 예민한 상태야. 자궁 검사는 다음에 해보자. 오늘은 안 되겠어.

집으로 돌아오는 길에 소녀는 어머니를 위로했다. '정신적 외상을 초래할 만큼' 폭행을 당한 기억은 없다고 확실히 말해주었다.

나중에 소녀는 어머니가 아버지에게 하는 이야기를 우연히 엿듣게 됐다. 어머니는 적어도 우린 그 애가 처녀라는 건 알았네요! 라고 침울하게 말했다.

하지만 세월이 흘러 그녀는 독립했고 정기검진을 받으러 혼자 부인과 (여자) 의사에게 갔다. 거의 똑같은 일이 벌어졌다. 충격, 발작.

다만 그녀가 빌어먹을 스물세 살이라는 것만 달랐다.

엄밀히 따지자면 여전히 처녀였지만 이제는 겁 많은 십대 소녀가 아니었다.

평소 그녀는 의사들을 피했다. '완벽한 건강 상태'였고, 그렇다고 믿었다. 그런데 새로 취직하면서 건강보험 때문에 검진을 받아야 했고, 검진 항목에 부인과 검사가 있었다.

다시 한번 간신히 유방 검사를 견뎌냈다. 하지만 자궁 검사는 기억하는 것만큼이나 끔찍했다. 중국계 미국인인 젊은 부인과 의사는 솜씨도 훌륭하고 말투도 부드러웠다. 그녀는 긴장한 환자를 달래듯이 이제 무엇을 할 건지 설명했다. 그녀를 고문할 도구인 검경을 (그 단어가 맞나? 듣기만 해도 몸이 덜덜 떨렸다.) 보여줬다. 남자의 성기를 단순하게 본뜬 것 같은 그것을 보자 참을 수가 없었다. 검사대에 누워 양발을 걸대에 올리고 무릎을 꺾어 양옆으로 벌린 채, 그녀는 자기도 모르게 열네 살 때처럼 몸을 움츠렸다. 나중에는 아랫입술을 찢어질 만큼 깨물어서 피가 났을 것이다.

젊은 부인과 의사는 걱정했다. 그녀는 검사를 끝낼 수 없었고, 자궁암 검사 샘플을 채취하지 못했다. 검사대에서 덜덜 떠는 젊은 여자의 질에 염증이 있는지, 그보다 심한 병에 걸렸는지 알아낼 방도가 없었다.

정말 죄송해요! 어떡하죠. 이해해주세요. 다시 해보면 되겠죠.

그것은 이성의 목소리였다. 그녀가 가진 최상의 자아. 하지만 아플까 두려워하며 상처 입고 벌벌 떠는 아이의 자아가 늘 거기서 최상의 자아, 어른의 자아가 무너지기를 기다리고 있었다.

하지만 그녀는 해냈다. 가죽 검사대의 가장자리를 움켜잡고, 벌린 무릎의 떨림을 억눌렀다. 그사이 의사는 검경을 다시 집어넣어 질을 열었다. 고운 꽃이 벌어져서 강렬하고 무시무시한 태양에 노출되듯 질을 좍 벌렸다.

검경을 뺐을 때 얼마나 마음이 놓였는지!

내가 피를 흘리고 있나? 하지만 출혈은 오래가지 않을 거야.

피가 나는 게 정상이고 피는 곧 응고될 거야.

하지만 검사할 것이 남아 있었다. 부인과 의사는 아직 검사를 마치지 않았다. 그녀는 고무장갑 낀 손가락을 젊은 여자의 질에 넣고, 아랫배를 눌러보며 종양이 있는지, 이상이 있는지 확인했다. 그리고 마지막으로 직장 검사를 했고, 그건 덜 아프고 빨리 끝났다.

질 안에 흉터들이, 머리카락처럼 가늘고 희미한 흉터들이 있었다. 부드럽고 촉촉한 자궁벽에도 그런 흉터가 있었다. 부인과 의사는 어리둥절해하면서 물었다.

병을 앓았나요? 감염된 적이 있어요? 이 상처는 몇 년 전에 생긴 것 같은데요.

그녀는 아니라고 고개를 저었다. 모르겠는데요.

아니면 혹시 사고가 있었나요? 아니면……

긴 침묵이 흘렀다. 어색한 침묵.

결국 닥터 첸이 말했다. 이제는 치료됐어요. 그게 뭐였든 이제는 다 나았습니다. 섹스할 때 통증이 있나요?

그녀는 아니라고 고개를 저었다. 그건 개인적인 문제잖아요, 선생님!이라고 말하려는 듯이 얼굴을 찡그리며 애매한 표정을 지었다.

부인과 전문의는 동정심 혹은 연민을 느끼는 듯한 표정으로 그녀를 바라봤다.

그녀는 생각했다. 이 여자는 아는구나. 여자는 나와 같은 입장이야.

닥터 첸은 조심스럽게 말했다. 궁금한 것 있어요? 검사 결과는 며칠 후에 나올 거예요. 결과가 나오면 전화드리죠.

무서운 검사는 끝났다. 떨던 젊은 여자는 가죽 검사대에서 의기양양하게 일어나 앉았다. 엉덩이 밑에 깔았던 종이가 부스럭거렸다. 종이에 윤활제 얼룩, 거의 보이지 않는 핏자국이 있었다.

고맙습니다, 선생님.

그녀는 웃으면서 나왔다. 휘파람을 불면서.

지금은 아무도 모르는 좋은 시간이야. 우리만의 비밀이야.

검사 결과는 음성이었다. 그녀의 몸이 완벽하게 건강하다는 것이 확실해졌다.

오래, 오랫동안 어떤 의사도 만날 필요가 없었다.

N이 말했다. 우린 대화를 해야 해.

그녀를 응시하는 N의 눈길은 음울하고 깊었다. 그는 그녀에게 앉으라고 했다, 계속 앉아 있으라고. N이 있는 자리에서 그녀는 늘 움직이고 있어야 했다. 예를 들면 창가로 가서 초조하게 거리를 내려다봐야 했다. 이웃 로프트에서 울리는 전화벨 소리가 정신을 산란하게 했다.

전에 대학생이었을 때 '스토커'가 있었다고 그에게 말하고 싶었다. 그의 비위를 맞추고 싶었다.

외국 태생이고 검은 피부의 외로워 보이는 사람이었다고. 그가 계단참이나 기숙사 앞 골목에서 기다렸다고.(상상도 못할 만큼 어려운 분야를 연구하는—분자생물학이나 계산신경과학 같은—대학원생이나 연구원쯤으로 하자고 그녀는 생각했다.) 그녀가 별뜻 없이 미소를 지었는데 그가 그녀의 집까지 따라왔다고. 4학년 내내 그가 갈망하는 왕방울 같은 눈을 하고 쫓아다녀서 그녀의 룸메이트들이 걱정했다고. 넌 걱정되지 않니? 우리가 경비실에 신고해줄까? 그러면 그녀는 깔깔 웃으면서 말도 안 되는 소리 그만해. 곧 그만두겠지라고 대꾸했다고.

그녀가 재빨리 머리를 굴리는 동안 N이 심각한 어조로 말했다. 이봐, 난 당신을 사랑해. 우린 대화를 해야 해.

당신을 사랑해라는 말에 가벼운 비난이 담겨 있었다. N은 그녀를 나무라고 있었다. 그녀가 고집스럽게 자기변명을 늘어놓는 어린애라는 듯.

N은 찌푸리면서 말했다. 당신은 내게 솔직하지 않아. 내가 좋아하는 만큼 당신도 날 좋아한다면 우리는 서로에게 솔직해야 해.

날 사랑한다. 당신을 사랑한다. 이런 말을 들으니 아찔했다. 심장을 가격당한 것 같았다.

그녀는 말해본 적이 없었다. 이제 와서, 말도 안 되는 나이에 시작할 수는 없었다.

사실 그 사람은 그녀를 해치겠다고 위협한 적이 없었다. 어린 시절의 키 큰 (남자) 어른. 그가 그녀를 해치거나 다치게 하지 않았다고 그녀는 믿었다. 그가 작은 아이의 질에 뭔가 넣었다고, 작은 상처들을 남긴 날카로운 것을 넣었다고 짐작하는 건 어처구니없었다. 그랬다면 어머니나 언니나 누군가가 그녀의 팬티에 묻은 핏자국을 발견했을 테고,

모든 상황이 밝혀졌을 것이다.

이 사람, 이 키 큰 (남자) 어른은 가족의 삶에서 아주 두드러지는 존재였다. (윗) 세대 중에서는 그 혼자만 바닥에 앉겠다고 주장했고, 크리스마스트리 앞에 깔린 두꺼운 카펫에 아이들과 함께 양반다리를 하고 앉았다. 그녀의 어머니는 G를 대단히 공경하고 아끼고 어느 정도는 두려워했고, 그녀의 아버지는 그를 대단히 존경했다. G가 특별히 다정하게 대하지 않는데도 그랬다.

그것이 미스터리인 이유는 G가 그녀의 아버지의 아버지였기 때문이다.

좋은 시간. 우리의 비밀. 우리만의.

그래서 그녀는 말하지 않았다. 최근에 그것이 무엇이었는지 — 정확히 그녀가 무슨 일을 당하고 무엇을 보고 무슨 말을 들었는지 — 회상하려 애쓰다가, 기억나는 게 거의 없다는 사실을 알게 됐다.

'되살려낸' 기억이란 말은 지독하게 진부했다.

어쩌면 그것은 '억압된' 기억이었다.

그녀는 아무에게도 설명하려 했던 적이 없었다. 고교 시절 친하게 지내던 남자애들에게도 말하지 않았다. 그녀에게 알랑대고 좋다고 하던 남자들에게도 말하지 않은 것은, 그들은 나를 몰라. 나를 안다면 얼마나 역겨워할까라고 생각했기 때문이다.

그녀는 그럴 수 없었다. 말할 수 없었다. 말한다는 생각이 혐오스러울 뿐 아니라, 말한다 해도 적당한 표현을 찾느라 머뭇대고 더듬거릴 것 같았다. 어려서 이 키 크고 위엄 있는 친척에게 맡겨졌을 때, 무지 같은 것이 그녀를 뒤덮었기 때문이다. 엷은 안개 같은 기억상실에 휩싸여서 그녀는 G에게 어떤 일을 당했는지 명확히 기억할 수 없었다. 그저 은밀한 흥분감, 불안, 고양된 분위기만 느꼈을 뿐이다. 그가 그 일을 저지르고도 아무 탈이 없었다는 것. 가족의 코앞에서. 자기 가족인데! 그게 그 일이 가진 매력의 하나였다.

그 시절에 대해 기억할 수 있는 것은 흐릿하면서도 지나치게 밝았다. 폭발하는 신성新星 사진처럼. 눈부신 빛 속에 뭔가 있다는 것을 알았지만 그것을 보지 못했다. 그것이 뭔지 알아볼 수 없었다.

그는 그녀에게 선물을 줬다. 수없이 많은 선물을 안겼다. G는 전쟁기념관에서 매년 열리는 〈호두까기 인형〉 공연에 그녀를 데려갔다. 〈크리스마스 캐럴〉 공연에도.

G는 그녀의 언니들과 오빠도 이런 공연장에 데려갔다. 그들에게도 선물을 주었다. 그는 검지로 입술을 누르고 샘내지 마라, 아가! 저 아이들도 너와 똑같다고 생각하게 만들려는 거야. 우리는 아니라는 걸 알지만 하며 미소지었다.

그는 영리했다. 그는 의심을 받아본 적이 없었다, 단 한 번도.

G는 그녀가 자신을 특별한 존재라고 의식하게 만들었다. 그게 비법이었다.

그리고 지금 그녀는 자신을 희생자라고 인정하고 싶지 않았다. 이러한 '생존자들'의 시대에 자신을 희생자들, 그 부류라고 인정할 수가 없었다. 그녀는 꽤 성공한 젊은 여성이었고, 아주 전도유망했다. 사생활에서는 아니었지만 직장에서는 예술 프로젝트의 기금 감독을 보좌하면서 업무를 훌륭하게 해냈다. 눈에 보이는 상처와 장애를 입었더라도 그녀는 고집스럽게 부인했을 것이다. 동정이나 연민 따위는 원치 않으니까.

그녀는 N에게 그 남자가, 그녀의 삶을 망친 남자가 누군지 말할 수 없다고 할 작정이었다. 그 기억을 그와 나눌 수는 없었다.

물론 확실하지는 않았다. 그래도 몇 가지는 기억했다. 하지만 흩어진 구름처럼 조각조각 기억났다.

흩어진 구름은 하늘에서 빠르게 지나간다. 목을 빼고 구름이 흘러가다 사라지는 광경을 지켜본다.

묘하게도 그녀는 가끔 G의 목소리를 기억해냈다. 다른 사람들의 목소리에서 G의 음성을 들었다. 그의 툴툴대는 소리, 애원하는 소리 ─그녀가 애원하는 소리─들이 기억났다. (하지만 그것은 그의 말이 아니었다. 그녀의 말들이었다.) 정치가들의 연설에서 그녀는 G의 멋진 음색을 들었다. 공직에서 은퇴한 후까지도 공인다운 목소리였다.

사실 G는 지역의 저명인사였다. 뱅크크로프트는 존경받는 이름이었다.

가족 모두 그 이름을 자랑으로 여겼다. 그녀 역시 그 이름이 자랑스러웠다. 다만 그것이 그녀의 이름이자 그의 이름이기도 했으므로 속으로는 수치스러웠다.

그녀는 N에게 열 살 꼬마가 자살을 고민할 수 있다는 말은 하지 않을 것이다.

이제 자살은 비밀이 아니다. 터부 같은 것도 아니다. 아이가 자살을 시도하고 자살에 성공한다는 건 익히 알려진 사실이다. 어릴 때부터 보통은 죽음을 안다. 배신도.

그녀는 뱅크크로프트 스트리트, 뱅크크로프트 스퀘어, 뱅크크로프트 빌딩에서 580킬로미터쯤 떨어져나왔다.

그랬다, 예전에 그녀는 G가 자신을 예뻐하는 게 자랑스러웠다. 누구라도 그랬을 것이다.

그들은 산책하며 노래를 불렀다. G는 그녀에게 〈유 어 마이 선샤인〉 〈화이트 크리스마스〉 〈티 포 투〉를 가르쳐줬다. 경쾌한 곡조가 G의 특기였다. 맞잡은 두 손. 그녀는 도망친 적이 없었다. 그의 손을 뿌리치고 도망치려는 시도조차 하지 않았다.

묘지 사이로 달아날 수도 있었다. 뛰고 뛰고 작은 심장이 터질 때까지 또 뛰어서, 비바람에 파손된 오래된 묘비들 틈에서 쓰러지다가 머리를 부딪혀 두개골이 갈라지면서 나쁜 기억들이 검은 피처럼 빠져나갔을지도 모른다.

그는 그녀에게 상처를 입히지 않았다. 손가락 하나를 그녀의 몸에 넣고 간지럽힌 게 전부였다.

간질간질! 그래야 내 착한 아기지.

G가 그녀에게 한 말들은, 시냇물처럼 쏟아낸 말, 수다, 농담, 놀리고 구슬리는 말들은 세월이 흐르면서 거의 기억에서 사라질 것이었다.

툴툴대는 말투는 기억했다.

그리고 두 사람만 있을 때 (G가 두 사람만 있게 상황을 만들었을 때. 빛나는 연어색 묘비 밑에 죽은 아내의 무덤이 있는 크로스 기념묘지에 갔을 때.) 그는 말할 필요를 느끼지 않았다.

그녀의 손을 잡는 것으로 충분했다. 말할 필요가 없었다.

언어를 넘어선 곳으로 가면 그의 신중하고 조심성 많은 태도도 흐트러졌다. 입가에 침이 고였고, 기품 있는 금테 안경 너머로 눈을 허옇게 굴렸다.

N이 말했다. 당신은 지금 그 사람을 생각하고 있어. 당

신은 기억하고 있어.

그녀는 부인했다. 죄책감을 느끼며, 그녀는 힘없이 그것을 부인했다.

아니, 당신은 지금 그 사람을 생각하고 있어. 그가 누군지 나한테 말해!

N은 점점 참을성이 없어지고 화를 냈다. 둘의 관계가 시작된 초기에는 N이 얼마나 공격적이고 얼마나 소유욕이 강한지 그녀는 짐작하지 못했다.

자리에서 일어나 재빨리 걸어나왔어야 했다. 하지만 N이 그녀의 양손을 잡고 꼼짝 못하게 했다.

그가 누군지 나한테 말해. 무슨 일이 있었는지 말하라고.

그녀의 두 손이 N의 손에 잡혀 있었다. 현기증이 났다.

그게 누구였지? 어떤 새끼야! 말해.

그녀는 거짓말하는 데 익숙지 않았다. 대담하고 노골적이고 완벽한 거짓말들. 그런 거짓말은 잘 못했다. 하지만 다른 종류의 거짓말은 능숙하게 하게 됐다. 약삭빠르게 뉘앙스만 풍기는 애매한 거짓말. 생략해서 말하는, 완전히 기억 못하는 거짓말은 잘했다.

하지만 이런 거짓말조차 감히 할 수가 없었다. N이 그녀의 심장 가장 깊숙한 데를 꿰뚫어보는 것 같았기 때문이다.

누군가 당신에게 상처를 줬어. 성적으로. 혹은 다른 면으로도. 나한테 말해.

당신한테 다 말했어요! 아니라고 했잖아요.

뭔가 잘못됐어. 뭔가 상처를 남겼다고. 치료된 흉터가 아니야. 피가 철철 흐르는 상처라고.

피가 철철 흐르는 상처가 아니에요. 나한테 이러지 마요.

N은 그녀를 보며 미소지었다. 하지만 그녀에게 미소짓는 게 아니었다.

그는 그녀보다 나이가 많았지만 늙지는 않았고 이제 사십대 초반이었다. 여전히 젊고 건장한 사내였다. 육체적인 존재가 제대로 차려입은 신사복 속에 붙들려 있는 듯, 아무튼 갇혀서 억눌려 있는 듯했다. 고급 슈트와 신발 속에.

그는 자신을 노동자 계층 출신이라고 말했다.

아니면 그보다 조금 더 아래 계층이었다.

조부모는 이민자들이었고, 그의 아버지는 오랫동안 육체노동을 했다. 그는 청소년 시절 몇 년 동안 프로 권투 선수를 꿈꿨다.

N, 그는 동네 체육관에서 권투를 했다. 고교 시절에.

그는 권투를 좋아했다. 때리는 것도 좋았고, 심지어 어느 정도는 두들겨 맞는 것도 좋았다. 하지만 동네에는 흑인 아이들이 있었고, 몇몇은 열다섯, 열여섯 살이었는데 마이크 타이슨 같은 체구를 가지고 있었다. 그들이 N의 의욕을 꺾었다고 할 수 있을 것이다.

그래서 그는 그만뒀다. 심한 부상을 입기 전에 알맞은 때 포기했다.

그는 숱 많은 머리를 주름진 두피 한쪽으로 단정하게 빗어 넘겼다. 이제 그녀는 그에게서 사냥꾼 같은 권투 선수를 보았다. 그녀에게 고정된 N의 눈빛이 그랬다.

순간 그녀는 그가 무서웠다.

전에는 그를 남편처럼, 아버지처럼 생각했다. 하지만 지금은 다른 뭔가가 있었다. 더 깊고 더 원초적인 존재였다.

그녀가 말했다. 나는…… 난 기억할 수가 없어요……

뭘? 뭘 기억할 수가 없는데?

……무슨 일이 있었는지, 아니면……

언제였는데? 당신이 기억할 수 없다는 그 일이 언제 있었는데?

최근은 아니에요. 오랫동안 그런 일은 없었어요.

그러면 그게 누구였지?

그게 누구였느냐고요? 아무도 아니……

헛소리 작작 해! 말해봐.

그는 이제 노인이에요. 그 사람이 아니……

그녀는 웃음을 터뜨렸다. 그녀의 얼굴은 불꽃처럼 환하고 머리끝은 활활 타는 불꽃처럼 쭈뼛거렸다. N은 의기양

양하게 그녀를 응시했고, 승리를 거뒀다. 그는 그녀를 제압했고, 그녀의 반항을 없앴다. 그녀는 평생 그 얘기를 입밖으로 꺼낸 적이 없었다. 그렇게 많은 말을 했다는 게 스스로도 믿기지 않았다. 그녀의 비밀들이 낚아채졌다, 돌이킬 수 없을 만큼. 그녀는 달아오른 얼굴을 돌리고 눈가를 훔쳤다. 그녀의 입에서 깨진 유리 같은 맑은 웃음이 터져나왔다.

전에는 N에게 잡힌 손을 뺐지만, 이제 그녀는 그의 손을 잡았다. 크고 따뜻한 그의 손을 꼭 잡았다.

그녀가 낮은 목소리로 말했다. 아무한테도 말한 적 없어요.

그가 말했다. 지금까지는 그랬겠지.

그는 죽어 마땅해. 아이를 해친 놈은 누구든 그래.

하지만 당신은 약속했잖아요!

약속 좋아하시네. 그건 듣기 전의 얘기지.

그런 다음 그가 말했다. 그를 해치지 않겠다고 약속하지. 하지만 그와 이야기해보고 싶어.

그녀는 집에 전화했다. 최근 몇 년 동안 집에는 거의 전화도 하지 않았다.

그녀는 메일을 더 선호했다. 그렇다고 부모에게 메일을 자주 쓴 건 아니지만.

어머니는 딸의 목소리를 듣자마자 이상하다고 느꼈다. 그녀의 어머니는 무슨 일이냐고, 왜 이렇게 밤늦게 전화했느냐고, 위급한 상황이냐고 물었다. 두려움과 짜증이 섞인 말투였다.

어머니의 처음 생각은 이것이었다. 임신!

그녀가 말했다. 아뇨! 위급한 상황은 아니에요.

그녀가 말했다. 위급한 상황은 오래전에 있었죠. 지금은 아니에요.

그녀의 어머니가 말했다. 위급한 상황? 무슨 말을 하는 거니, 세실리아?

G는 어떻게 지내세요? G의 소식을 통 못 듣네요.

G는 할아버지였다. 아니 그는 프랑스 분위기가 나도록 그랜드파파라고 불러주는 것을 좋아했다.

그 양반이야 잘 계시지. 연세치고는 아주 건강한 편이라고. 이탈리아 아말피 해변에서 막 돌아오셨을 거야. 친구분들과 여행을 다녀오셨지. 여전히 정치에 관여하셔서, 막후에서 말이야. 뱅크크로프트 사람들이 어떤지 너도 알잖니! 일주일에 적어도 두 번은 저녁식사 하러 오신단다. 가끔은 미사 후에 함께 하이 브리지 인에서 브런치를 하기도 하고. 할아버지가 네 아버지와 더 잘 지내면 좋으련만, 뭐랄까, 그는 매트를 무시하지. 할아버지가 네 안부를 물으셔……

그래요? 내 안부를요?

물론이지. 할아버지는 항상 네 안부를 물으신단다.

뭘 묻는데요?

뭘 묻느냐고? 그냥 네가 어떻게 지내는지, 일은 어떤지, 약혼은 했는지, 만나는 사람이 있는지. 평범한 질문들이지.

내가 '약혼은 했는지' '만나는 사람이 있는지' 알고 싶어한 다고요? 그게 자기와 무슨 상관이라고요?

네 할아버지는 손주들 모두의 안부를 물으셔. 이제 너희 들이 다 멀리 흩어져서 살잖니.

하지만 나를, 내 안부를 그가 왜 물어요?

왜 이런 걸 묻는 거니, 세실리아? 왜 지금?

난 엄마가 이유를 알아야 한다고 생각해요.

그게 무슨 말이냐? 네가 왜 이러는지 난…… 난 모르겠 구나……

할아버지는 할머니와 사별하고 왜 재혼하지 않았을까 요? 어울리는 마땅한 상대가 없었나요? 돈 많은 과부들도 널렸잖아요!

왜 그런 질문을 하지? 왜 할아버지에 대해 묻는 거니? 네 말투는 꼭 화가 난 것 같구나, 세실리아……

아뇨, 화나지 않았어요. 내가 왜 화를 내겠어요?

난 모르겠다. 넌 언제나 이런 식이었지. 종잡을 수 없이 성질 내는 것 말이다. 무엇보다 넌 지금 너무 밤늦게 전화를 했어. 밤 열한시 넘어서 걸려오는 전화는 보통은 나쁜 소식을 뜻한다는 걸 알아야지. 그러더니 이제는……

그녀가 어머니의 말을 가로막으며 말했다. 이제 끊어야겠네요.

잠깐, 기다려라……

성가시게 해서 죄송해요, 엄마. 맞는 말이에요, 시간이 늦었네요. 안녕히 주무세요!

아무도 모른다. 누구 하나 짐작도 하지 못한다.

우리의 비밀은 안전하단다. 아가. 키스로 봉해졌지.

그녀는 N에게 말했다. 이건 내 인생에서 중요한 일이 아니에요. 솔직히 난 그 일을 생각하지 않아요.

헛소리 마. 당신은 항상 그 일을 생각해.

N이 그녀의 몸을 어루만졌다. 따뜻하고 큰 손이 그녀의 배를 스쳤고, 연인의 자연스러운 애무에 그녀의 몸은 바로 굳었다.

당신은 늘 그 일을 생각하고 있어. 얼굴을 보면 알 수 있어, 당신에게 말을 걸기도 전에 말이지.

그녀는 아니라고 저항하고 싶었다. 그녀는 언제나 당했던 것보다 훨씬 나은 사람이었다고.

젖가슴과 배를 누르는, 옷 속에 감춰진 따뜻한 무엇 — 달군 돌이나 메달 모양의 보석. 일종의 방패 — 처럼 자신을 다독이기 위해 그녀가 혼자 간직한 비밀이었다.

현재의 그녀는 십오 년도 더 전의 순진하고 잘 믿는 여자애와는 달리 자신의 모든 것에 자긍심을 느꼈다.

예를 들면 그녀는 수영을 잘했다. 선수나 다름없었다. 어두운 겨울 아침 일찍 대학교 수영장에 가서 수영을 했다. 사회심리학 석사 학위를 받고 졸업한 후에는 이 수영장에 연회비를 내고 다녔다.

반짝이는 물에서 그녀의 몸은 순수한 감각 속으로 녹듯이 풀리고, 근육이 붙은 팔다리의 힘은 물에 몸을 띄우고 앞으로 나아가게 했다. 한번은 N이 이른 아침 대학 수영장에서 수영하는 그녀를 지켜보고는 놀라며 감탄했다. 그녀의 몸은 날렵하고 날씬하면서도 탄탄했다. 희생당한 여자의 몸이 아니었다. 당신이 나를 안다고 생각했다면 그건 오산이에요.

또 그녀는 자신의 커리어도 자랑스러워했다. 그런대로 괜찮았다.

(G도 그녀를 대견해할까? 그렇다고 추측할 수밖에 없었다. 어머니는 계속해서 G의 인사를 그녀에게 전해주었다. 가끔 카드와 선물이 왔다. G는 그녀의 현재 주소를 알아내서 탐스러운 노란 장미 스물네 송이가 담긴 꽃다발을 보내 미술재단에 취직한 것을 축하했다. 그녀가 꽃다발을 미련 없이 쓰레기통에 던지자 동료들은 깜짝 놀랐다.)

그녀에게는 자기 일이 있었다. 새로운 직위가 있었다. 그녀는 책을 좋아했다. 19세기 소설들, 고전들을 읽었다. 『황폐한 집』 『미들마치』 『더버빌가의 테스』 『비운의 주드』를 좋아했다. 늦은 밤, 잠을 이룰 수 없을 때는 이 책들을 다시 읽었다. 아니면 한밤에 고전 영화 채널에서 영화를 봤다. 케리 그랜트, 그리어 가슨, 스펜서 트레이시, 캐더린 햅번, 험프리 보가트, 클라크 게이블, 리타 헤이워스가 나왔다. 이 배우들의 얼굴은 먼 친척의 얼굴처럼 그녀에게 위안을 주었다.

〈분홍신〉은 몇 번이나 보았다. 매력적이었고 깊은 감명을 받았다.

그녀는 〈이중배상〉의 살인자인 연인들에게 묘한 연민을 느꼈다. 이 영화를 볼 때마다 언제나 마지막 부분이 충격적이었다. 얼마든지 다른 결말이 될 수 있었을 텐데.

그녀는 갤러리 개업식에 갔다. 시 낭독회에 갔다. 작가가 서명한 시집들을 사서 로프트 아파트의 특별한 장소에, 햇살이 쏟아지는 창틀에 올려놓았다.

이게 다 뭐지? N이 궁금해하며 물었다.

그녀는 얇은 책 한 권을 골라 아무렇지 않은 듯이 펼치고는 빼어나게 아름답고 경이로운 구절을 읽었다.

그들은 얼마나 멋진 솜씨를 보여주었는가!

그들이 어디로 가려는지 몰랐다 할지라도

그들은 가장 아름다운 노래를 불렀다.

N은 무슨 의미냐고 물었다. 행복한 시인가?

그녀는 말했다. 그럴 거예요. 맞아요.

세실리아가 여느 예쁜 젊은 여자들과 차별화되는 남다른 면모, 특별한 점은 그녀가 검은 옷만 입는다는 것이었다.

그녀는 그에게 플랫베드에 대해 말했다. 고속도로를 달리는 트럭 뒤 플랫베드에 사내가 사슬에 묶인 채 끌려간다고.

그는 이 사이로 휘파람을 불었다. 그가 어디로 끌려가는

데? 도축장?

네, 도축장이요.

하지만 거기까지 가나? 꿈속에서 말이야.

아뇨. 트럭 뒤 플랫베드만 나와요. 그는 사슬에 묶여 있지만 자기가 어디로 끌려가는지 알아요. 어디로 끌려가는지, 그다음에 어떤 일을 당하게 될지, 그에게는 생각할 시간이 많죠.

하지만 당신은 거기까지 간 적은 없지.

그는 그녀가 아직은요라고 대답하도록 유도하는 듯했다.

그들은 그녀의 침대에 누워 있었다. 무지개색 모포를 깐 침대 위에. 친밀감을 나누는 방법, 마치 보상처럼 그녀가 가진 성에 대한 두려움을 피할 방법들이 있었고 그들은 그것을 배우는 중이었다.

완전히 다 벗지는 않은 채 서로를 껴안았다. 보채는 아이에게 부모가 하듯 N은 그녀를 달랬다. 이마와 목의 뜨겁고 움푹한 곳에 키스하면 그녀는 마구 웃으면서 몸을 꿈틀거렸다.

당신 잘못이 아니야, 세실리아. 당신이 그걸 알면 좋겠어.

그녀는 알았다. 안다고 생각하고 싶었다.

어린아이, 어른…… 아이가 '동의'할 수 있다는 것은 턱없는 소리지. 법은 이 점을 인정한다. 그리고 도덕률도 마찬가지다.

그녀는 웃었다. 소리내어 웃었다. 언젠가 장난스럽고 흐트러진 분위기에서 G가 독일 철학자의 말을 인용하며 그녀가 어린 소녀가 아닌 어른이고 동등한 사람이란 듯이 말했기 때문이다. "머리 위에는 별이 반짝이는 하늘, 내 마음에는 도덕률."

G가 왜 이마누엘 칸트의 말을 인용했는지 그녀는 알 수 없었다.

그는 대단히 성공한 공인이었지만 공인이고 책임과 의무가 있는 어른이라는 것에 진저리를 쳤다. 그래서 이런 은밀한 시간이면 그는 장난스러워지고 흐트러지고, 말리거나 통제할 수 없어졌기 때문에 행동을 예측할 수 없긴 했다.

G의 말끔하게 면도한 턱에서 달콤한 화장수 냄새가 났다. 그 향기를 맡으면 웃고 싶거나 얼굴을 감추고 울고 싶었다. 그녀를 간지럽히는 손가락은 그의 특별한 손가락이었고, G는 주머니에 갖고 다니는 손톱줄로 늘 손톱을 다듬고 깨끗이 관리했다.

지금 그놈을 생각하고 있지, 세실리아? 말해봐.

그녀는 입술을 깨물었다. 그러고 싶지 않았다.

내 속이 뒤집힌다고, 세실리아. 당신이 그놈을 생각할 때면. 당신이 이렇게 나와 같이 있으면서, 빌어먹게도 **그놈**을 생각할 때면!

그녀는 그를 달래고 싶었다. 그래요. 내 속도 뒤집혀요.

이름이 뭐야? 그놈이 누구였어?

그는…… 그 사람은……

그녀의 심장이 고통스럽게 뛰었다. 기절할까봐 겁이 났다.

……그 사람은 아주 영리했다. 아무도 몰랐고, 의심받지도 않았다. 그 오랜 세월…… 육 년이나. 그는 신뢰받았다.

그놈이 다른 여자애들도 희생시켰나? 당신 언니들도?

아니에요.

아니야? 확실해?

그녀는 생각해보려 했다. 그녀는 소리내어 웃었다. 어처구니없는 대화였고, 문제 삼기에는 너무 늦어버렸다.

아, 아뇨. 내 말은…… 그래요, 확실해요.

그는 언니들은 예뻐하지 않았어. 그녀들은 나보다 나이가 많고 덜 매력적이었어.

그의 귀염둥이 꼬마는 나였어!

즉흥적이지는 않을 것이었다. 그러므로 일을 능숙하게 실행해야 했다.

N은 법학 학위 소유자였다. 몇 년간 변호사로 일하기도 했다. 그는 그녀에게 육 년간 성추행한 친척에게 연락해서

중립 장소에서 만날 약속을 잡으라고 말했다.

그녀는 얼른 대답했다. 안 돼요.

그러다가 그녀는 말했다. 묘지요.

N은 사람들이 자주 찾는 묘지인지, 그래서 남의 눈에 띄게 될지 물었다.

그녀는 아니라고 대답했다. 할머니는 뱅크크로프트 집안 소유의 묘지 한쪽에 묻혀 있고, 그 자리는 소나무 숲 인근 묘지의 끄트머리였다.

그를 해치지 않을 거죠? 그냥 대화만 하는 거예요.

그래, 그냥 대화만 하는 거야.

그녀는 마침내 전화를 걸었지만, G는 미심쩍게 여기는 게 분명했다. 그녀가 집을 떠난 후로 가족 모임을 피했기 때문에 그들은 만난 지 오래됐다.

세실리아! 너냐?

그는 충격을 받은 듯한 목소리로 말했다. 하지만 그녀가 잊고 있었던 과거의 온기가 깔려 있었다.

그녀는 아주 영리하게 처신했다. G의 현재 전화번호를 알아봤다는 사실이 바로 드러나지는 않게 우회적으로 알아냈다. 어머니나 아버지에게 번호를 묻지 않았다.

그녀가 말했다. 옛날이 그리워요, 그랜드파파. 요즘 힘든 시간을 보내고 있거든요. 전 무척 외로워요, 그랜드파파.

그랜드파파. 이것은 마법의 호칭이었다.

프랑스어처럼 발음했다. 그랜드를 강조해서.

그녀는 수화기 너머에 있는 놀란 노인에게 명랑하고 활기차게 말했다. 가족에게는 비밀인 약혼자를 그에게 소개하고 싶으니까 만나자고 했다.

비밀? 그런데 왜?

그를 만나보면 이유를 아실 거예요. 저는 할아버지의 직감을 믿을래요.

이것이 그를 흡족하게 하리란 것을 그녀는 알았다. 이것은 그의 축축하고 두꺼운 입술을 낚아챈 은빛 고리였고, 그를 파멸시킬 것이었다.

크로스 묘지에서요. 거기서 만나면 되겠네요.

크로스 묘지?

네, 부탁이에요.

하지만 먼저 집으로 오지그러니……

할머니 묘 앞이 좋겠어요. 우리가 산책했던 곳인데 기억하시죠, 그랜드파파?

당연히 기억하지, 아가. 내가 어떻게 잊을 수 있겠니?

노인은 진심으로 흐뭇해했고, 최면에 걸렸다. 노인의 느릿한 삶 속에서 전화벨이 울렸고, 전화한 사람은 평생 단한 번도 전화한 적 없던 그의 귀염둥이 꼬마였다.

네 소식은 쭉 들어서 알고 있단다, 아가. 네 어미가 계속 알려주지. 네가 이사했다는 것도 알아. 새 직장을 얻었다는데, 중요한 일인 것 같다만 월급이 많지는 않을 것 같더구나. 그러니 아가, 돈이 필요하면 내게 알려다오.

그래주시면 고맙죠, 그랜드파파. 그건 나중에 얘기하면 되겠네요.

전화를 끊기 전 그녀가 불쑥 말했다. 정말 보고 싶어요, 그랜드파파! 아주 많이요.

주말에는 두 사람 다 집을 비울 것이었다. N은 뉴욕에, 세실리아는 워싱턴 D.C.에 가는 걸로 했다.

그들은 친구들에게 그렇게 말했다. N은 거의 다 자란 자식들에게 그렇게 말했다.

두 사람은 N의 SUV를 타고 로체스터를 향해 서쪽으로 달렸다. 맑고 화창한 10월의 가을아침이었다.

그녀는 지난밤에 잠을 이루기 어려웠다. N이 운전할 때 그녀는 대시보드의 따뜻한 바람이 나오는 곳에 손을 대고 녹였다.

앞에서 질주하는 소형 트럭 때문에 그녀는 정신이 사나웠다. 트럭의 플랫베드에는 목재로 보이는 짐이 쌓여 있었다.

그리고 목재는 플랫베드에 사슬로 고정되어 있었다.

그녀는 방금 생각난 것처럼 말했다. 이제 그는 전보다 더 늙었어요. 이제 그는 위험하지 않아요. 확신해요.

(그녀는 확신할 수 없었다. 그녀는 이 점을 분명히 확신할 수 없었다.)

그가 병을 앓고 있다고 들었어요. 무슨 암이라던데, 아마 전립선일 거예요.

(이것은 좀더 확실했다. 어머니가 그랜드파파 뱅크크로프트에 대해 알려주었다. 다른 손주들보다 그녀가 그에게 훨씬 더 의미 있다는 것을 알고 있었기 때문이다.)

N이 말했다. 그는 분명 다른 손주들도 괴롭혔을 거야. 당신 전에, 그리고 당신 다음에도.

N이 말했다. 당신은 말하지 않았지. 그가 당신에게 겁을 줬고, 그래서 말하지 못한 거야. 그러니까 당신 이후에 다른 여자애도 괴롭힘을 당했어. 그게 패턴이라고.

N은 그녀를 비난하는 게 아니었다. 그는 조심스럽게 동정적으로 말했다.

이제 우리가 패턴을 깨는 거야. 그 짓에 종지부를 찍는 거지.

그녀는 이 말을 듣지 않았다. 어쩌면 N에게 털어놓은 것이 실수였을지도 모른다고 생각하고 있었다. 왜냐하면 이제 비밀이 밝혀졌으니까. 귀한 옷감을 진흙탕에 펼쳐 짓밟

게 한 셈이었다.

그녀는 몸을 떨면서 웃었다. 몹시 흥분됐다!

그녀는 차가운 손가락을 장난스럽게 그의 사타구니에 넣고 녹였다.

N이 그녀의 손을 밀쳐냈다. 정신 사납게 하지 마. 운전하고 있잖아.

그는 도시 외곽에 있는 고층 고급 호텔을 예약했다. 11층에서는 고속도로가 내려다보였고, 멀리 로체스터 시의 들쭉날쭉한 스카이라인이 보였다. 그들은 가명의 부부로 투숙했다.

N을 향한 그녀의 사랑은 이제 그녀에게서 떼어내 저만치 두고 고려할 수 있는 분리된 것이 아니었다.

N을 향한 그녀의 사랑은 그녀 안으로 깊이 파고들었다. N을 향한 그녀의 사랑은 N에 대한 두려움과 떼어놓을 수 없었다.

크로스 기념묘지에서 그들은 그를 보았다. 키가 크고 여전히 정정하고 멋진 차림을 한, 숱 많은 백발의 남자가 혼자 서 있었다. 오른손에 든 흑단 지팡이는 딱히 필요해서가 아니라 멋으로 든 것 같았다.

그는 겨우 일흔두 살 아니면 일흔세 살이라고 그녀는 말했다. 그는 늙지 않았어요.

그랜드파파는 무덤에 황금색 국화 화분을 가져왔다. 할머니의 무덤에.

사십육 년이라는 길고 좋았던 결혼생활이 끝났을 때 G가 얼마나 슬퍼하고 상심했는지는 그 지역에 널리 알려졌다.

그 시절은 좋았다. G에게는 위로해주는 가족들이 있었다. 젊은 친척들과 손주들이 있었다.

자갈 깔린 오솔길을 걸어 그들은 G에게 다가갔다. 오후 나절이었고, 하늘에는 온타리오 호수에서 몰려온 구름이 있었다. 마지막 방문자들이 묘지를 떠나고 있었다.

이제 G는 그들을 보았다. 경계하며 그들을 빤히 쳐다보았다. G는 그녀를 바라보았다. 그의 얼굴에 행복한 표정이 서서히 떠오르더니 촛불처럼 환해졌다.

안녕하세요, 그랜드파파!

세실리아!

G는 눈에 띄게 오른쪽 다리를 조심하면서 그녀에게 다가왔다. 그는 팔을 뻗어 그녀의 손을 꼭 잡으며 인사하려 했을 테지만, N이 끼어들었다.

이 여자에게 손대지 마!

백발의 G는 몸이 굳었다. 미소도 사라졌다.

그의 얼굴에는 주름이 많았고, 말끔히 면도가 되어 있었다. 그는 제 나이로 보이지 않는 잘생긴 노인이었다. G와 같이 있자 그녀는 현기증을 느꼈다.

N은 G에게 침착하게 말을 걸었다. 하지만 치미는 분노를 느낄 수 있었다.

N의 분노는 마음속에서 일어났고 은밀했다. 소유욕과 구분이 되지 않는 N의 사랑도 마찬가지였다.

G는 N에게 더듬더듬 말하기 시작했다. 노인의 입에서 어리석은 말이 튀어나왔고, 늘어진 얼굴살이 흔들렸다.

그녀는 N의 뒤에 서 있었다. 그녀는 다급한 상황에서 할아버지에게 손녀는 안중에도 없다는 것을 알았다.

나, 나는 당신이 무슨 말을 하는지 모르겠소, 선생. 제발 목소리를 낮춰요.

G는 화를 냈지만 애원하고 있었다. 그녀는 가족들과 함께 지역 라디오 뉴스에서 G의 목소리를 얼마나 자주 들었는지 떠올리고 있었다. 그들은 텔레비전에서도 G를 보았다. 그는 정치인으로 전성기에는 군의회, 공화당 국회의원 후보이기도 했다.

G는 이제 N에게서 물러서고 있었다. G는 눈에 보이게 떨었고, 그가 기대하던 대접은 이런 것이 아니었다.

가장 예뻐하는 손녀딸과 약혼자! 그 아이의 비밀스러운 약혼자.

그에게 소개한다고 했는데.

그에게 축복을 받고 싶다고 했는데.

G는 떨리는 손으로 주머니에서 손수건을 꺼내 콧잔등을 두드렸다.

코에 붉은 정맥이 도드라져 있었다. 여전히 미남이고 여전히 생생했지만, 터진 모세혈관 때문에 말끔히 면도한 피부가 지저분해 보였고, 경계하는 눈에는 주름이 잡혀 있었다.

G가 말했다. 무슨 말을 하는지 도통 모르겠소, 선생. 그만두지 않으면 911에 신고하겠소.

N이 좀더 말했다. N은 G의 '반복적인 제정법상의 강간'—'미성년자에 대한 강간'— 같은 특정 행위들을 비난했다.

G가 화를 내며 말했다. 이 아이가 당신한테 그런 말을 하다니! 난 그런 수치스러운 일을 하지 않았소.

그가 말했다. 다 지난 시간이오. 아이는 외로웠지.

그는 자존심을 다친 표정으로 몸을 돌렸다. 그 표정에는 두려움이 깔려 있었다.

G는 대면이 마무리됐기를, 돌아가게 해주기를 바라면서 지팡이를 들고 자갈 깔린 오솔길로 향했다. 그에게 달려들었던 N이, 손녀의 약혼자라는 자가 자신을 놓아주기를 바랐다.

난 그놈이 바지에 오줌을 싸면 좋겠어. 그 정도로 겁먹으면 좋겠어.

잔인한 그 말에 그녀는 충격을 받았다. 그런 말이 왜 나왔는지 알 수 없었다.

그녀는 몹시 흥분해서 머뭇거렸다. 몸이 떨렸고 이가 딱딱 부딪쳤다. 그녀는 할아버지의 얼굴에서 유감과 역겨운 죄책감의 기미를 봤지만 당당함도 느꼈다. 천만에! 그들은 그를 그냥 보내줄 수 없었다.

N이 뒤에서 달려들지 않았다면 그는 그냥 걸어갔을 것이다. N은 재미있어하는 표정으로 고급스럽고 멋진 흑단 지팡이를 잡아챘다.

이봐요! 이게 무슨 짓이요.

웃기지 마셔, 노인네! 당신은 아무데도 못 가.

어리석게도 G는 지팡이를 뺏으려고 했다. N이 지팡이를 휘둘러 그의 머리와 어깨를 후려갈겼다. 잽싸고 치명적이고 정확한 동작이었다. 그는 노인의 애걸 따위는 아랑곳하지 않았다.

그녀는 얼굴을 가렸다. 손가락 사이로 쳐다보는 여자아이.

주차장에서는 마지막 방문자들이 차를 몰고 떠나고 있었다. 행운의 신호였다. 축복이었다.

그녀가 N에게 말했다. 이제 그만하면 됐어요.

N도 그녀는 안중에도 없었다. 그녀의 말을 듣지 않았다.

그녀는 병적인 환상 같은 것에 빠져서 물러섰다. 연인인 N이 그랜드파파였던 G를 구타하는 광경을 보았다. 그녀는 소리치고 싶었다. 안 돼! 그만해! 그는 나를 사랑했다고.

백발의 노인은 곧 쓰러졌다. N은 욕설을 퍼부으며 계속 그를 때렸다.

백발의 노인은 풀밭 위를 기었다. 그는 필사적으로 기어서 묘비들 사이로 달아나려 했다.

N은 허리를 굽히고 G에게 주먹을 휘둘렀다. 더러운 개새끼. 구역질나는 늙다리 변태. 어린아이를 괴롭히다니, 나쁜 자식! 그녀는 눈을 꼭 감았다. 백발 노인이 그렇게 무너지고 수모를 당하는 꼴을 차마 볼 수 없었다.

하지만 쾌감이 있었다. 멈췄던 세월이 흐르면서 일이 너무도 급격하게 벌어지고 있었다.

그래도 G는 애원했다. 그녀가 아니라 N에게 매달렸다. 평생 한 번도 본 적 없던 남자에게, 이제 마지막으로 보는 얼굴이 될 긴장하고 성난 표정의 N에게.

내가 끼어들어야 했는데! 그녀는 나중에 이렇게 생각하게 될 것을 이미 알았다.

하지만 그녀는 움직이지 않았다. 그저 쓰러진 사내를 유심히 바라보았다. 두개골에서 선홍색 피가 터졌고, 노인은 양손을 휘저었다.

넌 쓰레기야. 살 자격도 없어, 더러운 놈.

노인은 끙끙댔다. 젊은 남자는 그에게 욕을 했다.

몇 분간의 구타. 매질은 끝날 듯하면서도 계속 이어졌다. 그런 계획적인 구타는 서두르거나 아무렇게 할 수 없다. N까지 힘이 빠져서 비틀거렸다. 그는 흑단 지팡이를 묘비에 내려쳐 두 동강 낸 뒤 쓰러진 노인에게 넌더리내며 던졌다.

그들은 서두르지 않고 묘지를 떠났다. 자갈 깔린 오솔길에서 사람들의 시선을 끌고 싶지 않아서 다시 한번 살폈지만 아무도 보이지 않았다. 크로스 기념묘지에는 사람이 없었다.

주차장에서 봐도 묘지에는 아무도 없었다. 몇 시간이면 해가 지평선 아래로 떨어질 것이다. 연중 이 무렵 뉴욕 로체스터에는 밤이 일찍 찾아왔다.

그들은 가명의 부부로 투숙한 호텔로 차를 몰았다.

고속도로가 내려다보이는 고층 건물 11층. 이미 짙어진 어둠 속에서 차량의 전조등 불빛이 반짝거렸다.

N은 여전히 호흡이 가쁘고 쉰 소리를 냈다. 그녀는 그에게 가벼운 천식이 있다는 것을 알고 있었다. 어릴 때는 더심했다는 것도 알았다.

그는 찌푸리면서 손가락 마디를 문질렀다. 아까 얇은 가

죽 장갑을 끼고 있었지만 손마디가 저렸다.

난 그가 시, 심하게 다치지 않았으면 좋겠어요. 난 그러기를……

웃기는 소리! 난 심하게 다쳤으면 좋겠어.

N이 미니바를 열었다. N은 미니 스카치위스키 한 병을 세실리아의 잔에 붓고, 한 병은 그의 잔에 따랐다. 그들은 웃으면서 잔을 세게 부딪쳤다. 세실리아는 마음을 굳게 먹고 잔을 들어 술을 들이켰다.

둘은 터무니없이 큰 킹사이즈 침대에 쓰러졌다. N은 침대가 풋볼 경기장만하다고 말했다.

술을 마시고 웃고. 그들은 갑자기 유난히 행복해졌다.

N이 그녀의 입에 혀를 밀어넣고 키스했다. 그녀는 숨을 쉴 수 없었다, 너무 짜릿했다. 그는 그녀의 젖가슴과 배에 키스하고 옷을 당겨 벗기려 했고, 그녀는 저항할 수 없었다. 묘지에서는 G가 동맥 파열과 뇌출혈로 죽어가고 있었다. 그녀는 그 사실을 알고 있는 것 같았다. 그녀는 N의 성기를 만지며 자기 몸 안, 혹은 몸에 닿도록 이끌었다. 그것을 가만히 다리 사이로 당기자, 말할 수 없이 기분좋은 강렬한 쾌감이 밀려들어 도저히 참을 수 없었다. 그는, 다급한 순간에 그녀가 이름을 잊어버린 그 남자는, 그녀의 품에서 몸을 떨면서 신음했다. 그녀는 그를 힘껏 껴안았다.

몇 킬로미터 떨어진 묘지에 쓰러진 노인은 의식을 되찾지 못했을 것이다. 멋진 백발이 피에 젖고 있었을 것이다. 달걀 껍질처럼 두개골이 깨져서 다시는 회복될 수 없을 것이다.

　사타구니에 뭔가 흐르는 느낌이 퍼지자 그녀는 몸을 떨기 시작했다. 그 느낌이 아주 강렬해졌다. 그녀는 눈을 꼭 감은 채로 노인의 뇌 속으로 피가 스며드는 모습을 상상했다. N이 혀를 넣고 키스하고 있지 않았다면 그녀는 흐느꼈을 것이다.

　그녀는 생각했다. 아무도 모를 거야. 우리만의 비밀이야.

옮긴이의 말

    오랫동안 소설을 번역해온 나는 혼자 몰입해야 하는 이 일의 특성상 사람들과의 만남이나 대화보다 작품을 통해 삶과 사람, 사회에 대해 느끼고 배운다. 소설이라는 창을 통해 다양한 군상을 보고, 일인칭 시점이든 삼인칭 시점이든 서술을 통해 인물의 상황과 심리를 이해하게 된다. 어쩌면 현실의 만남보다 작가의 서술을 통한 만남에서 인간의 내면 깊이 자리한 진실을 만나게 되는지도 모르겠다. 물론 이것이 나만의 일방적인 이해 혹은 오해일지 모른다는 점이나, 누군가와 생각을 주고받으면서 새로 깨닫거나 공감하는 과정이 없다는 점은 아쉽다. 하지만 책이 아니었다면 만나기 힘들었을 사람들을 만나고, 만난다 해도 알지 못했

을 사연과 심리를 작가를 통해 이해하는 건 문학이 선사하
는 유익한 경험이고, 그게 문학의 존재 이유일 듯하다.

조이스 캐럴 오츠의 책을 처음 접한 건 십여 년 전이었
다. 캐나다에서 두어 달 지낼 때 친구가 오츠의 책을 선물
해주었지만 나는 얼마 읽지 못하고 덮었다. 평소 내가 읽고
번역하는 소설의 스타일과 멀었다. 좋고 나쁘고를 떠나서
'나와는 맞지 않다'고 생각해버린 것이다. 그러다가 오츠의
『좀비』를 만나면서 독자로서, 그리고 번역자로서 새로운 전
기를 맞게 됐다.

오랫동안 함께 작업해오며 나의 취향을 잘 아는 편집자
가 어느 날 이 소설을 조심스럽게 내밀었다. 작가나 작품과
번역자는 인연이 닿아야 하는 관계인 게 분명하다. 시간이
흘러 작가와 번역자의 관계에서 펼쳐든 오츠의 소설은 내
가 평소 알지 못하던 인물의 내면을 파고드는 경험을 하게
했다. 전에는 나와 거리가 먼 인물, 관계, 심리를 '리얼하
지 않다'고 판단했지만, 오츠의 소설에 등장하는 완전히 새
로운 인물과 이야기를 접하면서 나는 '우리에게 소설은 어
떤 의미인가' 하고 다시 한번 진지하게 되묻게 됐다. 다양
한 인물과 그들이 만들어내는 사건들, 그것들이 세상에 미
치는 여파. 나는 그것이 세상의 일부인 나와도 무관하지 않
으며 나 또한 그 영향 아래에서 살아간다는 사실을 깨닫게

됐다. 비로소 오츠와 나의 고리가 완성되었다고 할까. 이후 오츠에 대한 낯가림은 사라졌고, 오히려 매해 평균 두 권씩 꾸준히 펴내는 그녀의 소설을 기다리는 독자가 됐다.

2014년에 그녀가 펴낸 『이블 아이』는 잘못된 사랑을 테마로 쓴 네 편의 중편을 모은 책이다. 표제작인 「이블 아이」는 성공한 연상의 남자를 사랑해서 그의 네번째 아내가 되는 젊은 여자 마리아나의 이야기다. 이들의 결혼은 동등한 결합이라기보다 남자의 세계로 여자가 들어가는 양상을 보인다. 첫 단추부터 불안하게 끼워지는 이야기는 남편의 첫번째 아내가 방문하면서 더욱더 불편하고 무서운 분위기로 흐른다. 거기에는 남편과 전처 사이에 있던 아들의 원인 모를 영아 사망 사건이 있고, 이어지는 전처의 경고가 있다. 또 그녀가 피를 흘리며 떠밀려 나가는 상황과, 그녀의 한쪽 눈이 없다는 사실을 마리아나가 깨닫고 경악하지만 정말 그런지 확인되지 않는 데서 오는 공포가 있다. 그 공포와 여자의 없는 눈과 그 집에 있는 악을 물리친다는 유리 눈 나자르. 약한 마리아나는 남편에게 맞설 수 있을까. 작가는 그럴 수도 그러지 못할 수도 있는 마지막 장면을 어떤 마음으로 그렸을까.

두번째 이야기 「아주 가까이 아무때나 언제나」에서 열여섯 살 소녀 리즈베스는 연상의 엘리트 청년 데즈먼드를 만나 첫사랑에 빠지지만, 사이가 가까워질수록 데스먼드의 완벽한 모습은 일그러지기 시작한다. 결국 그는 리즈베스에게 집착하는 스토커가 되고, 어디서 튀어나올지 모르는 그의 존재는 리즈베스를 극단의 공포로 몰아간다. 풋풋한 첫사랑의 장면에서 시작된 이야기가 비극적인 결말로 이어지면서 만드는 스산한 풍경. 그야말로 잘못된 사랑 이야기다.

세번째 이야기 「처단」은 부모에게 적의를 가진 대학생 바트의 이야기다. 신경증 약을 복용하는 그는 아버지의 수표를 위조해서 차를 사려다 실패하자 아버지를 처단하려고 한다. 아들을 편드는 척하지만 결국은 남편의 뜻을 따르는 어머니도 마찬가지 처단의 대상이 된다. 결국 바트는 완전 범죄를 위장해 아버지를 도끼로 살해하지만 부상당한 어머니는 목숨을 건져 장애인이 되고, 아들의 범행을 부인하는 모성애를 보이면서 바트 모자의 관계는 새로운 국면으로 접어든다. 아버지를 도끼로 살해한 아들과 그 광경을 목격하고도 아들의 범행 사실을 덮고 자연스럽게 새로운 삶을 사는 어머니. 과연 누가 더 무섭고 위험한 인물일까.

네번째 이야기 「플랫 베드」는 어릴 때 성추행당한 트라우마로 육체관계를 맺지 못하는 이십대 후반 여자 세실리아의 이야기다. 그녀는 N이라는 연상의 동료와 만나고, 세실리아의 사연을 알게 된 N은 가해자가 누구인지 추궁한다. 결국 세실리아는 할아버지 G에게 성추행당한 사실을 털어놓고, 세실리아와 N은 보복을 계획한다. 그렇게 두 사람은 G를 해질녘 묘지로 유인해서 폭행을 가하고 또다른 가해자와 피해자를 낳지만, 그 살벌한 보복을 통해 비로소 세실리아는 육체의 자유를 얻게 된다. 가장 비현실적이면서 가장 현실적인 해결책이라는 끔찍함.

네 편의 소설은 각각의 이야기인 동시에 함께 어우러져서 오츠가 말하고 싶은 것을 더욱 명료하게 보여준다. 트라우마를 안고 사는 주인공들, 왜곡된 사랑이 그들에게 던지는 것은 무엇인가. "진짜 공포는 초자연적인 것에 대한 두려움이 아니라, 주술에 걸린 남녀의 행위에서 비롯된 것이다"는 어느 리뷰처럼 오츠는 네 편의 이야기를 통해서 잘못된 사랑이 이끌어내는 공포에 대해 말한다. 오래전 나는 오츠의 소설에서 다루어지는 공포를 나와는 상관없는 사건과 감정으로 간주했지만, 이제는 그것을 현실로 받아들인다. 가정을 포함해 복잡하고 황량한 사회에서 상처를 주고받으며 섬처럼 살아가는 사람들. 오츠는 그 상처 아래 도사린 공포가 이 시대의 사람들이 사람 구실을 못 하게 하고, 그 사람들의 집단인 사회가 제 구실을 못 하게 한다고 말하는

것 같다. 쉴새없이 다양한 문제들을 이야기로 녹여내는 이
통찰력 있는 노작가의 다음 소설이 기다려진다.

공경희

옮긴이 **공경희**
1965년 서울에서 태어나 서울대학교 영어영문학과를 졸업했다. 성균관대학교 번역대학원 겸임교수를 역임했으며, 서울여자대학교 영어영문학과 대학원에서 강의했다. 시드니 셸던의 『시간의 모래밭』을 시작으로 『호밀밭의 파수꾼』 『모리와 함께한 화요일』 『비밀의 화원』 『매디슨 카운티의 다리』 『파이 이야기』 『천국에서 만난 다섯 사람』 『우리는 사랑일까』 『행복한 사람, 타샤 튜더』 『우연한 여행자』 『타샤의 ABC』 『포그 매직』 『꿈꾸는 아이』 『매뉴얼』 『빗속을 질주하는 법』 『스톨른 차일드』 『데미지』, 조이스 캐럴 오츠의 『좀비 ― 어느 살인자의 이야기』 『대디 러브』 등을 우리말로 옮겼다.

이블 아이

초판 인쇄 2015년 1월 30일 | 초판 발행 2015년 2월 10일

지은이 조이스 캐럴 오츠 | 옮긴이 공경희 | 펴낸이 강병선
편집인 김혜정 | 편집 원예지 | 독자모니터 황정숙
디자인 윤종윤 강혜림 | 저작권 한문숙 박혜연 김지영
마케팅 정민호 김도윤 | 온라인마케팅 김희숙 김상만 한수진 이천희
제작 강신은 김동욱 임현식 | 제작처 한영문화사(인쇄) 경일제책사(제본)

펴낸곳 (주)문학동네
출판등록 1993년 10월 22일 제406-2003-000045호
임프린트 포레

주소 413-120 경기도 파주시 회동길 210
문의 031-955-3576(마케팅) 031-955-1904(편집) 031-955-8855(팩스)
전자우편 foret@munhak.com

ISBN 978-89-546-3490-8 03840

www.munhak.com